NELE NEUHAUS
Charlottes TRAUMPFERD

Durch dick und dünn

PLANET!

Nele Neuhaus, geboren 1967 in Münster/Westfalen, lebt heute im Taunus. Sie reitet seit ihrer Kindheit und schreibt bereits ebenso lange. Nach ihrem Jurastudium arbeitete sie zunächst in einer Werbeagentur, bevor sie begann, Erwachsenenkrimis zu schreiben. Mit diesen schaffte sie es auf die Bestsellerlisten und verbindet nun ihre zwei größten Leidenschaften: Schreiben und Pferde. Ihre eigenen Pferde Fritzi und Won Da Pie standen dabei Pate für die gleichnamigen vierbeinigen Romanfiguren. Von Nele Neuhaus ist auch die Reihe »Elena – Ein Leben für Pferde« bei Planet! erhältlich. **www.neleneuhaus.de**

Charlottes Traumpferd bei Planet!:

Charlottes Traumpferd
Bd. 1

Charlottes Traumpferd
Bd. 2: Gefahr auf dem Reiterhof

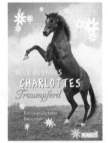
Charlottes Traumpferd
Bd. 3: Ein unerwarteter Besucher

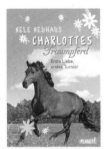
Charlottes Traumpferd
Bd. 4: Erste Liebe, erstes Turnier

Charlottes Traumpferd
Bd. 5: Wir sind doch Freunde

Charlottes Traumpferd
Bd. 6: Durch dick und dünn

Mehr über unsere Bücher, Autoren und Illustratoren auf:
www.planet-verlag.de

Im Schlosspark

Mein Herz klopfte bis zum Hals, als ich im Schritt unter dem Richterturm hindurchritt und Won Da Pie vor der rot-weißen Schranke durchparierte. Mein Pferd kaute aufgeregt am Gebiss und spitzte erwartungsvoll die Ohren. Die Reiterin, die vor uns an der Reihe war, war bisher noch fehlerfrei und ritt nun mit ihrem hochbeinigen Braunen auf die zweifache Kombination zu, die letzten beiden Sprünge in diesem ziemlich anspruchsvollen Parcours.

»Oh, oh«, sagte meine Freundin Katie, die neben mir stand, und es klang ein wenig schadenfroh. »Das passt nicht! Jetzt gibt's einen Fehler!«

Johanna Messner war eine gute Reiterin und Aquino, ihr Pferd, hatte schon mit Johannas Vater S-Springen gewonnen. Doch tatsächlich kam der erfahrene braune Wallach ein wenig zu dicht an den Einsprung der Kombination und schaffte es nicht mehr, seine Vorderbeine hoch genug zu ziehen. Seine Hufe streiften zwar nur ganz leicht die oberste Stange, aber sie rollte aus der Halterung und plumpste ins Gras.

Katie ballte die Faust und konnte sich ein triumphierendes »Ja!« nicht verkneifen. Daraufhin drehte sich die Mutter von Johanna, die direkt vor uns im Einritt stand und bei jedem Sprung, den Aquino gemacht hatte, hochgehüpft war, zu ihr um und warf ihr einen bösen Blick zu, den meine Freundin jedoch ignorierte.

»Nach dem gelben Oxer musst du einen etwas größeren Bogen auf die Zweifache reiten«, sagte Katie mit gesenkter Stimme zu mir. »Und pass auf, dass Wondy dir nicht zu doll abgeht! Die Zweifache steht Richtung Ausgang und der Platz ist an der Stelle etwas abschüssig, da kommen die meisten Pferde zu sehr ins Laufen.«

»Okay.« Ich nickte. »Meinst du, ich soll versuchen, vorne um den Baum rum auf die 8 zu reiten?«

»Wenn du das Gefühl hast, dass es geht – unbedingt!«, erwiderte Katie. »Da kannst du mindestens fünf Sekunden gutmachen! Und sollten wir punktgleich mit anderen Mannschaften sein, entscheidet am Ende nur, wer die schnellste Zeit hat!«

Die Schranke ging hoch und Won Da Pie begann zu tänzeln. Er liebte es zu springen und konnte es kaum noch abwarten, endlich in den Parcours zu dürfen. Unser Reitlehrer Herr Weyer, der Katies letzte Worte nicht gehört hatte, tauchte an meiner anderen Seite auf.

»Du musst vor allem fehlerfrei bleiben, Charlotte«, sagte er eindringlich. »Won Da Pie galoppiert ohnehin schnell genug, also riskiere besser nichts, okay?«

Ich sah, wie Katie mir hinter seinem Rücken verschwörerisch zublinzelte, nickte nur, fasste die Zügel kürzer und ließ Won Da Pie in den Parcours traben.

»Das waren vier Strafpunkte in 68,7 Sekunden für die Startnummer 86 und damit Platz 14 in der laufenden Wertung«, tönte es aus den Lautsprechern. Johanna Messner kam mir im Schritt am langen Zügel entgegengeritten. Sie kaute auf ihrer Unterlippe, die Enttäuschung stand ihr ins Gesicht geschrieben.

»Viel Glück!«, wünschte sie mir.

»Danke«, erwiderte ich.

Genau wie ich war Johanna die letzte Starterin ihrer Mannschaft im entscheidenden Springen um die Süddeutschen Mannschaftsmeisterschaften. Sie hätte null reiten müssen, damit ihr Team vom Platanenhof in Bad Homburg noch eine Chance auf den Sieg gehabt hätte.

»Am Start begrüßen wir nun die Nummer 411, Won Da Pie, geritten von Charlotte Steinberg als letzte Reiterin für die Mannschaft des Reit- und Fahrvereins Bad Soden, die momentan auf Rang fünf in der Meisterschaftswertung liegt!«, schallte die Stimme des Turniersprechers durch den Wiesbadener Schlosspark.

In den beiden ersten Wertungsprüfungen gestern war ich die Einzige gewesen, die fehlerfrei geblieben war. Dörte mit Vicky hatte je zwei Abwürfe gehabt und damit beide Male das Streichergebnis geliefert, Doro hatte mit Cornado im zweiten Springen drei Zeitfehler kassiert, und ausgerechnet Katie mit ihrem routinierten Asset hatte einen blöden Springfehler gehabt – deshalb lagen wir mit insgesamt sieben Strafpunkten nur auf Platz fünf der Wertung. Heute waren Katie und Doro ohne Fehler geblieben, aber Dörte hatte sogar zwölf Strafpunkte mit aus dem Parcours nach Hause gebracht. Blieben Won Da Pie und ich strafpunktfrei, dann würden die sieben Fehler von gestern unser Endergebnis sein.

Ich parierte Won Da Pie durch und blickte mich um. Als ich gestern zum ersten Mal auf den weitläufigen Rasenplatz geritten war, auf dem jedes Jahr im Frühsommer ein internationales Turnier stattfand, war ich komplett überwältigt gewesen. Natürlich fehlten die großen Tribünen ringsum, auf denen an Pfingsten Tausende von Menschen saßen und den großen Stars und ihren Pferden zujubelten. Es gab jetzt, bei diesem kleinen Turnier im Spätsommer, keine Fernsehkameras und keine Verkaufsstände, aber auch ohne das alles war der riesige Platz einfach kolossal: der sattgrüne Rasen mit mächtigen, alten Bäumen, zwischen denen die bunten Hindernisse aufgebaut waren, und die vielen Zuschauer, die an der Umzäunung standen, hatten mir für einen Moment den Atem verschlagen. Katie hatte uns schon vorher erzählt, wie absolut besonders es sei, im Schlosspark zu reiten. Abgesehen von dem herrlichen Ambiente waren die Parcours immer schwer zu reiten, denn der Platz war sehr viel größer als alle anderen Turnierplätze, auf denen man normalerweise ritt. Pferde und Reiter brauchten eine enorme Kondition, deshalb hatten wir in den letzten zwei Wochen, seit unserer Rückkehr aus Noirmoutier, hart trainiert. Glücklicherweise hatte Won Da Pie in den vier Wochen meiner Abwesenheit nicht nur auf der Koppel mit Gento herumgefaulenzt, sondern war von Jens Wagner, Gentos Besitzer, regelmäßig geritten worden.

Ich blickte zum Richterturm hoch und grüßte, einer der Richter hob seinen Hut und dann ertönte schon die Glocke – der Start war frei! Im Einritt an der Schranke standen meine Mannschaftskolleginnen Katie, Doro und Dörte, neben ihnen mein Freund Simon und Herr Weyer, an der langen Seite, auf der an Pfingsten immer die große Tribüne aufgebaut war, erblickte ich den »Fanklub« unseres Vereins, außerdem meine und Doros Eltern, Herrn Schäfer vom Vorstand, seinen Sohn Alex und unseren Jugendwart Gunther. Selbst Katies Vater, der seine Wochenenden sonst lieber auf Golfplätzen verbrachte, war in den Schlosspark gekommen und sogar ihr Bruder Sven, dem wir früher den Spitznamen »Draco Malfoy« gegeben hatten, war dabei. Sie alle hatten bereits mit Katie, Dörte und Doro mitgefiebert und drückten nun Wondy und mir die Daumen, damit wir ein drittes Mal fehlerfrei blieben. Und ganz plötzlich fiel alle Nervosität von mir ab. Ich vergaß die auf mir lastende Verantwortung als letzte Reiterin ebenso wie die vielen Zuschauer und konzentrierte mich auf mein Pferd und die Hindernisse, die wir überwinden mussten.

»Los geht's!«, murmelte ich und ließ Won Da Pie angaloppieren.

Volles Risiko!

Obwohl er heute Vormittag schon ein Springen gegangen war, war der braune Wallach frisch und voller Ehrgeiz. In flottem Tempo ritt ich durch die Lichtschranke des Zeitmessgeräts und auf das erste Hindernis, einen blau-weißen Oxer, zu. Als wir darüber hinwegflogen, hielt ich schon Ausschau nach dem nächsten Sprung, dem naturfarbenen Steilsprung, der sich im Laufe der Prüfung als tückisch erwiesen hatte, weil er zwischen zwei Bäumen stand und nicht leicht anzureiten war. Ich hielt Won Da Pie ein wenig zurück, damit er nicht zu dicht an das Hindernis herankam, und wir meisterten den Sprung ohne Probleme. Weiter ging es auf der linken Hand zu einem Doppelrick, danach folgten eine breite Triplebarre und auf sechs Galoppsprünge ein Steilsprung mit roten Stangen zwischen zwei riesigen grellbunten Papageien aus Pappmaschee, die gestern und heute manches Pferd irritiert hatten. Nicht so Won Da Pie! Ihm war es glücklicherweise völlig egal, wie bunt oder seltsam ein Hindernis aussah. Verweigern kannte er nicht! Nach dem Papageien-Sprung ging es rechts herum über einen Birkenoxer auf den überbauten Wassergraben zu, für den man ziemlich viel Schwung benötigte. Vorhin, beim Parcoursabgehen, hatte Katie Dörte, Doro und mir erklärt, wie man an dieser Stelle abkürzen konnte. Sie selbst hatte es dann später nicht gemacht, denn sie war mit zu viel Fahrt über den Wassergraben gekommen. Alle Reiter, die versucht hatten, vorne um den Baum herumzureiten, um ein paar Sekunden einzusparen, waren bisher an dem schwarz-rot-goldenen Oxer gescheitert. Ich wollte es trotzdem wagen. Es gelang mir, Won Da Pie den überbauten Wassergraben ziemlich weit rechts springen zu lassen. Über dem Sprung verlagerte ich mein Gewicht bereits nach links, indem ich den linken Steigbügel austrat, und mein Pferd reagierte so schnell, als ob es meine Gedanken gelesen hätte. Damit hatte ich nicht gerechnet! Vor Schreck jagte mir ein Adrenalinstoß durch den Körper. Ich verlor den rechten Steigbügel und merkte, dass ich ins Rutschen geriet.

Verdammt!, schoss es mir durch den Kopf. Jetzt bloß nicht stürzen! Sonst ist alles aus!

Ein erschrockenes Luftholen ging durch das Publikum. Ich presste mit aller Kraft meine Knie zusammen, stemmte mich gegen die Fliehkraft und versuchte gar nicht erst, nach dem Steigbügel zu angeln. Won Da Pie schien meine Not nicht zu bemerken: mit gespitzten Ohren donnerte er auf den Deutschland-Oxer zu, und bevor ich mich versah, waren wir drüber, ohne dass seine Hufe eine Stange berührt hatten!

»Ja! Juhu!«, hörte ich jemanden rufen, aber es war noch nicht geschafft, denn zwischen mir und der Ziellinie wartete die zweifache Kombination, die es zu meistern galt. Der Steigbügel schlug Won Da Pie gegen die Flanke, er keilte in vollem Galopp aus und plötzlich hatte ich alle Hände voll damit zu tun, ihn zurückzuhalten, denn er stürmte los wie ein Wilder und legte sich mächtig aufs Gebiss.

Katies Worte kamen mir in den Sinn: *Die Zweifache steht Richtung Ausgang und der Platz ist an der Stelle etwas abschüssig, da kommen die meisten Pferde zu sehr ins Laufen!*

»Hoho, Wondy, hoho! Brrrrr!«, rief ich, aber er reagierte nicht. Seine Ohren drehten sich nicht ein einziges Mal nach hinten, er wollte mich einfach nicht hören. Meine Hände schmerzten, mir ging die Kraft aus. Wenn ich Won Da Pie jetzt eine harte Parade gab, dann würde ich seinen Rhythmus stören und es könnte in der Kombination womöglich zu weit werden. Noch vier Galoppsprünge, noch drei – im Bruchteil einer Sekunde entschied ich mich dafür, gar nichts zu tun und auf das Springvermögen und die Vorsicht meines Pferdes zu vertrauen.

»Pass auf«, flüsterte ich Won Da Pie nur zu, als er zum Sprung ansetzte, und das tat er! Mühelos überwand er den Einsprung, landete, streckte sich und flog in einem herrlichen weiten Satz über den letzten Oxer!

Der Jubel meiner Vereinskameraden ging in der lauten Musik, die immer nach einem Führungswechsel gespielt wurde, unter. Ich parierte durch zum Schritt, ließ die Zügel lang, angelte nach dem Steigbügel und klopfte meinem Pferd strahlend mit beiden Händen den Hals. Geschafft! Won Da Pie schnaubte und es klang irgendwie so, als ob er stolz auf sich wäre.

»Mit einem fehlerfreien Ritt in der bisher schnellsten Zeit von 51,8 Sekunden übernimmt die Startnummer 411 die Führung im laufenden Wettbewerb!«, verkündete der

Turniersprecher. »Die Mannschaft des Reit- und Fahrvereins Bad Soden liegt damit auf Platz drei.«

Ich trabte mit einem breiten Grinsen auf dem Gesicht zum Ausritt, dort erwarteten mich meine Mannschaftskameradinnen mit Simon und Herrn Weyer.

»Super, super, super!«, jubelte Katie und klatschte mich ab, als ich neben ihr anhielt. »Was für eine Zeit!«

»Mega! Echt mega!« Doro schob Won Da Pie ein Zuckerstückchen ins Maul und Simon klopfte ihm begeistert auf die Kruppe.

»Gut geritten, Charlotte! Aber hatte ich vorhin nicht etwas von ›riskiere nichts‹ gesagt?« Herr Weyer schaute mich streng an.

»Äh, na ja … Ich dachte, ich versuch es mal«, erwiderte ich atemlos. »Ich bin so gut über das Wasser gekommen und es passte irgendwie …«

»Ist ja glücklicherweise gut gegangen.« Er zwinkerte mir zu und lächelte anerkennend. »Obwohl ich für einen Moment dachte, du fliegst im hohen Bogen vom Pferd.«

»Bin ich auch fast! Ich hab den Steigbügel verloren und dann konnte ich Wondy kaum noch halten!«

»Los, los, Mädchen, Einritt frei machen!«, schnauzte der dicke Mann, der die Schranke bediente, deshalb ritt ich weiter Richtung Abreiteplatz. Auf dem Weg dahin lockerte ich den Sattelgurt und knöpfte mein Jackett auf.

»Glückwunsch!«, riefen mir ein paar andere Reiter zu.

»Es kommen noch die Schlussreiter aus Alzey, Miltenberg und Biblis«, sagte Katie. »Aber *die* Bombenzeit holt keiner mehr!«

Da war ich mir nicht so sicher. Alle drei Reiter, die noch nach mir kamen, waren erheblich älter und erfahrener als ich und ritten normalerweise M- und S-Springen. Katie, Doro und Herr Weyer kehrten um, um sich unsere letzten und schärfsten Konkurrenten anzusehen.

»Lass Wondy bei mir«, sagte Simon, der bei mir geblieben war. »Ich führe ihn etwas herum, dann kannst du dir den Rest des Springens angucken.«

»Oh danke! Du bist so ein Schatz!« Ich ließ mich aus dem Sattel gleiten. Meine Beine waren ganz weich und meine Hände zitterten von der Anstrengung. Ich reichte Simon Won Da Pies Zügel und gab ihm einen Kuss auf die Wange, dann folgte ich eilig meinen Freundinnen. Just in dem Moment, als ich an die Umzäunung des Turnierplatzes trat, verweigerte das Pferd des Reiters aus Alzey am Papageien-Oxer.

»Geil!«, murmelte Doro und stieß mich mit dem Ellbogen an. »Damit sind die schon mal hinter uns!«

»Jetzt kann uns niemand mehr Platz drei nehmen«, jubelte Katie. »Nur noch die Mannschaften aus Miltenberg und Biblis sind vor uns!«

Gespannt erwarteten wir den vorletzten Starter. Ich war noch immer ganz zittrig vor Aufregung. Auch wenn es unfair war, so wünschte ich mir, dass die beiden Reiter Fehler machen oder wenigstens langsamer sein würden als ich. Allerdings sah es bei dem Miltenberger Reiter Daniel König mit seinem Pferd Livingstone nicht danach aus, als ob er uns diesen Gefallen tun würde.

»Mist, ist der schnell!«, stieß Katie hervor, als er quasi im Renngalopp durch den Parcours raste.

»Das kann ich nicht mit ansehen!« Ich drehte mich um, denn die Spannung wurde schier unerträglich, und sah Dörte, die sich mit einem dunkelblonden Jungen in Turnierklamotten und einem blonden Mädchen in einem ärmellosen froschgrünen Top und einer weißen Hotpant unterhielt. Kurz wunderte ich mich, dass Dörte sich gar nicht für die alles entscheidenden letzten Ritte dieser Springprüfung zu interessieren schien.

»Oh nein! Er hat dieselbe Abkürzung geritten wie du und es hat geklappt«, kommentierte Doro. »Jetzt kommt nur noch die Zweifache!«

»Na los, tritt einen runter!«, beschwor Katie das Pferd von Daniel König. Da machte es auch prompt *BONG!* – und ich hörte zu meiner Erleichterung die Stange poltern. Die Silbermedaillen für Platz zwei waren uns jetzt sicher! Daniel König verließ mit einem langen Gesicht den Parcours, trotzdem klopfte er seinem Fuchswallach ausgiebig den Hals als Dankeschön für eine ansonsten tolle Runde.

»An den Start kommt der letzte Reiter in dieser Prüfung, die Nummer 43, Bisbee, geritten von Marius Weissgerber vom Reitverein Biblis und Umgebung!«, hörte ich den Turniersprecher sagen. »Er hat es nun in der Hand, dieses Springen und die Süddeutschen Mannschaftsmeisterschaften für sich und sein Team zu entscheiden!«

Von der anderen Seite des Turnierplatzes erscholl Applaus und anfeuernde Pfiffe vom Fanklub des RV Biblis und Umgebung.

»Auf, Mädels!« Katie hakte sich bei Doro und mir unter. »Wir gucken ihm jetzt mindestens eine Stange runter!«

War es die Bürde der Verantwortung, die seine Nerven zittern ließ, oder war es einfach Unkonzentriertheit, dass Marius Weissgerber trotz seiner Erfahrung den Parcours vergaß? Nach dem vierten Sprung blickte er sich nämlich ratlos um und auch die Schreie und Gesten seiner Fans und Kollegen, die ihn schließlich wieder auf den richtigen Kurs brachten, konnten nicht verhindern, dass er am Ende einen Strafpunkt für Zeitüberschreitung kassierte und uns damit zu Süddeutschen Mannschaftsmeistern und mich zur Siegerin dieses L-Springens machte. Überglücklich umarmten wir uns und tanzten ausgelassen herum. Marius Weissgerber hielt sein Pferd neben uns an und zeigte sich als fairer Verlierer, als er uns nun gratulierte.

»Des einen Leid, des anderen Freud'«, sagte er und grinste, wenn auch etwas mühsam. »Herzlichen Glückwunsch zum Sieg!«

Stand up for the Champions!

Ein paar Minuten später waren wir umringt von Gratulanten. Meine Eltern und mein kleiner Bruder Florian beglückwünschten mich und strahlten vor Stolz. Katies sonst so beherrschte Mutter herzte erst ihre Tochter, dann mich, Doro und Dörte, die plötzlich auch wieder da war. Herr Schäfer, der erste Vorsitzende, war knallrot im Gesicht vor Freude, schüttelte uns so heftig die Hand, als ob er uns die Arme herausreißen wollte, und brabbelte: »Das ist das erste Mal, dass eine Mannschaft von unserem Verein an dieser Meisterschaft teilgenommen hat. Und dann haben wir sogar gewonnen! Unglaublich! Fantastisch! Toll gemacht, ihr Mädchen! Großartig, Herr Weyer!«

Der zweite Vorsitzende, Herr Stark, der auf dem Turnier als Richter fungierte, kam die Treppe vom Richterturm herunter. Auch er strahlte vor Stolz und gratulierte uns und unserem Trainer ebenfalls.

»Das muss unbedingt gefeiert werden!«, rief er fröhlich. »Frau von Richter! Wie sieht's aus, sind wir für eine spontane Grillparty heute Abend gerüstet?«

»Aber selbstverständlich!« Dragon-Mum, die vor ein paar Monaten die Bewirtung unseres Reiterstübchens übernommen hatte, nachdem sich der langjährige Pächter Herr

Boshof über Nacht aus dem Staub gemacht hatte, nickte lächelnd. »Im Kühlschrank sind Würstchen und Steaks. Und natürlich jede Menge Sekt!«

Ich hielt Ausschau nach Simon, der noch immer mit Won Da Pie am Zügel auf dem Abreiteplatz herumlief. Gerade als ich zu ihm gehen wollte, trat mir Alex in den Weg.

»Respekt, Respekt, Steinberg!«, übertönte seine Stimme alle anderen. »Ich hätte nie gedacht, dass du jemals so abgezockt und kaltschnäuzig reiten würdest. Früher hattest du doch vor jeder Reitstunde die Hosen voll!«

»Äh, danke«, stammelte ich, ein bisschen peinlich berührt. »Echt nett von dir, dass du mich daran erinnerst.«

»Keine Ursache!« Alex grinste ironisch und klopfte mir auf die Schulter. »Ich habe damals sofort gewusst, dass dein Esel ein Spitzen-Springpferd ist!«

Damit verschwand er, wahrscheinlich um mit seinen Kumpels am Getränkestand noch ein paar Bierchen zu zischen.

»So ein Blödi!«, sagte Florian empört, der mit angehört hatte, was Alex gerade von sich gegeben hatte. »Wie kann er so was sagen? Und Wondy ist doch kein Esel!«

»Na ja, so ganz unrecht hat er nicht«, gab ich zu.

Noch vor gut vierzehn Monaten war ich vor jeder Springstunde tausend Tode gestorben und hatte zwei Tage lang kaum etwas essen können. Wenn ich ein Schulpferd reiten sollte, vor dem ich mich fürchtete, war mir speiübel geworden und ich hätte am liebsten die Flucht ergriffen. Manchmal hatte ich heimlich vor Zorn über meine Angst und Feigheit geweint und mir nichts sehnlicher gewünscht, als genauso furchtlos und mutig zu sein wie Doro, die sich jedes Mal auf die Springstunden gefreut hatte. Hätte ich nicht im letzten Sommerurlaub auf Noirmoutier Nicolas Juneau kennengelernt, so wäre ich wahrscheinlich noch immer eine ängstliche Schulreiterin und vielleicht hätte ich das Reiten sogar eines Tages aufgegeben. Aber dank Nicolas' strengem Reitunterricht hatte ich gelernt, meine Furcht zu überwinden. Ich hatte begriffen, dass ich mich anstrengen und manchmal auch über Grenzen gehen musste, wenn ich eine gute Reiterin werden wollte. Und dann war Won Da Pie in meinem Leben aufgetaucht: Ein temperamentvolles, junges Pferd, vor dem ich mich früher entsetzlich gefürchtet hätte. Es war von Anfang an nicht einfach gewesen, aber ich hatte unendlich viel von ihm gelernt und grenzenloses Vertrauen in ihn. Dieser Ritt heute, der Sieg in diesem Springen, das war der Lohn für all die Arbeit, die ich mir mit ihm gemacht hatte, eine Entschädigung für die vielen blauen Flecken, die er mir beschert hatte.

»Was ist denn mit deinen Händen?«, riss mich die Stimme meines kleinen Bruders aus meinen Gedanken. »Du blutest ja!«

Ich drehte die Hände um und betrachtete meine Handflächen. Durch die Zügel hatte ich Blasen an den Händen und eine war aufgegangen und blutete. Das hatte ich im Eifer des Gefechts überhaupt nicht bemerkt.

»Ach, nicht so schlimm«, erwiderte ich und ballte die Hände zu Fäusten. »Das geht auch wieder weg.«

»Kommt das vom Reiten?« Mein Bruder verzog das Gesicht.

»Hm, ja.« Ich grinste schief. »Wondy zieht manchmal ganz schön doll an den Zügeln. Ich hätte besser Handschuhe angezogen. Aber sag Papa und Mama nichts davon, okay?«

Flori überlegte einen Moment, dann zuckte er die Schultern.

»Wenn du's nicht willst, okay. Aber mit Wondy werde ich mal ein Wörtchen reden. Das ist total gemein von ihm!«

Manchmal konnte mein kleiner Bruder total nerven, aber es gab auch Momente wie diese, wo ich ihn echt hätte knuddeln können.

»Guck mal. Ist das nicht Inga da drüben?«, hörte ich Doro hinter mir sagen und drehte mich um.

»Wo?«, fragte ich.

»Na, da! Die mit dem grünen Top!« Sie wies mit dem Kopf in Richtung Abreiteplatz. Auf dem Weg, der zum Hängerparkplatz führte, hatte sich die Mannschaft vom Reitverein Liederbach versammelt. Zwar waren sie in der Meisterschaftswertung weit abgeschlagen auf einem der hinteren Plätze gelandet, doch das schien sie nicht zu bekümmern. Die Stimmung bei ihnen war fröhlich und sie tranken Sekt. Das blonde Mädchen mit dem grünen Top stand neben dem jungen dunkelblonden Mann in weißen Reithosen und lachte gerade über irgendetwas, das er gesagt hatte.

»Mit den beiden hat Dörte eben gequatscht«, sagte ich. In diesem Augenblick wandte sich das Mädchen zu uns um und ich zuckte zusammen. Tatsächlich! Das war Inga! Früher einmal war sie eine Freundin von Doro und mir gewesen; jahrelang waren wir unzertrennlich, doch im letzten Sommer, während ich mit meiner Familie in Frankreich gewesen war, hatte Inga Doro überredet, mit ihr gemeinsam hinter meinem Rücken ein Pferd zu kaufen, obwohl das eigentlich der Plan von Doro und mir gewesen war. Ich hatte nicht kapiert, dass Inga immer schrecklich eifersüchtig auf die enge Beziehung zwischen Doro und mir gewesen war. Die Sache mit Corsario hatte unsere Freundschaft zerstört und beinahe auch die von Doro und mir, denn sie hatte seitdem ein schlechtes Gewissen. Inga hatte noch ein paar richtig schlimme Dinge getan und deshalb vom Vorstand Stallverbot bekommen. Leider lief sie mir in der Schule immer noch über den Weg, aber wir ignorierten einander.

»Boah!«, staunte ich. »Ich hätte sie beinahe nicht erkannt!«

Inga hatte sich immer sehr darüber gegrämt, kleiner und stämmiger zu sein als Doro und ich. Seitdem ich sie zuletzt vor den großen Ferien auf dem Schulhof gesehen hatte, war sie noch etwas dünner geworden. Ihre Haut war sonnengebräunt, sie trug eine große, schwarze Sonnenbrille und hohe Plateauschuhe. Ihr eigentlich schulterlanges mausfarbenes Haar war jetzt goldblond, sorgfältig geglättet und reichte ihr bis in die Mitte des Rückens.

»Mir ist sie vorhin fast um den Hals gefallen, als wären wir die besten Freunde«, sagte Oliver und feixte. »Miss Pummel ist gar nicht mehr pummelig.«

»Aber viel schöner ist sie deshalb auch nicht geworden«, meinte Karsten boshaft. »Von hinten geht's ja, aber von vorne … uuuh!«

Oliver und Ralf lachten abfällig, aber ich fand, Inga sah richtig toll aus. Ich dagegen war verschwitzt, mit platt gedrückten Haaren, schwarzen Rändern unter den Fingernägeln und blutigen Handflächen! Ganz plötzlich fiel mir ein, wie gehässig Inga letztes Jahr über Won Da Pie gesprochen hatte. *Mit deinem verhungerten Franzosenklepper gewinnst du keinen Blumentopf,* hatte sie mir zornig ins Gesicht geschrien. An jenem Tag hatte ich begriffen, wie neidisch sie war, und diese Erkenntnis hatte mich tief schockiert. Sie war in Simon verliebt gewesen, hatte ihm sogar mal einen Schal gestrickt und ihn eine Weile regelrecht verfolgt. Dafür, dass ich jetzt mit ihm zusammen war, hasste sie mich wahrscheinlich noch mehr. Trotz der Hitze fröstelte ich.

»Was hat sie denn auf einmal mit den Leuten vom Liederbacher Reitverein zu tun?«, wunderte ich mich. »Hatte sie nicht die Hälfte an einem Dressurpferd auf dem Georgshof?«

»Über wen redet ihr?«, fragte Katie neugierig.

»Da drüben bei den Liederbachern steht Inga Schneider«, erwiderte ich. »Die Blonde mit dem grünen Top.«

»Ist das nicht die Sattelzerstörerin? Was macht die denn hier?«

»Keine Ahnung.« Ich schnaubte. »Vielleicht ist es ja schon wieder vorbei mit dem Dressurreiten bei der Georgshof-Mafia.«

»So, auf, auf! Holt eure Pferde!«, rief Herr Stark in diesem Moment und klatschte in die Hände. »Gleich beginnt die Siegerehrung!«

Katie, Doro und Dörte verschwanden eilig in Richtung

Hängerparkplatz, ich drängte mich durch die Menge und lief hinüber zum Abreiten. Simon sah mich kommen und breitete lächelnd die Arme aus. Er war echt der süßeste Junge, den ich kannte, mit den widerspenstigen dunklen Haaren, den haselnussbraunen Augen und seinem goldigen Lächeln. Ich fiel ihm um den Hals und vergaß, dass Inga keine zehn Meter entfernt stand und mir wahrscheinlich die Pest an den Hals wünschte.

»Herzlichen Glückwunsch, meine Süße«, flüsterte Simon und küsste mich. »Du bist wirklich großartig geritten! Die Mannschaft verdankt den Sieg nur Wondy und dir!«

»Wenn mir das einer vor einem Jahr prophezeit hätte, dann hätte ich's niemals geglaubt!«, erwiderte ich, löste mich von Simon und herzte mein Pferd.

»Danke, Wondy«, sagte ich. »Du bist das allerallertollste Pferd der Welt! Auch wenn du mir manchmal fast die Arme rausreißt!«

Der braune Wallach schnaubte und versetzte mir einen unsanften Stoß mit seiner Nase. Er hatte für solche Gefühlsausbrüche nichts übrig. Ein Zuckerstück oder eine Mohrrübe waren ihm erheblich lieber als Zärtlichkeiten.

»Aua! Das gibt sicher wieder einen fetten blauen Fleck!« Ich verzog das Gesicht und rieb mir die Schulter. »Ein Schmusetier bist du echt nicht gerade!«

Won Da Pie spitzte die Ohren und blickte unschuldig drein.

»Na ja, fürs Schmusen hast du ja mich«, bemerkte Simon grinsend.

»Gott sei Dank!« Ich lachte.

»Hallo, Lotte«, sagte jemand und ich schauderte unwillkürlich, als ich Ingas Stimme erkannte. Nur aus Höflichkeit wandte ich mich zu ihr um. Sie hatte ihre riesige schwarze Sonnenbrille abgesetzt und lächelte, als sei nie etwas gewesen.

»Hi«, antwortete ich zurückhaltend.

»Herzlichen Glückwunsch zum Sieg! Da habe ich deinem Pferd damals ja echt unrecht getan. Es springt super!«

»Danke.«

»Hallo, Simon!«, sagte Inga zu meinem Freund.

»Hallo«, erwiderte er nur höflich.

»Du erkennst mich nicht mehr, oder?« Inga lachte ein bisschen zu schrill.

»Sollte ich?«

Für den Bruchteil einer Sekunde verzerrte sich Ingas Gesicht vor Zorn. Sie hatte einmal sehr für Simon geschwärmt, sein offensichtliches Desinteresse kränkte sie.

»Das ist Inga«, half ich nach, bevor es zu peinlich wurde.

»Ach ja, klar.« Simon lächelte gezwungen. »Du hast dich ganz schön verändert.«

»Ich habe zwölf Kilo abgenommen«, sagte Inga stolz.

»Super.« Simon zog Wondys Sattelgurt nach und die Steigbügel herunter.

»Ich reite jetzt auf dem Lindenhof in Liederbach.« Inga redete einfach weiter, als ich nicht darauf einging. »Auf Dauer war es doch zu weit, immer bis nach Bad Homburg zu fahren. Der Lindenhof ist zwar nicht so modern, aber die Community dort ist viel netter, wir unternehmen dauernd irgendwas zusammen.«

»Aha.«

»Es ist ein bisschen wie früher bei uns, bevor ich mich so blöd benommen habe. Na ja, war eine schwierige Zeit. So was würde ich nie mehr machen. Ich hab echt daraus gelernt.« Sie wickelte sich eine Strähne ihres glänzend blonden Haares um den Finger. »Wir sind eine Superclique! Das hat mir auf dem Georgshof schon irgendwie gefehlt, da war alles so steril. Und den Eltern von meinem Freund gehört der Lindenhof. Er ist auch eben das L geritten. Marco Burmeister, den kennst du doch sicher.«

Sie war immer näher gekommen und stand jetzt direkt neben mir, was mich mit Unbehagen erfüllte. Ich vermied es, in ihre blassblauen Augen zu schauen.

»Hm ja, kann sein«, antwortete ich.

»Weißt du, was total witzig ist? Vom Lindenhof aus können wir beinahe den neuen Reitstall sehen! Dazwischen ist ja nur die B8.«

»Du musst aufs Pferd.« Simon erlöste mich.

»Ist echt ein schicker Kerl geworden«, sagte Inga und strich Wondy über den Hals. »Hätte ich damals gar nicht gedacht.«

»Würdest du bitte ein Stück zurückgehen?«, bat Simon sie. »Charlotte muss zur Siegerehrung.«

»Ach, natürlich, klar! Entschuldigung! Darf ich noch schnell ein Selfie mit euch machen?«

Sie zog ihr Handy hervor, und bevor ich etwas sagen konnte, quetschte sie sich zwischen Simon, Wondy und mich und drückte auf den Auslöser. Was sollte das?

»Super! Danke!« Inga lächelte. »Ich freue mich, dass wir wieder miteinander reden, Lotte. Vielleicht können …«

»Du musst jetzt echt aufs Pferd!«, unterbrach Simon Inga und drängte sie zur Seite. Ich schnallte meinen Helm zu und schwang mich in den Sattel. Wegen der drückenden Hitze hatten die Richter »Marscherleichterung« gewährt, deshalb mussten wir keine Jacketts anziehen. Die Liederbacher Reiter hatten ihre Sektflasche ausgetrunken und gingen zum Turnierplatz – ohne Inga! So viel zum Thema »Superclique«! Und ob Marco Burmeister tatsächlich ihr Freund war, wagte ich zu bezweifeln, denn er hatte sich nicht einmal nach ihr umgeschaut, sondern war mit den anderen einfach weggegangen. Inga war eine unverbesserliche Lügnerin!

»Was für eine lästige Labertasche!«, sagte Simon, als er neben mir her Richtung Einritt ging. »Man kriegt die kaum los. Ich weiß noch, wie sie dauernd im Obstladen aufgetaucht ist und mich vollgequatscht hat.«

»Und sie hat dir mal einen Schal gestrickt«, erinnerte ich ihn.

»Oje, stimmt ja.« Simon grinste. »Den bin ich doch als Wichtelgeschenk in der Schule losgeworden.«

Ich schaute mich nach meinen Mannschaftskameradinnen um, dabei fiel mein Blick auf Inga, die auf ihr Handy starrte. Ein Schauder lief mir über den Rücken und mir war nicht wohl dabei, dass sie nun ein Foto von uns hatte.

Es fühlte sich komplett unwirklich an, als ich wenig später hinter Katie unter dem Richterturm hindurch auf den Turnierplatz ritt. Zum ersten Mal in meinem Leben hatte ich an einer Meisterschaft teilgenommen und dann gleich gewonnen! Wir stellten uns neben den anderen Reitern mit Blick zu den Zuschauern auf. Helfer des Veranstalters hatten ein dreistufiges Siegertreppchen aufgebaut und links und rechts Blumenschmuck drapiert. Zwei Richter warteten bereits mit ein paar Leuten vom veranstaltenden Verein, ein Mädchen hielt das kleine, schwarz-weiß gescheckte Pony fest, das schon das ganze Wochenende über bei den Siegerehrungen als Schleifenpony fungiert hatte. Es trug eine Schabracke, auf der die Schleifen befestigt waren.

»Eines Tages werde ich hier an Pfingsten vor vollen Tribünen reiten«, sagte Katie prophetisch und blickte sich sehnsüchtig um. »Das weiß ich.«

»Wenn's so weit ist, sag Bescheid, dann komme ich als deine Pflegerin mit«, entgegnete Doro mit einem spöttischen Unterton.

»Worauf du dich verlassen kannst«, erwiderte Katie. »Man muss Ziele haben. Und meine Ziele sind der Schlosspark, die Festhalle und Aachen!«

Die letzte Siegerehrung des Turnierwochenendes begann mit der Platzierung der Springprüfung Klasse L. Ich durfte nach vorne reiten und Won Da Pie bekam die goldene Schleife angeheftet. Er konnte es zwar nicht leiden, wenn eine Schleife an seiner Trense befestigt wurde und ihm in die Augen wehte, aber da musste er durch. Anschließend fand die Meisterehrung statt. Simon, Vivien, Draco und Ralf kamen auf den Platz, um unsere Pferde festzuhalten, während wir geehrt wurden. Zuerst waren die Dritt- und Zweitplatzierten der Meisterschaft an der Reihe, zum Schluss erhielten wir, die Siegerinnen, unsere Schärpen und

Medaillen. Katie, Doro, Dörte und ich quetschten uns auf die oberste Stufe des Siegerpodests, stemmten gemeinsam den beeindruckend großen Wanderpokal, der nun für ein Jahr bei uns im Stall einen Ehrenplatz bekommen würde, in die Luft und grinsten in alle möglichen Kameras.

»Mann, ist der schwer!«, ächzte ich. Herr Weyer und Alex nahmen ihn uns schließlich ab, aber auch sie hatten ihre liebe Mühe, als sie ihn davonschleppten.

Wir kletterten wieder auf unsere Pferde, an deren Trensen wunderschöne goldene Siegerschleifen flatterten. Die anschließende Ehrenrunde rings um den großen Turnierplatz, die Won Da Pie und ich anführen durften, geriet dann zu einem Erlebnis, das ich in meinem ganzen Leben wohl nicht vergessen würde, ohne eine fette Gänsehaut zu bekommen: Zu dem Lied *Stand up for the Champions*, das durch den Schlosspark schallte, und unter dem begeisterten Applaus der Zuschauer umrundeten wir zunächst in gesittetem Arbeitsgalopp zu viert nebeneinander den Turnierplatz. Alle anderen Mannschaften folgten uns.

»Jetzt dürfen die Siegerinnen noch allein eine Runde drehen!«, rief der Turniersprecher. Daraufhin ritten alle anderen hinaus.

»Ich bin auch weg!«, rief Dörte uns zu und lenkte Vicky eilig zum Ausritt. Bevor wir sie zurückhalten konnten, erklang *Cotton Eye Joe*, ein ziemlich alter Song, zu dem man kein anderes Tempo als schnellen Galopp reiten konnte. Katie, Doro und ich blickten uns an.

»Los, lassen wir's krachen!«, rief ich und Won Da Pie machte einen Satz, dann donnerte er los. Wir legten uns flach auf die Hälse unserer Pferde und gaben richtig Gas. Ich vergaß Inga und die Blasen an meinen Händen und genoss den Moment aus tiefstem Herzen. Atemlos und lachend parierten wir nach zwei Runden im gestreckten Galopp schließlich durch und grinsten uns an. Wir waren die Champions!

Jedes Pferd hat seinen Preis

Die Pferdetransporter und Lkw parkten auf dem Platz neben den Stallzelten, die dem Turnier irgendwie internationales Flair verliehen. Zwar waren die Reiter nicht aus Frankreich, Schweden oder den USA angereist wie an Pfingsten, aber sie kamen immerhin aus ganz Süddeutschland: aus Bayern, Hessen, Rheinland-Pfalz, Baden-Württemberg und dem Saarland, und viele von ihnen hatten bereits am Freitag ihre Pferde in den Stallzelten untergebracht. Jetzt waren alle damit beschäftigt, ihre Siebensachen zu verladen und der Parkplatz hatte sich schon zu einem großen Teil geleert. Wir zogen rasch unsere Reitstiefel aus, schlüpften in Turnschuhe und warfen Kappen, Reitblusen und Stiefel ins Wohnabteil des Transporters. Dörte stand mit Vicky neben dem Lkw, tippte auf ihrem Smartphone herum und wartete darauf, ihre braune Stute verladen zu können.

Unsere Eltern sahen dabei zu, wie wir unsere Pferde absattelten. Sie waren richtig stolz auf uns. Simon und ein ziemlich griesgrämiger Draco nahmen uns das Sattelzeug ab und verstauten es in der seitlichen Sattelkammer des Transporters, Frau von Richter unterhielt sich mit Jürgen Bergmann, dem Landestrainer der hessischen Junioren. Katie führte Asset die Rampe hinauf, danach Vicky. Während ich Won Da Pie die Transportgamaschen an den Hinterbeinen befestigte, bemerkte ich einen untersetzten Mann von ungefähr sechzig Jahren in einem kurzärmligen karierten Hemd, der sich mit Herrn Weyer unterhielt und dabei interessiert mein Pferd musterte. Der Reitlehrer schüttelte ein paarmal den Kopf, dann wies er auf meine Eltern.

»Kennst du den karierten Typ da drüben beim Weyer?«, fragte ich Katie. »Ich habe den heute schon öfter gesehen, auch am Abreiteplatz.«

Meine Freundin drehte sich um und starrte ungeniert zu unserem Reitlehrer und dem Fremden hinüber.

»Das ist ein Pferdehändler aus der Schweiz. Sein Name fällt mir gerade nicht ein«, erwiderte sie. »Wenn mich nicht alles täuscht, ist er scharf auf Wondy.«

»Das kann er mal voll vergessen!« Ich schnaubte.

Der Karierte lief zu meinen Eltern und schüttelte ihnen freundlich lächelnd die Hände. Was ging da hinter meinem Rücken vor? Plötzlich hatte ich ein mulmiges Gefühl im Bauch. Es war nicht das erste Mal, dass jemand Interesse an meinem Pferd zeigte. Won Da Pie hatte mit den weltberühmten französischen Hengsten Quidam de Revel, Le Tôt de Semilly und Grand Veneur nicht nur erlauchte Vorfahren, sondern er hatte auch deren Springvermögen, Vorsicht und Leistungsbereitschaft geerbt. Jedes Mal, wenn ich ihn auf einem Turnier ritt, weckte seine Art zu springen Begehrlichkeiten. Wahrscheinlich dachten die Leute, wenn er schon mit mir, einer unerfahrenen Fünfzehnjährigen, so gut sprang, dann würde er mit einem richtig guten Profireiter im Sattel noch viel besser sein. Möglicherweise hatten sie mit dieser Vermutung durchaus recht, aber um nichts in der Welt würde ich mein Pferd hergeben! Won Da Pie bedeutete mir mehr als nur Erfolg auf Turnieren. Ich liebte den braunen Wallach trotz oder gerade wegen seiner Eigenarten, seines bisweilen heftigen Temperaments und seiner Eigensinnigkeit heiß und innig.

»Wir wollen zur Meldestelle zum Abrechnen!«, rief Doro. »Kommt ihr mit?«

»Ich muss da ja wohl nicht hin«, entgegnete Dörte mürrisch. »Ich war ja nie platziert.«

»Könnt ihr mir bitte mein Geld mitbringen?«, bat ich meine Freundinnen. »Ich muss hier mal meine Ohren spitzen.«

Doro sah mich verständnislos an, aber Katie kapierte sofort.

»Pferdehändler-Alarm«, zischte sie Doro zu. »Komm mit, ich erklär's dir auf dem Weg.«

Die beiden verschwanden und meine Eltern kamen mit Florian und dem Pferdehändler zu mir und Wondy.

»Charlotte, das ist Herr Nötzli aus der Schweiz«, sagte mein Vater. »Er kennt Won Da Pie noch aus Frankreich!« Der Karierte sah auch aus der Nähe betrachtet harmlos und nett aus und keinesfalls so, wie man sich landläufig einen Pferdehändler vorstellte.

»Was es für Zufälle gibt!«, ergänzte meine Mutter.

»Hm«, brummte ich.

»Hallo, Charlotte, schön, dich kennenzulernen.« Herr Nötzli hielt mir die Hand hin und ich ergriff sie zögernd. »Ich habe dich eben reiten sehen. Das war eine sehr gute

Runde! Herzlichen Glückwunsch zum Sieg!« Er sprach mit einem drolligen Schweizer Akzent.

»Vielen Dank«, erwiderte ich ohne zu lächeln. Ich hatte nicht vor, mich von ihm einwickeln zu lassen. Er trat einen Schritt zurück und betrachtete Won Da Pie vom Kopf bis zur Schweifspitze eingehend. Dann nickte er zufrieden. Offenbar schien ihm zu gefallen, was er sah.

»Deine Eltern haben mir erzählt, dass ihr das Pferd letztes Jahr in Frankreich gekauft habt und du ihn ausgebildet hast.«

»Hm. Ja.«

»Da hast du wirklich gute Arbeit geleistet. Kompliment! Das Pferd hat sich hervorragend entwickelt, seitdem ich es zuletzt gesehen habe.«

Was sollte das alles? Wollte er mir Honig ums Maul schmieren?

»Ich will Won Da Pie überhaupt nicht verkaufen!«, sagte ich. »Und woher wollen Sie wissen, dass er dasselbe Pferd ist, das Sie mal in Frankreich gesehen haben?«

»Ich habe schon mein ganzes Leben lang mit Pferden zu tun.« Herr Nötzli lächelte mild und schenkte meinem Einwand keine Beachtung. »Wenn mir ein Pferd einmal aufgefallen ist, erkenne ich es immer wieder.«

»Tatsächlich?« Mein Vater, der genau wie meine Mutter keinen blassen Schimmer von Pferden hatte, war ganz fasziniert. »Aber Won Da Pie ist doch kein auffälliges Pferd. Und soweit ich das sehe, gibt es sehr viele braune Pferde. Für mich sehen sie alle gleich aus, muss ich zugeben.«

»Ja, richtig«, pflichtete Mama ihm bei. »Won Da Pie hat

ja keine Blesse oder andere Besonderheiten, die ins Auge fallen.«

Ich schämte mich für die Ahnungslosigkeit meiner Eltern. Auch wenn Wondy ein Brauner ohne Abzeichen war, so hätte ich ihn aus hundert anderen braunen Pferden ohne Abzeichen sofort herausgefunden.

»Na ja«, sagte Herr Nötzli nun. »Ich erkenne ein Pferd nicht in erster Linie an seiner Farbe oder seinen Abzeichen wieder, sondern an der Art, wie es sich bewegt, wie es springt, und an seiner ganzen Haltung. Es ist der Gesamteindruck.«

»Unglaublich!« Papa schüttelte den Kopf.

»Deinen Won Da Pie – er hieß damals noch Diabolo du Manoir – habe ich auf einem ländlichen Turnier in der Normandie in einem leichten Springen gesehen«, wandte sich der Pferdehändler nun an mich. »Das war im April vorletzten Jahres und mir gefiel seine Art zu springen. Allerdings war er sehr heftig und ließ sich kaum kontrollieren. Er war damals fünfjährig und gehörte einem Amateurspringreiter, der ihn auf einem Gestüt in der Nähe von Bayeux gekauft hatte. Der Mann war kein besonders guter Reiter und kam nicht mit ihm zurecht.«

Wider Willen beeindruckte mich das Erinnerungsvermögen des Pferdehändlers, gleichzeitig versuchte ich krampfhaft, mich an das, was Nicolas mir vorletzten Sommer über Won Da Pies Vergangenheit erzählt hatte, zu erinnern. Der Name, den Herr Nötzli genannt hatte, stimmte. Diabolo du Manoir hatte Wondy früher geheißen, das stand auch in seinem Pass. Und angeblich hatte er einem Mann gehört, einem Springreiter, mit dem Nicolas befreundet war. Nicolas hatte vermutet, dass Wondy durch einige Hände gegangen und wegen seines Temperaments nicht immer gut behandelt worden war.

»Ich machte dem Besitzer also ein Angebot und war mir mit ihm schon einig. Wie es im Pferdehandel üblich ist, hatte ich ihm das Pferd per Handschlag abgekauft, aber dann hat er leider einen Rückzieher gemacht und mir das Pferd nicht gegeben. Ich habe versucht herauszufinden, was mit ihm passiert ist, aber vergeblich. Das Pferd war spurlos verschwunden. Auf Turnieren ist es in Frankreich nicht mehr gegangen, zumindest nicht mehr unter dem Namen, den ich kannte.«

»Ich würde mein Pferd auch nicht an einen Pferdehändler verkaufen«, platzte es aus mir heraus.

»Wieso nicht?« Herr Nötzli schien das nicht zu kränken, denn er lächelte. »Ich würde ein Pferd niemals schlecht behandeln – im Gegenteil! Ich lebe schließlich davon, dass meine Kunden gesunde, gut gerittene und qualitätvolle Pferde bekommen.«

»Aber … aber …«, stotterte ich. Wondy rieb seine Nase an meiner Schulter und ich hatte plötzlich irgendwie das Gefühl, ihn beschützen zu müssen. In meiner Fantasie sah ich ihn abgemagert, ungepflegt und apathisch neben anderen Pferden angebunden dastehen, eine Nummer klebte auf seiner Kruppe – so wie auf dem Pferdemarkt in Frankreich, auf dem ich Cody gefunden und gerettet hatte.

»Keine Sorge, deine Eltern haben mir schon gesagt, dass du dein Pferd nicht hergeben willst«, beruhigte der Pferdehändler mich. »Aber vielleicht entscheidest du dich ja doch eines Tages zu einem Verkauf. Das Pferd ist ja noch jung und du bist es auch. Dann meldest du dich bei mir. Ich zahle gut.«

Sein Lächeln vertiefte sich, als er meine erschrockene Miene bemerkte.

»*Niemals!*«, sagte ich voller Inbrunst und schüttelte heftig den Kopf. Fast wäre mir herausgerutscht: *Eher verkaufe ich eines von meinen Geschwistern!*, aber ich biss mir gerade noch rechtzeitig auf die Lippen.

»Aus Erfahrung weiß ich, dass jedes Pferd seinen Preis hat«, erwiderte Herr Nötzli vieldeutig. Mit einem raschen Blick auf das Gesicht meines Vaters erkannte ich, dass er nur zu gerne gewusst hätte, was wohl der Preis war, den der Pferdehändler für Wondy zu zahlen bereit wäre.

»Charlotte!«, rief Frau von Richter in diesem Moment zu meiner Erleichterung. »Du kannst Won Da Pie jetzt verladen!«

»Ja, also, ich … ich muss los«, sagte ich zu Herrn Nötzli. Meine gute Erziehung verbot es mir, ihn in Gegenwart meiner Eltern einfach so stehen zu lassen, wie ich es am liebsten getan hätte. »Auf Wiedersehen!«

»Auf Wiedersehen, Charlotte«, antwortete er freundlich. »Weiterhin viel Freude und Erfolg mit deinem Pferd.«

Ich führte Wondy zum Lkw. Gehorsam trottete er neben mir die Rampe hoch und parkte sich routiniert neben Cornado ein. Ich band ihn an und schloss die Trennwand, dabei beobachtete ich aus dem Augenwinkel, dass sich meine Eltern ziemlich angeregt mit dem Schweizer Pferdehändler unterhielten. Auch Herr Weyer und Vivien waren hinzugekommen und begrüßten Herrn Nötzli nun wie einen alten Bekannten. Simon und Draco klappten gemeinsam die Verladerampe des Transporters hoch. Doro und Katie kehrten von der Meldestelle zurück.

»Herzlichen Glückwunsch zu deinem Sieg im L und in der Meisterschaft.« Der Landestrainer Jürgen Bergmann lächelte mich an. »Ich habe dich gestern und heute reiten sehen und bin ganz beeindruckt von dir und deinem Pferd. Ihr habt euch noch einmal richtig verbessert, und ich hätte euch beide gerne nächstes Jahr im Kader. Hoffentlich spielst du nicht mit dem Gedanken, dein Pferd zu verkaufen.« Bergmann blickte zu Herrn Nötzli hinüber.

»Ganz sicher nicht!«, erwiderte ich. Der Landestrainer hatte mich bereits mehrfach auf den Turnieren im Frühsommer angesprochen, denn viele der derzeitigen E-Kaderreiter würden im nächsten Jahr aus Altersgründen ausscheiden und er suchte dringend Nachwuchs. »Allerdings habe ich noch kein M geritten. Und M-Platzierungen sind doch Voraussetzung, um in den Kader zu kommen, oder?«

»Die Kriterien für eine Aufnahme in den E-Kader sind bei unter Siebzehnjährigen mindestens fünf L-Platzierungen in der laufenden Saison, und dass Pferd und Reiter kurzfristig förderungsfähig zur Klasse M sind.« Bergmann lächelte. »Aber das ist bei euch nur eine Frage der Zeit. Ich würde dich gerne zum Kadersichtungslehrgang in vierzehn Tagen einladen. Er findet auf dem Amselhof in Steinau statt, also gar nicht weit entfernt von euch.«

»Oh ja, cool!«, sagte Katie hinter mir. »Da können wir dann ja zusammen hinfahren!«

»Ich schicke dir eine Einladung.« Bergmann lächelte.

»Kriege ich auch eine?«, fragte Doro den Landestrainer in ihrer direkten Art. »Immerhin bin ich auch süddeutsche Mannschaftsmeisterin!«

»Äh ... nun ja ... hm«, stotterte Bergmann, überrascht von so viel Unverfrorenheit. »Dein Pferd und du, ihr müsst noch ein bisschen mehr Turniererfahrung sammeln. Für den Kader reicht das leider noch nicht.«

»Aber Sie sagten, es wäre ein Sichtungslehrgang!« Doro blieb beharrlich. »Da kommt's doch auf einen mehr nicht an!«

»Die Plätze in einem solchen Lehrgang sind begrenzt.« Der Landestrainer hatte sich wieder gefangen. »Wir laden Reiterinnen und Reiter aus ganz Hessen ein, die uns während der Saison überzeugt haben. Dich habe ich an diesem Wochenende zum ersten Mal reiten sehen. Du machst das sehr ordentlich, aber dir und auch deinem Pferd fehlt die Turniererfahrung.«

»Aber Lotte ist doch auch nur ein paar Turniere geritten!«, hielt Doro dagegen.

»Soweit ich weiß, ist sie auf neun Turnieren in dieser Saison geritten und war in jedem Springen platziert oder hat gewonnen.« Bergmann lächelte nicht mehr, er schien sich zu ärgern, von einem Mädchen derart belagert zu werden. »In einen Juniorenkader werden Reiter immer mit einem oder mehreren Pferden berufen, also hängt eine Berufung auch sehr vom Pferd ab.«

»Das heißt, Sie finden, Cornado ist nicht gut genug?«, hakte Doro hartnäckig nach. Mir war ihr Benehmen richtig peinlich, am liebsten hätte ich mich in ein Mauseloch verkrochen.

»Ich habe dein Pferd nur drei Mal springen sehen«, entgegnete der Landestrainer. »Meiner Meinung nach ist es ein nettes Pferd, mit dem du viel Spaß haben kannst. Er hat eine gute Manier am Sprung, ist aber nicht der Vorsichtigste und sein Vermögen ist begrenzt.«

»Aber ich kann doch wenigstens ...«, begann Doro.

»Lotte! Doro!«, rief Frau von Richter in diesem Moment und ich konnte Herrn Bergmann die Erleichterung ansehen. »Wir müssen los!«

Ich kletterte hinter Katie, Dörte, Simon und Doro in die Kabine des Lkw, Frau von Richter saß bereits am Steuer und hatte den Motor angelassen. Katie nahm auf dem Beifahrersitz Platz. Als Simon und ich uns auf die Bank dahinter setzten, regte Doro sich gerade darüber auf, wie der Landestrainer sie behandelt hatte.

»So ein arroganter Trottel!«, sagte sie wütend. »Als ob er nach drei Mal beurteilen könnte, wie gut Nado ist!«

»Ich glaube, dass er das tatsächlich kann«, antwortete Frau von Richter. »Jürgen Bergmann ist ein echter Pferdekenner und schon seit vielen Jahren hessischer Landestrainer der Junioren und Jungen Reiter. In dieser Zeit hat er viele Talente entdeckt, die heute sehr erfolgreich und sogar international reiten.«

»Es ist trotzdem unfair!«, sagte Doro trotzig. »Wieso werde ich nicht zum Kaderlehrgang eingeladen? Lotte und ich haben gleichzeitig angefangen zu reiten!«

Ich wünschte, sie würde aufhören, solche Dinge zu sagen.

»Ich habe seinerzeit im selben Verein und gleichzeitig mit Steffi Graf angefangen, Tennis zu spielen«, bemerkte Frau von Richter trocken. »Das heißt also gar nichts.«

Darauf wusste Doro nichts zu erwidern.

Wir rumpelten hinter einem anderen Lkw her, passierten das Tor in der Mauer des Schlossparks und bogen nach links in die Straße ein, die bis hinunter an den Rhein führte.

»Schaut mal! Da läuft die Sattelzerstörerin«, bemerkte Katie. Doro und ich blickten aus dem Fenster. Inga stakste alleine den Bürgersteig entlang.

»Wo sind denn wohl ihre Superclique und ihr Freund?«, fragte ich.

»Inga hat einen Freund?«, erkundigte Doro sich überrascht und vergaß kurz ihre Verärgerung.

»Angeblich ist sie mit Marco Burmeister zusammen«, antwortete ich. »Das hat sie mir zumindest eben erzählt. Auch, dass sie jetzt auf dem Lindenhof in Liederbach reitet, weil ihr der Georgshof zu steril war.«

»Glaubst du das?«, fragte Doro mich.

»Ehrlich gesagt – nein. Sie ist und bleibt eine Lügnerin.«

»Ich find's gemein, wie ihr über sie lästert«, mischte Dörte sich ein. »Mir tut sie leid.«

»Mir nicht«, sagte ich scharf. »Nach allem, was sie sich geleistet hat!«

»Großer Gott, bist du nachtragend! Das ist doch schon so lange her!«, ereiferte Dörte sich. »Irgendwann muss es ja mal gut sein! Jeder Mensch hat eine zweite Chance verdient.«

»Ach ja?« Ich wandte mich zu ihr um. »Würdest du das

auch sagen, wenn sie *deinen* nagelneuen Sattel mit Säure kaputt gemacht hätte? Oder wenn sie *dich* in einem anonymen Brief verdächtigt hätte, das selbst getan zu haben?«

Darauf antwortete Dörte nicht. Sie gab nur ein missbilligendes Geräusch von sich und schüttelte den Kopf.

»Auf jeden Fall kommt sie nach den Ferien auf unsere Schule«, sagte sie dann. »Auf die ätzende Mädchenschule in Königstein hat sie keine Lust mehr.«

»Wie? Was? Inga kommt auf die AES?« Doro riss die Augen auf. »Na, super! Vielleicht bin ich dann mit ihr in ein paar Kursen zusammen. Das fehlt mir grade noch!«

Ich frohlockte innerlich und begann, mich auf die Schule zu freuen. Wenn das stimmte, würde es bedeuten, dass Inga mir in Zukunft nicht mehr über den Weg laufen würde.

Das beste Pferd im Stall

»Wer war denn eigentlich dieser Typ eben?«, erkundigte sich Simon, als wir das Thema Inga beendet hatten. »Und was wollte er von deinen Eltern?«

»Er ist ein Pferdehändler aus der Schweiz«, antwortete ich düster. »Und er will Wondy kaufen.«

Ich erzählte, dass er Wondy vor zwei Jahren in Frankreich schon so gut wie gekauft hatte, das Geschäft wohl aber im letzten Moment nicht zustande gekommen war.

»Hoffentlich lassen sich meine Eltern nicht von ihm bequatschen«, schloss ich. Ein Schatten war über den schönen Tag gefallen und das bedrückte mich.

»Sie würden doch niemals einfach dein Pferd verkaufen«, meinte Simon kopfschüttelnd.

»Das glaube ich auch nicht«, pflichtete Katie ihm bei.

»Wer weiß«, erwiderte ich. »Der Typ sagte: *Jedes Pferd hat seinen Preis*. Das klang irgendwie wie ... wie eine Drohung. Vielleicht bietet er meinen Eltern so viel Geld, dass sie weich werden. Und wenn ich eines Tages aus der Schule komme, ist Wondy weg.« Die bloße Vorstellung verursachte mir Bauchschmerzen.

»Ich würde Wondy auf jeden Fall in eine andere Box stellen«, schlug Doro vor. »Vielleicht folgt der Kerl uns heimlich und morgen ist dein Pferd weg! Dann ist es vorbei mit dem Kader!«

»Red keinen Unsinn, Dorothee!«, unterbrach Katies Mutter sie ungehalten. »Der Mann heißt Gerhard Nötzli, und er ist ein absolut seriöser Geschäftsmann. Er ist sehr bekannt in der internationalen Springreiterszene und hat einen Ruf zu verlieren. Was sollte er denn wohl mit einem gestohlenen Pferd anfangen? Heutzutage sind alle Pferde gechipt und leicht zu identifizieren. Ein Pferd ohne Papiere ist nichts wert und damit uninteressant für einen Pferdehändler.« Sie setzte den Blinker und bog auf die Autobahn ab. »Es wird nicht das letzte Mal gewesen sein, dass jemand Interesse an deinem Pferd zeigt, Charlotte«, sagte sie dann. »Eigentlich solltest du das als Kompliment auffassen, denn es bedeutet schließlich, dass die Leute gerne dein Pferd haben würden, weil es so gut springen kann.«

»Genau!« Katie blickte von ihrem Smartphone auf und drehte sich vom Beifahrersitz aus zu mir um. »Meinen Asset wollte noch nie jemand kaufen. Und das alte Steiftier Schtari erst recht nicht.«

»He!«, protestierte Simon. »Sprich nicht so abfällig von ihm!«

Er hatte seit ein paar Monaten eine Reitbeteiligung an Star Appeal, der nur Schtari genannt wurde und früher von Katies Bruder Draco/Sven geritten worden war. Simon mochte den dunkelbraunen Wallach sehr gerne, obwohl der manchmal ziemlich schwierig und schreckhaft sein konnte.

»Ja, das ist wirklich nicht nett von dir, Katharina«, rügte Frau von Richter ihre Tochter. »Aber du hast recht: Weder Asset noch Schtari haben so viel Talent wie Charlottes Pferd. Zweifellos ist Won Da Pie das beste Pferd im Stall.«

Das beste Pferd im Stall!

Mir wurde abwechselnd heiß und kalt und dieser Satz klang wie ein Echo in meinen Ohren nach. Wahrscheinlich wäre ich vor Stolz geplatzt, aber in dieser Sekunde sah ich aus dem Augenwinkel, wie Dörte Doro mit dem Ellbogen anstieß, die Augen verdrehte und spöttisch die Lippen spitzte. Sie flüsterte Doro irgendetwas ins Ohr, was ich nicht verstehen konnte, aber diese zog daraufhin eine Grimasse. Mir schoss das Blut ins Gesicht und plötzlich steckte mir ein dicker Kloß im Hals. Lästerten sie etwa über mich?

»Ja, ja, wer hätte das gedacht vom Zottelmonster«, gluckste Katie, ohne von ihrem Smartphone aufzublicken.

Ich war noch so geschockt, dass ich nichts darauf erwidern konnte.

»Um unsere billigen Durchschnittspferde brauchen wir uns wenigstens keine Sorgen zu machen«, sagte Dörte nun laut zu Doro, und ich fand, dass es eifersüchtig klang. »Da kommt sicher kein Pferdehändler, um sie uns abzuluchsen.«

»Nee, die wollen nur *das beste Pferd* aus dem Stall«, entgegnete Doro und lachte abfällig.

Simon hatte das auch gehört. Er sagte nichts, drückte nur stumm meine Hand, und ich war unendlich froh, dass er da war.

Für den Rest der Fahrt erwähnte niemand mehr den Pferdehändler. Stattdessen sprach Frau von Richter über

Cody, den goldfarbenen Quarter-Horse-Wallach, den ich in Frankreich vor dem sicheren Tod gerettet hatte. Doro und ich waren mit Nicolas, Thierry und Sophie nach La Roche-sur-Yon gefahren, weil Nicolas auf dem Pferdemarkt nach passenden Pferden für seine Reitschule schauen wollte. Pferde und Ponys aller Rassen hatten in langen Reihen an Seilen angebunden auf mögliche Käufer gewartet, die meisten von ihnen waren gut gepflegt gewesen. Aber am Rande des Marktgeländes hatten in der prallen Sonne dicht gedrängt in engen Pferchen ohne Schatten und Wasser weitere Pferde gestanden: dicke Kaltblüter mit Fohlen, zerzauste Jährlinge und viele alte Pferde, die niemand mehr haben wollte. Unter ihnen war Cody gewesen. Er hatte seine Nase durch die Gitterstäbe gesteckt und mich angestupst, als ob er mich bitten wollte, ihn zu retten. Mit Schrecken hatte ich erfahren, dass all diese Pferde zum Schlachthof kommen würden. Ohne darüber nachzudenken, was ich mit ihm anfangen sollte und was meine Eltern dazu sagen würden, hatte ich ihn dem dicken Metzger für zweihundertfünfzig Euro abgekauft. Natürlich waren weder Nicolas noch Papa und Mama sonderlich erfreut gewesen, und wahrscheinlich hätte ich Cody wieder hergeben müssen, wenn Katie ihrer Mutter nicht die Fotos und Videos von Cody gezeigt hätte, die ich ihr geschickt hatte. Frau von Richter hatte sich auf der Stelle in den hübschen Falben verliebt und war zusammen mit Katie und Simon quer durch Deutschland und Frankreich bis nach Noirmoutier gefahren, um Cody abzuholen. Für mich war es ein extrem cooles Erlebnis gewesen, mit dem Pferdetransporter statt im Auto meiner Eltern zurück nach Bad Soden zu fahren. Cody gehörte zwar mir, aber meine Eltern hatten ein Abkommen mit Frau von Richter getroffen: Sie würde alle anfallenden Kosten übernehmen, dafür durfte sie sich um ihn kümmern und ihn reiten, wenn er wieder gesund war. Der Tierarzt auf Noirmoutier hatte bei einer Ultraschalluntersuchung nämlich festgestellt, dass Cody einen chronischen Sehnen- und Fesselträgerschaden an seinem rechten Vorderbein hatte und dass dies wahrscheinlich der Grund war, weshalb seine Besitzer ihn an den Metzger verkauft hatten. Aber er war erst sieben Jahre alt und auch wenn er nie mehr als Reining-Pferd genutzt werden konnte, so würde er vielleicht ein nettes Reitpferd sein.

»Morgen Nachmittag habe ich einen Termin in der Pferdeklinik in Hattersheim«, hörte ich Frau von Richter nun sagen. »Da wird überprüft, ob sein Fesselträger schon ein wenig verheilt ist. Wir haben ja die Ultraschallbilder des französischen Tierarztes zum Vergleich.«

»Und dann kannst du ihn endlich bald reiten«, sagte Katie zu ihrer Mutter.

»Abwarten«, erwiderte Frau von Richter, aber ich konnte sehen, dass sie lächelte. Sie freute sich darauf, auch wenn sie es sich nicht anmerken lassen wollte.

Im Stall angekommen, ließen wir die Rampe herunter und luden die Pferde ab.

»Ihr kommt allein klar, oder?«, fragte Frau von Richter und wir versicherten ihr, dass wir das problemlos hinkriegen würden. Sie verschwand, um sich um die Bewirtung zu kümmern, denn Herr Schäfer und Gunther hatten bereits den Schwenkgrill auf dem Grünstreifen neben dem Reitplatz aufgebaut und die Kohle angezündet. Sogar Alex ließ sich dazu herab, gemeinsam mit Oliver, Karsten und Ralf beim Aufstellen der Biertischgarnituren Hand anzulegen.

Das ganze Wochenende über war es brütend heiß gewesen und noch immer zeigte das Außenthermometer am Stall 27 Grad an. Kein Lufthauch regte sich, es war schwül und drückend, deshalb spritzten wir unsere Pferde von Kopf bis zu den Hufen ab, bevor wir sie in ihre Boxen brachten. Wir schleppten das Sattelzeug in die Sattelkammer, dann kehrten Katie, Doro und ich die Ladefläche ab und schaufelten Pferdeäpfel, schmutzige Späne und das Heu, das aus den Heunetzen gefallen war, auf den Schubkarren.

Eine halbe Stunde später saß ich zwischen Doro und Katie auf einer der langen Bänke neben der Reithalle. Es duftete appetitlich nach gebratenen Steaks und Würstchen. Herr Weyer hatte den riesigen Wanderpokal gut sichtbar auf der Mauer unterhalb der Terrasse des Casinos, wie wir unser Reiterstübchen nannten, platziert und die Meisterschärpen an die Henkel des Potts gehängt. Da es ohnehin der letzte Sommer im Reitstall sein würde und es keine Rolle mehr spielte, wie der Rasen neben dem Reitplatz aussah, hatte Herr Weyer dort das Gras wachsen und zwischen den alten Birken fünf Mini-Ausläufe mit Elektrozaun abtrennen lassen. Er bezeichnete diese mickrigen, grasbewachsenen Paddocks beschönigend als »Koppeln«, aber für die Pferde war es eine tolle Möglichkeit, etwas frische Luft zu schnappen. Momentan standen Schtari und Cody in zwei der Paddocks und knabberten das trockene Gras.

»Wo ist eigentlich Dörte?«, erkundigte ich mich und blickte mich um.

»Sie ist nach Hause gefahren«, antwortete Doro.

»Komisch, dass sie nicht mitfeiert«, fand Katie.

»Was soll sie denn feiern?«, entgegnete Doro mit einem Unterton, der mich aufhorchen ließ. »Sie hatte jedes Mal das Streichergebnis und meinte, sie hätte sich eh wie das fünfte Rad am Wagen gefühlt.«

»Da ist sie aber selbst dran schuld.« Katie schüttelte erstaunt den Kopf. »Ich hab's nicht so empfunden.«

»Ich auch nicht«, sagte ich.

»Na, kein Wunder!«, entgegnete Doro bissig. »*Du* bist drei Mal null geritten, warst in jedem Springen platziert und hast ja sowieso *das beste Pferd im Stall*.« Sie grinste dabei, um ihren Worten den Stachel zu nehmen, aber da war dieser missgünstige Ausdruck in ihren Augen, den ich nur allzu gut kannte. Was war das denn jetzt schon wieder?

»Soll ich deswegen ein schlechtes Gewissen haben, oder was?«, fuhr ich sie an. »Wenn Dörte und du ein Problem damit habt, dann reite ich eben in keiner Mannschaft mehr mit. Fertig!«

Mir reichte es mit ihrer ständigen Stichelei und den blöden Bemerkungen! Ich hatte es satt, Rücksicht auf sie und ihre Launen zu nehmen und immer nur einzustecken. In Frankreich hatte Doro sich so unmöglich benommen, dass ihr Vater sie hatte abholen müssen. Und dann hatte sie mir einen Brief geschrieben, sich tausendmal entschuldigt und mich um Verzeihung angebettelt. Es war typisch für sie, sich rücksichtslos zu verhalten, und danach tränenreich und mit schuldbewusstem Blick um Verzeihung zu bitten, nur um nach kurzer Zeit genauso weiterzumachen. Doro kannte mich gut genug, um zu wissen, was sie sagen oder schreiben musste, damit ich gutmütige Kuh darauf reinfiel. Nach meiner Rückkehr aus Noirmoutier war sie mir schluchzend um den Hals gefallen und hatte mir hoch und heilig geschworen, dass sie sich geändert hätte und sich nie, nie wieder so mies verhalten würde, aber das schien sie nach zwei Wochen schon wieder vergessen zu haben.

»Was bist du denn gleich so empfindlich?«, erwiderte sie und riss ihre braunen Kulleraugen, mit denen sie jeden täuschen konnte, auf. »Ich hab doch gar nichts gesagt!«

Ich kam nicht mehr dazu, ihr zu antworten, denn Herr Schäfer verschaffte sich Gehör und hielt eine kurze Rede, in der er sich bei uns und bei Herrn Weyer bedankte. Anschließend sagte auch unser Reitlehrer noch ein paar Worte. Er war sehr stolz auf uns und wir bekamen von allen Anwesenden noch einmal herzlichen Applaus.

»Die Steaks und die Würstchen sind fertig!«, verkündete Frau von Richter. »Am besten kommt ihr alle her, wir haben Pappteller hier vorne, Senf und Ketchup. Und Kartoffelsalat!«

»Los geht's!«, rief Katie und sprang auf. In diesem Moment fiel mir etwas ein.

»Was ist mit dem Blumenstrauß für Frau von Richter?«, zischte ich Doro zu. »Deine Mutter wollte den doch besorgen, oder?«

»Upps!« Meine Freundin schlug sich die Hand vor den Mund. »Ich hab vergessen, es ihr zu sagen. Sorry!«

»Na super!« Ich hätte sie erwürgen können und ärgerte mich, dass ich mich nicht selbst darum gekümmert hatte.

»Ist doch egal.« Doro zuckte genervt die Schultern. »Kriegt sie halt morgen die Blumen.«

»Das ist nicht egal!«, widersprach ich ihr. »Wir hatten abgesprochen, dass wir ihr heute Abend den Blumenstrauß überreichen. Dörte und ich haben dir extra jeder zehn Euro gegeben!«

»Die habe ich auch noch«, entgegnete Doro ungehalten. Sie hasste es, bei einem Fehler erwischt zu werden. »Jetzt mach doch nicht so 'n Fass auf!«

»Dann gib mir meine zehn Euro wieder«, verlangte ich. »Ich kaufe Frau von Richter selbst einen Strauß Blumen.«

»Mann, diese Scheiß-Blumen!«, explodierte Doro. »Du kriegst die zehn Euro schon wieder, aber nicht jetzt! Ich hab sie zu Hause!«

Damit ließ sie mich stehen. Am liebsten wäre ich hinter ihr hergelaufen, hätte sie am Arm gepackt und angeschrien, aber ich wollte die Stimmung nicht verderben, deshalb zwang ich mich zur Ruhe. Doro hatte ihr Smartphone auf dem Tisch liegen lassen, genau wie Katie und ich. Es war purer Zufall, dass ich just in der Sekunde hinschaute, als auf dem Display der Eingang einer WhatsApp angezeigt wurde.

Nachricht von Dörte@DD-Girls, las ich, ohne es wirklich zu wollen. DD-Girls? Was hatte das zu bedeuten?

Mich beschlich ein eigenartiges Gefühl. Mit einem kurzen Blick vergewisserte ich mich, dass Doro damit beschäftigt war, sich Kartoffelsalat auf ihren Teller zu schaufeln und nicht zu mir herüberschaute, dann tippte ich kurz ihr Smartphone an.

Hoffe, du kannst L und K noch ertragen! ☺ Ich hab's keine Sekunde länger ausgehalten, hatte Dörte geschrieben.

Ich musste vor Enttäuschung schlucken, als ich begriff, was die Nachricht bedeutete. L und K. Lotte und Katie! Plötzlich war mir schwindelig vor Zorn. Doro hatte mit Dörte eine gemeinsame WhatsApp-Gruppe! Und hundertprozentig hatte sie mir nur deshalb nichts davon erzählt, weil sie und Dörte heimlich über Katie und mich ablästerten!

Eine völlig neue Strategie

Ich kochte innerlich, als ich aufstand und hinüber zum Grill ging. Es war fünf Monate her, seitdem Doro mich auf der Stallgasse mit einem »Leck mich doch!« angeschrien hatte, nachdem sie in einer Wahnsinnsaktion mit Cornado auf dem Reitplatz ihre komische Freundin Huhu-Josie in Lebensgefahr gebracht und daraufhin Herrn Weyer angelogen hatte. Sie war kaum noch in den Stall gekommen, allerdings hatte sie Oliver und Karsten erzählt, ich sei schuld an unserem Streit gewesen. Es war eine ätzende Zeit gewesen, aber irgendwann hatte ich mich daran gewöhnt, dass Doro nicht mehr meine Freundin und Vertraute war. Mit Katie war sowieso alles viel einfacher. Eigentlich hatte unsere Freundschaft schon lange vorher, nämlich durch die Sache mit Inga und Corsario, einen Knacks bekommen, der sich nie mehr richtig hatte kitten lassen. Doro hatte es außerdem gestunken, dass ich mit Simon zusammengekommen war und sie ließ keine Gelegenheit aus, spitze Bemerkungen über ihn zu machen. Wahrscheinlich redete sie hinter meinem Rücken noch schlechter über ihn, als sie es ohnehin tat!

Ich ärgerte mich nicht über den vergessenen Blumenstrauß, aber ich ärgerte mich, dass ich Doro wieder einmal nachgegeben hatte und auf ihr Gesülze von Freundschaft reingefallen war. Wir hatten sie mit nach Noirmoutier genommen, weil sie sonst vier Wochen zu ihren Großeltern gemusst hätte, und zuerst war sie ganz friedlich gewesen, aber nach zwei Wochen hatte sie ihre Eifersucht nicht mehr zähmen können. Ich hatte mich von ihr täuschen lassen – und jetzt schon wieder!

Doro stand mit einem Pappteller in der Hand neben Katie, schnatterte auf sie ein, lachte und tat so, als sei alles in Ordnung, dabei zog sie gemeinsam mit Dörte über sie her!

»Hallo«, rief ich laut. »Hört mal bitte alle einen Moment her! Ich muss noch etwas sagen!«

Die Gespräche verstummten und alle Leute wandten sich neugierig zu mir um. Auch Doro starrte mich an. Das Flackern in ihren Augen war Unsicherheit und Warnung zugleich, aber ich ignorierte es und lächelte sie mit dem falschesten Lächeln, zu dem ich fähig war, an. Dann ging ich zu ihr und hakte mich bei ihr unter, ganz so, als hätte es unseren Wortwechsel eben überhaupt nicht gegeben. Ich spürte ihre Abwehr, ließ ihren Arm aber nicht los.

»Doro und ich wollen uns, auch im Namen von Dörte, bei Ihnen bedanken, Frau von Richter!«, sagte ich mit aufgesetzter Fröhlichkeit zu Katies Mutter, die am Grill stand und nun überrascht die Fleischgabel sinken ließ. »Sie haben auch einen großen Anteil an unserem Sieg, denn ohne Sie wären wir gar nicht bis aufs Turnier gekommen, stimmt's, Doro?«

Meine Freundin nickte und lächelte gezwungen.

»Es ist einfach toll, wie Sie sich um alles kümmern und

Ihre Wochenenden für uns opfern. Und abgesehen davon ist es megacool, mit so einem Transporter fahren zu dürfen!«

Alle lachten und applaudierten, Frau von Richter lächelte gerührt und Doro entspannte sich. Womit hatte sie wohl gerechnet?

»Wir finden, es ist nicht selbstverständlich, was Sie für uns und auch für den Verein tun«, fuhr ich fort. »Eigentlich wollten wir von der Mannschaft Ihnen heute Abend deshalb einen Blumenstrauß überreichen, aber irgendwie haben wir vergessen, das zu organisieren. Die Blumen kommen auf jeden Fall noch.«

»Hört, hört!«, rief Alex.

»Danke für deine netten Worte, Charlotte«, erwiderte Frau von Richter herzlich. »Ich tu's gerne, das wisst ihr ja alle. Es macht mir Spaß, mit euch unterwegs zu sein. Ihr seid ganz tolle Mädchen!«

Ich ließ Doro los.

»Oh, Lotte!« Katie umarmte mich, sie war ganz ergriffen. »Das war echt total süß von dir!«

Simon zwinkerte mir zu und Katies Vater klopfte mir lächelnd auf die Schulter. Mein Blick begegnete kurz dem von Doro und ich erkannte mit Befriedigung, dass sie vor Zorn fast platzte. Sie hatte sicherlich befürchtet, ich würde sie vor allen Leuten in die Pfanne hauen.

Etwas später saßen wir zusammen mit Karsten, Beate, Oliver, Ralf und Simon an einem der Biertische und ließen uns das Essen schmecken. Ich war innerlich so aufgewühlt, dass ich kaum bemerkte, was ich überhaupt aß, es hätten auch Sägespäne sein können. Doro lachte und redete, deshalb tat ich dasselbe und ließ mir nicht anmerken, wie mir in Wirklichkeit zumute war. Ich sah, wie sie ihr Smartphone checkte und etwas tippte. Schrieb sie gerade an Dörte, wie ätzend sie mich fand?

Den meisten Menschen fällt es sehr schwer, sich selbst Fehler einzugestehen und auf andere zuzugehen, hatte Mama mal zu mir gesagt, als ich mich über Doro geärgert hatte. *Und auch wenn sie sich zu einer Entschuldigung durchgerungen haben, können sie sich oft selbst nicht verzeihen.* Wahrscheinlich war das genau das Problem. Doro konnte einfach nicht aus ihrer Haut. Entweder musste ich das akzeptieren oder einen Strich unter unsere Freundschaft machen. Endgültig diesmal.

Doro spekulierte gerade über die Leute, die sich für Boxen auf der neuen Reitanlage interessierten. Mittlerweile gab es offenbar schon eine lange Warteliste, aber Herr Weyer hatte sich von uns bisher noch keinen Namen entlocken lassen.

»Ich weiß gar nicht, was diese Geheimnistuerei soll«, sagte sie kauend. »Ich würde zu gerne wissen, ob ich irgendwen von den Leuten kenne, die zu uns in den Stall kommen.«

Der Vorstand und Herr Weyer planten den Umzug für Ende des Jahres. Das letzte große Ereignis in der über fünfzigjährigen Geschichte unseres alten Reitstalls würde der Reitabzeichenlehrgang im Herbst sein, bevor wir dann kurz vor den Weihnachtsferien – wenn es das Wetter zuließ – mit allen Pferden quer durch die Stadt zur neuen Reitanlage reiten wollten.

»Du weißt doch, wie du das rausfinden kannst«, sagte Oliver mit gesenkter Stimme und zwinkerte uns zu.

»Ach ja! Unser Trick!« Doro grinste. »An den habe ich gar nicht mehr gedacht, seitdem ich keine Schulpferde mehr reite!«

»Was für ein Trick?«, wollte Katie sofort neugierig wissen.

»Verrate uns bloß nicht!«, fuhr Karsten seinen großen Bruder Simon an, als Doro zu einer Erklärung ansetzte.

»Wieso sollte ich?«, erwiderte Simon überrascht.

»Weil du ein übler Spießer bist«, entgegnete Karsten ihm.

»Ist er überhaupt nicht!«, verteidigte ich meinen Freund.

»Ist er wohl«, behauptete Karsten. »Ich kenne ihn länger als du!«

Ich bemerkte, wie er und Doro einen Blick stummen Einverständnisses wechselten, und das ärgerte mich.

»Hallo? Hört mal auf zu streiten«, unterbrach Katie uns. »Welchen Trick habt ihr gemeint?«

»Man kann die Platte vom Schreibtisch in der Sattelkammer hochheben und in die Schublade greifen«, erklärte ich und schluckte meine Verärgerung hinunter. »Das haben wir früher vor den Reitstunden immer gemacht, weil wir wissen wollten, für welches Pferd Herr Kessler uns eingeteilt hatte.«

»Der Kessler hat sich immer gewundert, wieso wir schon die richtigen Pferde gesattelt hatten, obwohl er den Plan noch gar nicht rausgehängt hatte«, kicherte Doro.

»Ihr glaubt doch wohl nicht, dass der Weyer derart sensible Informationen ausgedruckt im Schreibtisch in der Sattelkammer aufbewahrt«, meinte Simon kopfschüttelnd. »So etwas wird er sicherlich auf seinem Computer haben.«

»Das glaube ich auch«, pflichtete ich ihm bei, die anderen nickten ebenfalls, nur Doro nicht.

»Aber vielleicht tut er es *doch!*«, erwiderte sie halsstarrig. »Ich finde, wir sollten trotzdem mal schauen.«

Ich schwieg. Es war total kindisch, den Schreibtisch zu durchsuchen, wie wir das mit zwölf oder dreizehn gemacht hatten. Aber Doro musste grundsätzlich immer genau das Gegenteil von dem tun, was Simon vorschlug. Sie machte keinen Hehl daraus, wie wenig sie meinen Freund leiden konnte. Wahrscheinlich widersprach sie ihm bloß aus Prinzip, denn sie hasste es, wenn er mit irgendetwas recht hatte, und das hatte er ziemlich oft. Manchmal glaubte ich, dass sie mir Simon einfach nicht gönnte oder sauer war, weil ich nicht mehr jede freie Minute mit ich verbrachte, so wie es früher einmal der Fall gewesen war. Hätte sie einen Freund gehabt, den ich nicht mochte, so hätte ich sie das niemals so deutlich spüren lassen.

»Los, kommt schon! Lasst uns gucken«, drängte Doro nun ungeduldig, obwohl keiner von uns richtige Lust dazu hatte.

»Dann aber gleich«, sagte Oliver, gutmütig wie er war. »Ich muss in einer halben Stunde zu Hause sein.«

Wir brachten unsere Teller weg, dann schlenderten wir in den Stall. Simon versprach, uns nicht zu verraten, aber mitmachen wollte er auch nicht. Katie und ich passten auf, dass niemand unverhofft um die Ecke bog, während Oliver, Beate, Doro und Karsten in der Sattelkammer verschwanden, um den Schreibtisch zu durchwühlen. Ich kam mir total blöd vor.

»Genervt?«, fragte Katie mich leise.

»Hm«, erwiderte ich nur.

»Doro?«, flüsterte sie lautlos, und ich nickte.

Die vier kehrten nach ein paar Minuten zurück, Doro lächelte triumphierend.

»Und?«, wollte Katie wissen.

»Nichts über neue Einsteller«, sagte Karsten, ein bisschen enttäuscht, weil sein Bruder wieder mal recht behalten hatte.

»Dafür aber etwas anderes, was auch hochinteressant ist.« Doro präsentierte Katie aufgeregt ihr Handy, mit dem sie Fotos eines Vertrages gemacht hatte. »Das ist ein Einstellervertrag! Stellt euch vor: Das Kleeblatt hat sich ein Pferd gekauft!«

Annika, Dani und Susanne gehörten zu den älteren Jugendlichen im Reitstall. Die drei Mädchen und Simon hatten bei Herrn Kessler mit den besseren Schulpferden ein paarmal auf kleineren Turnieren in der Umgebung starten dürfen und waren meistens zu viert unterwegs gewesen, deshalb hatten wir sie »Das Kleeblatt« getauft. Aber mit der dicken Freundschaft war es schon seit Längerem vorbei, und spätestens seitdem Dani wusste, dass ich Simons Freundin war, ging sie ihm aus dem Weg.

»Ach, tatsächlich?«, machte Katie nur. Auch die Jungs waren von dieser Nachricht nicht sonderlich beeindruckt.

»Wamina, eine fünfjährige Hannoveraner-Stute. Sie haben ab dem ersten September eine Box gemietet.« Doro sah mich scharf an. »Dein Simon hat das doch sicher gewusst.«

»Ja, stimmt. Annika und Susanne haben es ihm erzählt«,

erwiderte ich achselzuckend. »Sie haben das Pferd auf dem Reiterhof gekauft, wo sie in den Ferien waren.«

»Ach? Und wieso erfahre ich das nicht?« Doro schüttelte wütend ihre Locken.

»Ich hab's vergessen«, gab ich zu. »Fand ich nicht so wichtig.«

»Bevor ihr euch wegen so einem Mist an die Kehle geht, sag ich mal Tschüss.« Oliver hob die Hand. »Macht's gut, bis morgen!«

»Ich haue auch ab.« Karsten schloss sich ihm an.

»Meine Mutter kommt in zehn Minuten.« Auch Beate hatte es plötzlich eilig. »Ciao, bis morgen!«

»Ich muss Cody reinbringen«, fiel mir ein. »Das hab ich deiner Mom versprochen.«

»Oh ja, und ich Schtari.« Katie sah Doro an. »Kommst du mit?«

»Nee.« Doro war eingeschnappt. »Ich geh nach Hause. Tschüss, bis morgen!«

Sie wandte sich ab und wir gingen zu den Paddocks hinüber. Die meisten der Erwachsenen waren im Begriff aufzubrechen und halfen beim Aufräumen. Simon klappte gemeinsam mit Herrn Schäfer, Alex, Gunther und Herrn von Richter die Biertischgarnituren zusammen, Frau von Richter stopfte benutzte Pappteller und -becher in Müllsäcke.

Cody und Schtari wieherten erfreut, als sie uns kommen sahen. Wahrscheinlich waren sie heilfroh, wieder in den Stall zu kommen, denn hier draußen wurden sie von den aufdringlichen Mücken fast aufgefressen. Trotz Fliegenhauben und jeder Menge Fliegenspray schüttelten sie unablässig die Köpfe, stampften mit den Hufen und ihre Schweife peitschten.

»Na, Goldstückchen?« Ich reichte Cody ein Leckerli, hakte den Führstrick in sein Halfter und öffnete den Elektrozaun. Seitdem ich ihn auf dem Pferdemarkt gefunden hatte, war er ein völlig anderes Pferd geworden: Sein Fell glänzte wie polierte Bronze, er hatte zugenommen und Muskulatur bekommen, weil Katies Mutter jeden Tag mit ihm im Eichwald spazieren ging wie mit einem Hund. Schritt auf festem Boden war die beste Therapie bei Sehnenschäden. Nachdem wir die Pferde in ihre Boxen gebracht hatten, schauten wir noch einmal nach Asset und Wondy, die zufrieden ihr Heu kauten, dann holten wir unsere Rucksäcke aus den Spinden. Auf dem Weg dahin erzählte ich, was Doro zu mir gesagt hatte, und von der DD-Girls-Gruppe bei WhatsApp.

»Von wegen: *Es wäre sooooo schön, wenn wir trotz allem noch Freundinnen sein könnten!*« Ich schnaubte verächtlich, als ich an den Inhalt von Doros Brief dachte, den Katie für mich mit nach Noirmoutier gebracht hatte. »Und dann dieser peinliche Auftritt beim Bergmann vorhin auf dem Turnier!«

»Sie kann es nicht verkraften, dass du besser bist als sie.« Katie nickte bestätigend und schloss die Tür zu dem Raum mit den Schließfächern auf. »Dörte kommt eh fast um vor Neid und Doro leider auch. Wie konntest du eben bloß noch so freundlich zu ihr sein? Ich glaube, ich hätte sie mit Genuss vor allen blamiert!«

»Das hätte ich auch am liebsten gemacht«, versicherte

ich ihr. »Aber ich hab null Bock auf Stress hier im Stall, deshalb habe ich ab heute eine neue Strategie.«

»Aha. Und die wäre?« Katie sah mich neugierig an.

»Ich bin kackfreundlich zu ihnen!«, sagte ich und lachte leise. »Schlagt sie mit Nettigkeit – das ist meine Devise. Und ich schwöre dir, das wird sie wahnsinnig machen!«

»Du bist echt ein kluges Kind!« Katie kicherte. »Da mach ich glatt mit. Wir werden so schleimnett zu den beiden sein, dass sie irgendwann kotzen! High five!«

Sie hob die Hand und ich schlug grinsend ein. Was kümmerte es mich, was andere über mich redeten, solange ich eine Freundin wie Katie hatte?

Verrat

Da die Schule erst am Dienstag losging und Katies internationale Schule sich ohnehin am amerikanischen Schulsystem orientierte und am 4. September begann, hatten unsere Eltern erlaubt, dass Katie bei uns übernachtete. Wir wollten am nächsten Tag ins Einkaufszentrum fahren, um ein paar Klamotten zu kaufen, und später dann mit Frau von Richter und Cody in die Pferdeklinik.

Wir mussten bei uns klingeln, denn ich hatte mal wieder meinen Haustürschlüssel vergessen. Alissa bellte und wenig später öffnete Phil uns die Tür. Er sah aus, als sei er gerade aufgewacht, die Haare standen ihm wirr vom Kopf ab. Wir hatten uns seit sechs Wochen nicht gesehen, denn er war erst am Mittag aus den USA zurückgekommen, wo er sechs Wochen lang bei einer Familie in Michigan gewesen war.

»Sorry«, sagte ich. »Ich hab meinen Schlüssel vergessen.«

»Hey, Lotte«, antwortete mein Bruder und grinste. »Hallo, Katie. Schön, dich wiederzusehen, Schwesterherz! Ich hab dich echt vermisst!« Und dann umarmte er mich zu meiner Überraschung.

»Äh ... ich ...«, stammelte ich verblüfft. »Ich ... ich dich auch.«

»Die Alten haben erzählt, dass ihr die Meisterschaften gewonnen habt«, fuhr er fort. »Herzlichen Glückwunsch.«

Mir klappte der Mund auf. Normalerweise interessierte Phil sich einen feuchten Dreck um das, was ich tat.

»Danke!« Katie strahlte. »Wie war's in Amerika?«

»Megacool«, antwortete Phil, der bisher noch nie einen ganzen Satz mit Katie gesprochen hatte, und grinste so freundlich, wie ich es noch nie zuvor gesehen hatte. »Am liebsten wäre ich gleich dageblieben.«

»Wo warst du eigentlich genau?«, wollte meine Freundin wissen.

»In Michigan. Besser gesagt in Saginaw. Ich hatte voll die nette Gastfamilie und wir haben wahnsinnig viel unternommen. Wir waren sogar in Toronto, an den Niagara-Fällen und zum Schluss noch in Chicago.« Er setzte sich auf die Treppe und bekam einen Anfall von Sprechdurchfall, was genauso ungewöhnlich war wie seine Nettigkeit.

Ich starrte meinen großen Bruder entgeistert an. Was war in den letzten sechs Wochen mit ihm passiert? Woher kam diese wundersame Verwandlung? Er sah auch irgendwie anders aus als früher. Der affige Undercut war herausgewachsen, er hatte einen ganz normalen Haarschnitt und keine Pickel mehr.

»Also, ich muss euch unbedingt mal Fotos zeigen«, schloss er seinen Reisebericht.

»Oh ja, cool«, sagte Katie.

»Boah, der Jetlag macht mich fertig.« Phil gähnte. »Ich hau mich noch mal aufs Ohr.«

»Ja, klar, tu das«, erwiderte ich.

»Bis später!«, sagte er, zwinkerte uns zu und verschwand nach oben.

Katie und ich blickten ihm nach, dann sahen wir uns an.

»Ist doch richtig nett, dein Bruder«, meinte Katie. »Nicht so ein überheblicher Lauch wie Sven!«

»Äh, das war nicht Phil! Der sah nur so aus wie er!« Ich schüttelte noch immer geschockt den Kopf. »Keine Ahnung, welcher Gestaltwandler gerade in ihm steckt und wo der richtige Phil abgeblieben ist.«

Katie kicherte.

»Amerika hat ihm gutgetan, würde ich sagen.«

»Bin mal gespannt, wie lange das anhält«, entgegnete ich skeptisch.

Wir gingen in mein Zimmer, klappten die Schlafcouch aus und ich holte Bettzeug für Katie. Als ich zurückkam, war meine Schwester Cathrin da und ließ sich von Katie Ausschnitte aus der Choreografie ihrer Cheerleader-Gruppe zeigen. Auf Katies Schule gab es eine Cheerleader-Mannschaft, um die Cathrin meine Freundin glühend beneidete.

»Weißt du«, sagte ich zu Katie, als wir später in unseren Betten lagen, »ich bin eigentlich gar nicht scharf drauf, im Kader zu sein. Ich habe überhaupt nicht den Ehrgeiz, jedes Wochenende irgendwo auf Turnier zu sein.«

»Die Lehrgänge sind aber immer spitze«, erwiderte meine Freundin. »Letztes Jahr hatten wir auch einen auf dem Amselhof, den haben der Bergmann und der Michael Weiland abgehalten. Das war so cool!«

»Ist das nicht der Vater von Elena Weiland?«

»Genau! Elena ist ja auch im D-Kader, wie ich. Und die

Ariane Teichert, die auch für den RV Amselhof Steinau reitet.«

»Wie viele Leute reiten denn bei so einem Lehrgang mit?«, wollte ich wissen.

»So um die zwanzig, ungefähr«, antwortete Katie.

»Nur zwanzig?« Ich staunte. »Aus ganz Hessen?«

»Ja, es ist schon etwas Besonderes.« Katie gähnte. »Nur die besten Reiter aus ganz Hessen werden eingeladen. Da kannst du dir echt was drauf einbilden! Es gibt zwei Unterrichtsstunden pro Tag, zwischendurch Theorie und Mittagessen. Vor der Saison machen wir die Turnierplanung, denn es gibt Turniere, auf denen man als Kadermitglied verpflichtend starten muss. In der Schule kriegt man übrigens frei, wenn ein Turnier schon am Freitag anfängt.«

»Klingt ja echt super«, sagte ich und allmählich freute ich mich auf diesen Lehrgang. Herr Weyer gab guten Unterricht, und auch bei Nicolas, Alex und Herrn Kessler hatte ich viel gelernt. Wie würde es sein, von Jürgen Bergmann und Michael Weiland, dem berühmten Springreiter, trainiert zu werden? An meinem Pferd zweifelte ich nicht – aber war ich wirklich gut genug, um zu dieser … hm … Elite zu gehören? Alle anderen würden viel besser sein als ich, sie alle waren schon M geritten.

»Mach dir keine Sorgen«, murmelte Katie, als ob sie meine Gedanken gelesen hätte. »Keiner verlangt etwas, was du nicht kannst. Es ist einfach Fun!«

Am nächsten Morgen fuhr Mama Katie und mich ins Einkaufszentrum. Ich hatte ihr die 160 Euro, die Won Da Pie und ich auf dem Turnier gewonnen hatten, geben wollen, aber sie wollte das Geld nicht annehmen und meinte, ich solle mir dafür etwas Schönes kaufen, immerhin hätte ich es selbst verdient. Mit diesem Vermögen in der Tasche zogen Katie und ich also durch die Geschäfte, bis ich fast alles in neue Klamotten investiert hatte. Zum Schluss fiel mir der Blumenstrauß für Katies Mutter ein. Auf dem Weg zum Busbahnhof kamen wir an einem Blumenladen vorbei. Ich kaufte einen hübschen Strauß, dann zogen wir weiter, beladen mit zig Tüten. Wir mussten uns beeilen, um den Bus zu erwischen, denn Mama erwartete uns um eins zum Mittagessen. Genau in dem Moment, als wir den Busbahnhof erreichten und in den bereits wartenden Bus nach Bad Soden stiegen, hielt auf der anderen Seite der 804er Bus aus Königstein. Die Fahrgäste stiegen aus.

»Schau mal«, sagte Katie zu mir. »Da sind Doro und Dörte!«

Tatsächlich! Die beiden überquerten die Straße und gingen direkt an unserem Bus vorbei. Sie lachten über irgendetwas. Ich wollte schon an die Scheibe klopfen und ihnen winken, doch da bemerkte ich das blonde Mädchen, auf das die beiden zuliefen. Mein Magen zog sich unwillkürlich zusammen. Das Mädchen war – *Inga*, ausgerechnet! Fassungslos beobachtete ich, wie herzlich und vertraut sich die drei begrüßten. Küsschen, Umarmung, dann hakten sie sich unter und verschwanden eifrig schwatzend in Richtung Ladenzeile.

»Das gibt's doch nicht!« Ich war wie vor den Kopf gestoßen, fühlte mich hintergangen und verraten. »Gestern hat Doro doch noch so getan, als fände sie die Vorstellung, Inga könnte ein paar Kurse mit ihr zusammen haben, ganz furchtbar! Und jetzt ziehen die hier durchs Einkaufszentrum wie die besten Freundinnen!«

Katie streichelte mir mitfühlend den Arm.

»Wie kann sie das bloß tun?«, fragte ich ungläubig. »Inga hat sich auch ihr gegenüber total link verhalten!«

»Pack schlägt sich, Pack verträgt sich«, sagte Katie. »Vergiss sie, am besten gleich alle beide. Die sind es nicht wert, dass du dir über sie den Kopf zerbrichst.«

Die Türen des Busses schlossen sich mit einem pneumatischen Seufzen, der Bus fuhr an.

»Du hast recht.« Ich atmete tief durch. »Es sollte mir egal sein. Und trotzdem ... ich fasse es nicht! Doro hat kein gutes Haar an Inga gelassen und jetzt *das!* Wie geht so etwas?«

»Frag mich nicht.« Katie schüttelte den Kopf. »Es dauert lange, bis bei mir mal jemand unten durch ist. Aber wenn es so ist, dann gibt es kein Zurück mehr. Doro und Dörte sind für mich erledigt, das schwör ich dir!«

»Für mich auch«, sagte ich. »Solche blöden Kühe!«

Ich versuchte, nicht mehr an die drei zu denken, aber die Erinnerung an das Bild, wie sie sich begrüßt und untergehakt hatten, ließ sich einfach nicht verdrängen. Das war keine zufällige Begegnung gewesen, sie hatten sich verabredet! Und es hatte auch keineswegs danach ausgesehen, dass Doro und Inga monatelang nicht miteinander gesprochen hätten! War ihre Überraschung, als sie Inga gestern auf dem Turnier gesehen hatte, nur gespielt gewesen? Hatte sie mir nicht noch vor vier Wochen auf Noirmoutier versichert, sie würde niemals wieder in ihrem Leben ein Wort mit Inga reden? War das alles gelogen?

Ein schwarzer Abgrund aus Zweifeln, Enttäuschung und Misstrauen tat sich in meinem Innern auf. Jetzt saßen die drei sicherlich irgendwo und zogen genüsslich über Katie und mich her!

Es ist dir egal, sagte ich mir immer wieder, doch damit belog ich mich selbst. Inga und Dörte kümmerten mich nicht, aber Doros Verrat kränkte mich sehr viel tiefer, als ich gedacht hätte.

In der Pferdeklinik

Nach dem Mittagessen gingen wir in den Stall. Frau von Richter war bereits da und hatte Cody auf Hochglanz geputzt. Ich überreichte ihr den Blumenstrauß, dann schauten Katie und ich rasch nach unseren Pferden, die die Turnierstrapazen offensichtlich gut überstanden hatten. Wir halfen beim Verladen und fuhren zur Pferdeklinik nach Hattersheim. Es war nicht sehr weit und schon eine Dreiviertelstunde später hatten wir unser Ziel erreicht. Nachdem Frau von Richter uns angemeldet hatte, durften wir Cody abladen. Gelassen trottete der Wallach neben uns her und zögerte auch nicht, in den Untersuchungsraum zu gehen.

»Na, du bist ja ein ganz Lieber«, begrüßte ihn eine junge Tierarztassistentin, die einen blauen Kittel über Jeans und T-Shirt trug. Ein Namensschildchen wies sie als *Jeanette* aus. Frau von Richter reichte ihr die CD, auf der die Ultraschallbilder waren, die Docteur Délèstre vor vier Wochen auf Noirmoutier angefertigt hatte. Jeanette ging zu einem kleinen Schreibtisch, auf dem ein Laptop stand, und legte die CD ins Laufwerk ein. Sie rief die Bilder auf, dann bereitete sie Cody auf die Untersuchung vor, indem sie vorsichtig mit einem Rasierer das Fell an beiden Vorderbeinen entfernte. Ich hatte bereits zwei Mal eine Ultraschalluntersuchung miterlebt und wusste, dass sie für die Pferde nicht schmerzhaft war. Der goldfarbene Wallach stand wie ein Denkmal da und ließ die Prozedur über sich ergehen, ohne auch nur mit einem Ohr zu zucken. Er hatte ein wirklich ausgeglichenes Gemüt.

Als die Assistentin fertig war, verschwand sie und schob die schwere Schiebetür hinter sich zu. Nach ein paar Minuten kehrte sie zurück, den Chef der Pferdeklinik im Schlepptau. Ich kannte Dottore Schmidt, einen dunkelhaarigen Mann mit Brille, denn er und seine Mitarbeiter behandelten beinahe alle Pferde bei uns im Reitstall. Er war immer gut aufgelegt und nicht so mürrisch und wortkarg wie sein Kollege, der neulich zum Impfen bei uns auf dem Hof gewesen war und mir auf meine Fragen kaum eine gescheite Antwort gegeben hatte.

»Hallo, Cody«, begrüßte er unser Pferd und streichelte seinen Kopf. »Bist ja ein richtig Hübscher, hm?« Dann wandte er sich an uns. »Wisst ihr etwas über seine Vorgeschichte?«

Ich schilderte ihm, wo ich Cody gefunden und was er vorher erlebt hatte.

»Alles konnten wir nicht über ihn herausfinden, aber er kam mit zwei Jahren aus Texas nach Frankreich«, erzählte ich. »Angeblich war er den Belastungen beim Reining nicht gewachsen, deshalb verkauften die Leute ihn vor ungefähr anderthalb Jahren an Freizeitreiter. Und dann landete er irgendwann auf dem Pferdemarkt und beim Schlachter.«

»Alles klar. Dann schauen wir mal, wie es vor vier Wochen ausgesehen hat«, sagte der Tierarzt und setzte sich an den Schreibtisch. Er begann mit den Bildern des rechten Vorderbeins, hob die Augenbrauen und schürzte die Lippen. »Oh! Das ist ein ziemlich schwerer Schaden am Fesselträger. Dazu ein Loch in der Sehne, Verdickungen und Zerreißungen des Sehnengewebes ... Hm.«

Die Bilder des linken Vorderbeins quittierte er nur mit einem Nicken. Hier waren die Schäden nicht so schlimm gewesen wie rechts.

»Was ist seitdem mit ihm gemacht worden?«, erkundigte er sich.

»Er hat diesen Beschlag bekommen«, antwortete ich. »Und ich habe ihn Schritt geritten und geführt, bin aber auch jeden Tag durchs Meerwasser geritten und habe ihm Umschläge mit Algen gemacht.«

»Seitdem er hier in Deutschland ist, gehe ich jeden Tag eine Stunde lang mit ihm im Wald spazieren«, ergänzte Frau von Richter.

»Na, dann lasst uns mal gucken, wie es sich entwickelt hat.« Dottore Schmidt rollte das Ultraschallgerät heran, drückte Gel auf die Ultraschallsonde und fuhr damit über die Beugesehne des rechten Vorderbeins. Er machte immer wieder »Aha« und »Hm, hm«, druckte ein paar der Bilder aus, während wir gespannt auf sein Urteil warteten.

»Erstaunlich«, sagte er, nachdem er auch das linke Vorderbein untersucht hatte. »Wirklich erstaunlich. Guckt mal hier.«

Er winkte uns zum Schreibtisch hinüber und hielt die heutigen Bilder neben die von vor vier Wochen.

»Das Loch ist fast völlig verschwunden«, erklärte er. »Die Verdickungen hier und da sind zurückgegangen und das Gewebe hat sich geglättet. Das ist für einen Zeitraum von vier Wochen ein wirklich extrem guter Heilungsverlauf. So etwas habe ich selten gesehen.«

Frau von Richter und ich wechselten einen Blick, sie lächelte erleichtert und glücklich.

»Ihr habt einen guten Job gemacht«, lobte der Tierarzt. »Ich würde sagen, macht genauso weiter wie bisher. Viel Schrittführen oder -reiten auf festem Boden, möglichst in ebenem Gelände. In vier Wochen schaue ich mir das noch einmal an.«

»Vielen Dank.« Dragon Mum streichelte Codys Hals. »Das sind ja wirklich sehr erfreuliche Nachrichten. Wie ist die Prognose?«

»Durchaus gut.« Dottore Schmidt nickte. »Wenn ihr ihm Zeit gebt, kann es völlig ausheilen. Zwar wird das rechte Vorderbein immer latent gefährdet sein, aber ich nehme nicht an, dass du Reining mit ihm reiten willst, Karin, oder doch?« Er grinste.

»Um Himmels willen – nein!«, erwiderte Frau von Richter und lachte. »Wir wollen ihn an die englische Reitweise gewöhnen.«

»Keine schlechte Idee. Quarter Horses sind von ihrem Exterieur her sogenannte ›Bergab-Pferde‹, ihr Gewicht lastet vermehrt auf ihren Vorderbeinen«, erklärte der Tierarzt. »Beim Englisch-Reiten setzt man die Pferde eher auf die Hinterhand und das wäre in diesem Fall eine gute Sache.«

In Hochstimmung fuhren wir zurück zum Reitstall. Mit

einem solch positiven Ergebnis hatte niemand von uns gerechnet. Wir schmiedeten Pläne für Codys Zukunft und malten uns aus, wie wir bald zusammen ausreiten würden.

Nachdem wir Cody abgeladen und den Transporter gesäubert hatten, ritten Katie und ich mit Asset und Wondy noch eine Runde durch den Wald, dann musste ich nach Hause. Als ich an Frieses Haus vorbeiging, kam Doros Mutter gerade aus der Haustür.

»Hallo, Lotte! Da seid ihr ja wieder«, sagte sie zu mir, dann stellte sie erst fest, dass ich alleine war und Reitklamotten trug. »Wo ist Doro? Seid ihr nicht zusammen im Einkaufszentrum gewesen?«

Ich begriff, dass Doro ihrer Mutter offenbar erzählt hatte, sie würde mit mir shoppen gehen. Ganz schön dreist und riskant dazu!

»Nein«, erwiderte ich. »Aber ich habe Doro zufällig vorhin im Zentrum mit Dörte und Inga gesehen.«

»Mit Inga?« Erstaunen malte sich auf Frau Frieses Gesicht. »Ich dachte ... na ja ... vielleicht habe ich da etwas falsch verstanden.«

Ich wünschte ihr noch einen schönen Abend und ging weiter. Unfassbar! Doro log ihre Mutter an und benutzte mich als Alibi!

Ich wollte gerade unser Tor öffnen, als ich Doro die Straße hochkommen sah. Sie trug zwei Tüten von *H&M* in den Händen. Ich wartete, bis sie bei mir war.

»Hey«, sagte ich kühl.

»Hey«, antwortete sie. »Kommst du aus dem Stall?«

»Ja. Katie und ich waren eine Runde im Gelände.«

»Das habe ich heute Morgen auch gemacht.«

»Du warst shoppen«, stellte ich fest und wies auf ihre *H&M*-Tüte.

»Ja, war mal wieder nötig.« Sie grinste ein bisschen.

Wahrscheinlich hätte ich es darauf beruhen lassen, wenn sie nichts mehr gesagt hätte, doch sie fuhr fort: »Ich hätte dich ja gefragt, ob du mitkommen willst, aber es war 'ne spontane Idee. Meine Mutter hat mich ins Zentrum gefahren.«

»Ach! Ich wusste ja gar nicht, dass deine Mutter den 804er-Bus fährt!«, entgegnete ich sarkastisch. »Ich könnte schwören, Katie und ich hätten Dörte und dich vorhin aussteigen sehen.«

»Da müsst ihr euch getäuscht haben.« Doro lief knallrot an.

»Ja, wahrscheinlich.« Ich nickte. »Ich kann mir nämlich absolut nicht vorstellen, dass *du* dich mit Inga verabreden und ihr auch noch um den Hals fallen würdest. Das muss jemand anderes gewesen sein. Sie sah dir auf jeden Fall wahnsinnig ähnlich.«

Doro schluckte krampfhaft, schien nach einem Ausweg aus ihrem Dilemma zu suchen und fand keinen. Ich konnte beinahe sehen, wie es in ihrem Kopf arbeitete.

»Warum lügst du mich an?«, fragte ich sie.

Und da reagierte sie so, wie sie immer reagierte, wenn sie keine andere Lösung sah: Sie wurde ausfallend.

»Was soll denn das?«, zickte sie mich an. »Ich kann mich doch wohl treffen, mit wem ich will! Ich bin dir keine Rechenschaft schuldig. Du gehst ja auch mit Katie shoppen.«

»Stimmt«, erwiderte ich ruhig. »Umso mehr wundere ich mich, dass du überhaupt glaubst, mich anlügen zu müssen. Wieso hast du nicht einfach gesagt, dass du mit Dörte und Inga shoppen warst?«

»Weil … weil ich wusste, dass es dich ärgern würde!«

»So ein Quatsch!«, sagte ich. »Es ärgert mich kein bisschen. Ich find's nur total scheiße, angelogen zu werden.«

»Krieg dich wieder ein!«, antwortete Doro. »So tragisch ist das ja wohl auch nicht.«

»Nö, ist es nicht.« Ich öffnete das Tor. »Überleg dir am besten gleich eine Ausrede für deine Mutter. Der hast du wohl erzählt, dass du mit mir ins Zentrum fährst. Sie hat mich nämlich gerade gefragt, wo du bist.«

»Was hast du ihr gesagt?«

»Wird sie dir schon erzählen.« Ich warf das Tor hinter mir zu und ging zu unserer Haustür.

So eine blöde Nuss! Es geschah ihr gerade recht, wenn sie jetzt Ärger kriegte!

Eine Traube für Amerika

Am nächsten Tag fing die Schule wieder an und nie war ich so froh gewesen wie heute, dass Doro auf eine andere Schule ging als ich. Hier hatte ich wenigstens meine Ruhe. Von Inga war tatsächlich weit und breit nichts zu sehen, also schien es zu stimmen, was Dörte erzählt hatte: Sie hatte die Schule gewechselt. Ich war nun in der E1, es gab keinen Klassenverband mehr, sondern Kurse und ich musste mehrere Leistungsorientierungskurse wählen. Es war ein komisches Gefühl, von den Lehrern, die uns immer geduzt hatten, plötzlich gesiezt zu werden. Ich wählte Deutsch, Bio, PoWi und Englisch als LOKs und freute mich, weil ich in den meisten Kursen mit meinen nettesten Klassenkameradinnen zusammen war. Der Stundenplan war auch nicht mehr so krass wie in der Mittelstufe; ich hatte nur zwei Mal bis zur neunten Stunde, ansonsten war nach der sechsten oder siebten Schluss.

Nachmittags ging ich reiten und anschließend noch mit Cody spazieren. Simon begleitete mich und ich erzählte ihm von Doros Lügerei. Darüber vergaß ich, dass Mama mich gebeten hatte, spätestens um sechs Uhr zu Hause zu sein, weil wir Besuch hatten.

Alissa begrüßte mich schwanzwedelnd im Flur; sie war

ausgesperrt worden, wie jedes Mal, wenn Tante Marianne und Onkel Klaus bei uns waren. Die beiden waren Zahnärzte und fanden Hunde in der Nähe des Esstisches unhygienisch. Durch die geschlossene Tür hörte ich Stimmen und das Klirren von Besteck.

Ich überlegte, ob ich mich erst umziehen oder zum Hallo-Sagen kurz ins Esszimmer schauen sollte, als die Tür des Esszimmers aufging und Mama mit einer Schüssel in den Händen herauskam. Cathrin folgte ihr mit benutztem Geschirr. Ich hörte die schnarrende Stimme von Tante Marianne, Papa erwiderte irgendetwas.

»Schön, dass du auch schon da bist«, sagte Mama spitz. »Hatten wir nicht über sechs Uhr gesprochen?«

»Ja. Entschuldigung. Ich hab die Zeit vergessen«, murmelte ich und lief schnell nach oben, um mich umzuziehen.

In Gedanken war ich ganz woanders und bekam von den Tischgesprächen so gut wie nichts mit. Die Stimmen rauschten an mir vorbei und ich brauchte alle Konzentration, um wenigstens ein Mindestmaß an Höflichkeit meiner Tante und meinem Onkel gegenüber an den Tag zu legen. An mich gerichtete Fragen beantwortete ich nur einsilbig.

»Ja, ja, die Pubertät ist schon eine schwierige Zeit«, trompetete Tante Marianne und lachte vielsagend, als ob sie Expertin auf diesem Gebiet wäre, dabei hatte sie selbst gar keine Kinder. Wie üblich riss sie das Gespräch an sich und bestimmte, worüber gesprochen wurde. Onkel Klaus, der erheblich älter war als sie, hing auf seinem Stuhl, zusammengesunken wie ein welker Salat, und sagte kaum etwas.

Das Essen zog sich endlos hin oder vielleicht kam es mir auch nur so vor.

»Es ist noch nicht zu spät«, hörte ich Phil sagen. »In Amerika fängt die Schule ja erst Anfang September an und meine Gasteltern haben schon mit dem Direktor der Highschool gesprochen. Das Visum wäre auch kein Problem.«

So redselig hatte ich meinen großen Bruder noch nie erlebt. Er hatte die Chance, für ein Jahr bei seiner Gastfamilie zu wohnen und dort zur Schule zu gehen, und das musste ihm wirklich viel bedeuten.

»Darüber haben wir doch schon gesprochen, Philipp«, antwortete Papa. »Das können wir uns nicht leisten. Ein ganzes Jahr USA ist sehr teuer. Zu den Gebühren kommt ja auch noch ein Taschengeld für dich und jede Menge andere Ausgaben.«

»Ungefähr zwölftausend Euro, habe ich ausgerechnet«, sagte Phil. »Das ist doch nicht die Welt!«

»Du machst nächstes Jahr Abi«, erinnerte Mama ihn. »Wenn du jetzt nach Amerika gehen würdest, müsstest du das noch hintendran hängen.«

»Na und? Wenn es noch G9 gäbe, wäre ich auch nicht früher fertig«, argumentierte Phil. »Außerdem könntet ihr doch eins von Charlottes Pferden verkaufen. Eins reicht ja wohl.«

»He, Moment mal!«, begehrte ich auf.

»Wie? Du hast *zwei* Pferde?«, mischte sich Tante Marianne ein und es klang wie ein Vorwurf, dann wandte sie sich an meinen Vater: »Findest du das nicht ein bisschen ungerecht?«

»Schlotte hat in Frankreich ein Pferd vor dem Schlachter gerettet. Es heißt Cody«, sagte Flori, bevor Papa etwas erwidern konnte. »Auf dem darf ich auch mal reiten, denn der ist viel lieber als Won Da Pie.«

»Aber Wondy springt super!«, bemerkte Cathrin eifrig. »Lotte ist letztes Wochenende süddeutsche Meisterin geworden und hat ein Springen gewonnen!«

Ich musste lächeln, weil meine Geschwister sich so für mich und meine Pferde ins Zeug legten.

»Aha.« Tante Marianne war jedoch nicht sonderlich beeindruckt. Phil war ihr Patensohn und von jeher ihr Liebling, uns andere hielt sie für Durchschnitt, wir interessierten sie nicht und wurden von ihr zu Weihnachten lieblos mit billigem Plunder beschenkt, den sie wahrscheinlich loswerden wollte und der bei uns sofort in die Mülltonne wanderte. Phil hingegen bekam schon mal eine Playstation oder ein nagelneues iPhone von ihr. »Ich finde es trotzdem ungerecht, dass ein Kind zwei Pferde hat und seine drei Geschwister nichts! Pferde sind heutzutage ein teurer und nutzloser Luxus.«

»Das finde ich auch«, pflichtete Phil, der üble Schleimer, ihr eifrig bei. »Zumal wir den einen Gaul für richtig viel Asche verkaufen könnten. Gerade gestern hat so ein Typ aus der Schweiz angerufen und …«

»Philipp! Es reicht!«, zischte Mama, aber ich hatte genug gehört.

»Wie bitte?« Ich horchte auf. »Hat etwa dieser Herr Nötzli angerufen?«

»Ja«, gab Mama widerstrebend zu.

»Ja – und? Wieso erzählt ihr mir das nicht?«

»Darüber reden wir später.«

»Nein! Jetzt! Ich will wissen, was da hinter meinem Rücken läuft!«, schrie ich so laut, dass Onkel Klaus aus seinem Dämmerzustand hochschreckte. »Ihr könnt doch nicht Wondy verkaufen, nur damit Phil nach Amerika kann!«

»Das haben wir auch nicht vor«, versuchte Mama mich zu beruhigen. »Er hat nur angerufen, um die Ernsthaftigkeit seines Interesses zu bekunden.«

»Ich habe ihm doch klar und deutlich gesagt, dass ich Wondy niemals verkaufe!« Ich war empört.

»Hu! Du bist aber ein freches Gör!« Tante Marianne betrachtete mich wie ein besonders ekliges Insekt, dann beugte sie sich zu Phil hinüber und tätschelte seinen Arm: »Du hast's nicht leicht mit so einer Schwester, nicht wahr, mein Lieber?«

Meine Mutter warf ihrer Schwägerin einen vernichtenden Blick zu, den diese aber gar nicht bemerkte. Phil nickte treuherzig und mimte das arme Opfer, das auf alles verzichten musste und unter seiner schrecklichen Schwester litt.

Ich versetzte ihm unter dem Tisch einen Tritt gegen das Schienbein.

»Wieso gibst *du* Phil eigentlich nicht das Geld für Amerika, Tante Marianne?«, fragte Florian arglos. »Du protzt doch immer rum, wie reich du bist.«

Tante Marianne lief krebsrot an.

»Flori!«, mahnte Mama, allerdings ohne Nachdruck, und Papa schmunzelte in sich hinein. Cathrin kicherte.

»Stimmt doch!« Flori blickte uns Unterstützung heischend an. »Gerade vorhin hat sie doch gesagt, dass sie froh ist, sich bei diesem Kreuzzug ein Zimmer für 25.000 Euro leisten zu können, wegen den ganzen Propheten! Und der Aston Martin, den sie fährt, der kostet über 150.000 Euro, das weiß ich aus meinem Auto-Quartett!«

»Kreuz*fahrt*, du Hirni«, zischte Phil in seinem altbekannten Tonfall, fing sich aber sofort wieder und lächelte süßlich.

»Und sicher nicht wegen der *Propheten*, sondern der *Proleten*«, ergänzte Mama, die sich diebisch zu freuen schien, dass Tante Marianne mal eins ausgewischt bekam.

Auch Onkel Klaus gluckste belustigt. »Kindermund tut Wahrheit kund«, meldete er sich zu Wort. »Aber der Kleine hat ganz recht. Gib deinem geizigen Zahnärztinnen-Herz einen Ruck, Marianne, und spendiere deinem Lieblingsneffen ein Jahr in Amerika. Du willst doch nicht eines Tages die reichste Frau auf dem Friedhof sein.«

Für einen Augenblick herrschte rings um den Tisch Stille. Alle Augen ruhten erwartungsvoll auf Tante Marianne, die unbehaglich auf ihrem Stuhl herumrutschte. An ihrem Hals erschienen hektische rote Flecke.

»Hrrrrm«, räusperte sie sich, betupfte ihren Mund mit ihrer Serviette und warf ihrem Mann einen bösen Seitenblick zu. »Vom Friedhof bin ich ja hoffentlich noch weit entfernt.« Sie pflückte eine Traube von der Käseplatte, steckte sie sich in den Mund und verschluckte sich in ihrer Aufregung prompt. Ihr Gesicht verfärbte sich purpurrot, sie gab ein Geräusch von sich, das ähnlich klang wie unser kaputter Spülbeckenabfluss in der Waschküche, und griff sich an den Hals. Alle saßen vor Schreck wie versteinert da.

Ich hatte für meine Tante nicht viel übrig, trotzdem sprang ich sofort auf, riss ihr die Arme hoch und hämmerte mit der flachen Hand auf ihren feisten Rücken. Die Traube flutschte aus ihrem Mund, sie rang keuchend nach Luft.

»Am besten trinkst du einen Schluck Wasser«, riet ich ihr und setzte mich wieder auf meinen Platz, als sei nichts gewesen. Erst da löste sich die allgemeine Erstarrung und alle fingen an, durcheinanderzureden.

»Toll, wie schnell du reagiert hast!«, lobte Onkel Klaus mich beeindruckt. Von Phil erntete ich einen finsteren Blick. Er hätte seiner Patentante sicherlich auch gerne das Leben gerettet, war aber leider zu langsam gewesen.

»Das hab ich beim Erste-Hilfe-Kurs im Reitstall gelernt«, wehrte ich bescheiden ab. »Ich wusste aber nicht, ob es in echt auch funktioniert.«

»Danke«, röchelte Tante Marianne, ohne mich anzusehen. Hoffentlich schämte sie sich, weil sie mich vorhin als freches Gör bezeichnet hatte!

»So weit warst du vom Friedhof jetzt gar nicht weg, Tante Marianne«, sagte Flori trocken. »Um ein Haar wärst du erstickt, aber die Schlotte hat dich gerettet.«

»Auf den Schreck trinken wir jetzt ein Schnäpschen, oder, Marianne?« Papa stand auf, um eine Flasche und Gläser für die Erwachsenen zu holen.

»Oh ja, gerne.« Tante Marianne lächelte verhalten und

fächelte sich mit der Serviette Luft zu. Sie mochte sein, wie sie wollte, aber ihr Nahtod-Erlebnis hatte sie offenbar vorübergehend geläutert.

»Ich habe dir wohl unrecht getan«, sagte sie zu mir und schaffte es sogar, ihr gezwungenes Lächeln auf mich auszudehnen. »Entschuldige bitte. Du hast was bei mir gut.«

»Schon okay«, erwiderte ich. »Ich fänd's cool, wenn du Phil ein Jahr Amerika sponsern würdest.«

»Ach!« Tante Marianne musterte mich aus schmalen Augen. Ihre Gesichtsfarbe hatte sich wieder normalisiert. »Ich hatte eher an so etwas wie eine Tafel Schokolade gedacht.«

»Wenn du gerade erstickt wärst, hätte Onkel Klaus Phil die Reise sicherlich bezahlt, oder?«, entgegnete ich.

»Eure Kinder sind wirklich ziemlich vorlaut«, wandte Tante Marianne sich pikiert an Papa und Mama, aber dann zuckte sie die Schultern. »Was soll's! Hätten wir eigene Kinder, wären die viel teurer. Also, Phil, wenn du das noch hinkriegst mit dem Jahr Amerika, dann übernehme ich sämtliche Kosten!«

»Echt jetzt?« Mein Bruder ließ sein Besteck fallen und riss fassungslos die Augen auf.

»Echt jetzt«, bestätigte Tante Marianne und lächelte, als Phil ihr nun ungestüm um den Hals fiel und ihr einen Kuss auf die Wange drückte.

Ich war froh, als das Abendessen endlich vorbei war. Mein Angebot, die Küche aufzuräumen, wurde mir von niemandem streitig gemacht und so konnte ich mich schnell nach nebenan verdrücken. Ruckzuck räumte ich Geschirr und Besteck in die Spülmaschine, wo unser Hund es genüsslich abschleckte, während ich unter lautem Geklapper Töpfe und Pfannen spülte. Eine Tafel Schokolade war es Tante Marianne wert gewesen, dass ich ihr das Leben gerettet hatte – unglaublich! Ich hatte nicht das Gefühl, dass sie das aus Spaß gesagt hatte. Es gab wirklich sehr viele merkwürdige Menschen auf dieser Welt.

Ich lag schon im Bett, als es an meiner Zimmertür klopfte. Phil!

»Seit wann klopfst du denn an?«, fragte ich erstaunt.

Er kam herein, schloss die Tür hinter sich und setzte sich vor mein Bett auf den Boden. »Danke für eben«, sagte er. »Das war echt cool von dir.«

»Schon okay. Mir fiel gerade nichts Besseres ein«, antwortete ich. »Sonst wäre die geizige Trulla mit einer Tafel Schokolade davongekommen!«

»Ja, krass, oder?« Phil grinste etwas. »Tut mir leid, was ich über deine Pferde gesagt habe, echt.«

Was war denn mit meinem Bruder los? Abgesehen von einigen kleinen Rückfällen in seine alten Verhaltensmuster dauerte die geheimnisvolle Verwandlung nun schon drei Tage an.

»Warum möchtest du eigentlich unbedingt wieder zurück nach Amerika?«, wollte ich wissen und erwartete schon halb, er würde sagen, dass mich das nichts anginge, aber zu meiner Überraschung tat er das nicht.

»Ich hab ein Mädchen kennengelernt«, gab er zu. »Sie heißt Dana.«

»Dana? Aha.« Ich setzte mich auf und sah meinen Bruder neugierig an. Phil war verliebt!

»Wir haben uns auf einer Party am vierten Juli zum ersten Mal gesehen.« Phil grinste verlegen und wurde sogar ein bisschen rot. »Na ja, und danach … halt noch ein paarmal.«

»Wie sieht sie aus?« Jetzt war ich gespannt. Mein Bruder hatte offiziell noch nie eine Freundin gehabt und ich hatte keine Ahnung, auf welchen Typ Mädchen er überhaupt stand. Bereitwillig zeigte er mir Fotos auf seinem Smartphone, die er in einem Extra-Ordner gespeichert hatte. Dana sah typisch amerikanisch aus, fand ich. Lange blonde Haare, blaue Augen, schneeweiße Zähne. Aber sie hatte ein nettes, fröhliches Lächeln.

»Und? Wie findest du sie?«, wollte er von mir wissen. Meine Meinung schien ihn wirklich zu interessieren.

»Sie sieht voll süß aus«, erwiderte ich. Dann bestürmte ich ihn mit Fragen. »Wie alt ist sie? Was macht sie so? Wo wohnt sie? Na los! Ich bin total neugierig!«

Und tatsächlich erzählte Phil ohne zu zögern, dass Dana im selben Stadtviertel wohnte wie seine Gastfamilie, auch siebzehn war und wie er in die Senior-Klasse gehen würde. Sie hatte einen älteren und einen jüngeren Bruder, mochte Musik und Sport. Er zeigte mir noch einen Haufen Fotos von ihm und Dana, und offenbar war sie genauso in meinen Bruder verknallt wie er in sie.

»Stell dir vor: Dana hat übrigens auch ein Pferd, ein Springpferd, wie Won Da Pie.« Phil grinste.

»Na, glücklicherweise bist du an den Geruch gewöhnt«, antwortete ich. »Oh, Phil, ich freu mich voll für dich!«

»Aber verrate Papa und Mama erst mal nichts, okay?«

»Quatsch! Ich sage keinen Ton«, versprach ich ihm.

»Ich habe mir übrigens überlegt, dass du meinen Roller haben kannst, solange ich weg bin«, sagte Phil beiläufig. »Wenn ich ihn drossele, kannst du ihn gleich nehmen. Und nächstes Jahr, mit sechzehn, kannst du den Rollerführerschein machen und richtig fahren.«

Ich konnte kaum fassen, was er da sagte. Sein Roller war sein Heiligtum, niemand durfte ihn auch nur berühren.

»Ist das dein Ernst?« Ich starrte meinen Bruder ungläubig an.

»Ich weiß, dass ich dir vertrauen kann und du gut drauf aufpasst«, antwortete er lässig. »Und mit 'nem Roller kommst du auch besser in den Stall als mit dem Fahrrad.«

»Oh, Mann! Danke!« Ich fiel Phil um den Hals und er ließ es sich gefallen. »Das ist so genial!«

»Ich muss *dir* danken. Ohne dich würde das mit Amerika niemals klappen.« Er verstummte, kämpfte einen Moment mit sich. »Ich war manchmal echt nicht besonders nett zu dir, Lotte. Auch zu Simon nicht. Das … das tut mir leid. Ich kann heute gar nicht mehr verstehen, warum ich manchmal so ätzend war.«

»*Manchmal?*«, neckte ich ihn und hob die Augenbrauen, aber dann grinste ich. »Schon okay. Ich war ja auch nicht immer nett.«

»Stimmt«, sagte Phil und grinste ebenfalls.

»Blödi«, antwortete ich. »Ich werde dich vielleicht trotzdem ein bisschen vermissen.«

Auf dem Amselhof

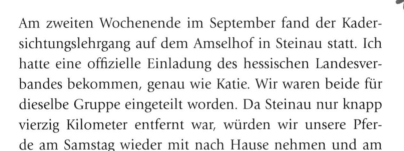

Am zweiten Wochenende im September fand der Kadersichtungslehrgang auf dem Amselhof in Steinau statt. Ich hatte eine offizielle Einladung des hessischen Landesverbandes bekommen, genau wie Katie. Wir waren beide für dieselbe Gruppe eingeteilt worden. Da Steinau nur knapp vierzig Kilometer entfernt war, würden wir unsere Pferde am Samstag wieder mit nach Hause nehmen und am Sonntag ein zweites Mal hinfahren.

Der Himmel war wolkenlos und die Sonne ging gerade auf, als Katie und ich morgens um kurz nach sechs Asset und Won Da Pie auf Hochglanz putzten und unser Sattelzeug verluden. Herr Pfeffer und Wojtek hatten bereits gefüttert und verteilten gerade die Morgenration Heu. Katie stopfte Assets Portion in ein Heunetz.

»Hast du mal das Wetter gecheckt?«, fragte sie mich. »Bleibt es so wie in den letzten Tagen?«

Ich tippte auf die Wetter-App meines Smartphones.

»Oh ja!« Ich nickte erfreut. »Sonnig, bis 27 Grad! Nur heute Abend kann es Gewitter mit Sturmböen geben.«

»Egal.« Katie schleppte das prall gefüllte Heunetz zum Transporter. »Bis dahin sind wir längst zurück. Fährt Simon nicht mit?«

»Er muss leider bis mittags arbeiten«, erwiderte ich. »Aber morgen kommt er mit. Heute will er sich um Schtari und Cody kümmern.«

Bis Frau von Richter mit einem Kaffee in der Hand aus dem Casino nach unten in den Stall kam, hatten Katie und ich alles erledigt. Die Pferde standen auf dem Transporter, wir klappten gerade die Rampe hoch.

»Seid ihr schon fertig?«, fragte Katies Mutter überrascht.

»Jawohl.« Katie grinste. »Sobald ich den Führerschein habe und Lkw fahren darf, kannst du an den Wochenenden wieder ausschlafen.«

»Glücklicherweise dauert das noch etwas«, erwiderte Dragon Mum. »Was sollte ich denn den ganzen Tag zu Hause machen?«

Wir kletterten ins Fahrerhaus und fuhren los.

»Hast du schon etwas von deinem Bruder gehört?«, wollte Katie wissen.

»Ja. Er ist voll happy. Hat schon alle seine Kurse gewählt«, erwiderte ich. Drei Fächer hatte er gemeinsam mit Dana, aber das hatte er mir im Vertrauen geschrieben, deshalb erzählte ich es nicht. Phil war vorletzte Woche nach Chicago geflogen und beim Abschiednehmen am Flughafen hatten nicht nur Mama und meine rührselige Schwester geweint, sondern auch ich. Ein Jahr war ganz schön lang, und selbst wenn mein Bruder mir oft auf den Keks ging, so würde es komisch sein ohne ihn. Vielleicht war es auch die Vorstellung, dass sich alles veränderte, die mich deprimiert hatte. Noch ein paar Jahre, dann würden wir Geschwister nach und nach zu Hause ausziehen und erwachsen werden. Wenigstens hatte ich noch drei oder vier Monate in meinem geliebten Reitstall, bevor auch dieser Teil meines Lebens anders werden würde. Phil hatte sein Versprechen tatsächlich wahrgemacht und noch am Tag vor seinem Abflug an seinem Roller herumgeschraubt, um die Motorleistung zu drosseln.

Wir fuhren auf die Autobahn Richtung Frankfurter Kreuz, auf der um diese frühe Uhrzeit so gut wie kein Verkehr herrschte. Als wir am Einkaufszentrum vorbeikamen, musste ich an Doro denken. Sie hatte ein paar Tage nicht mit mir geredet, nachdem ich sie beim Lügen erwischt hatte. Dann hatte sie sich wieder einmal entschuldigt und sofort danach so getan, als sei nichts geschehen. Ich hatte es darauf beruhen lassen, denn ich wollte im Stall keinen Stress haben. Wenn ich sie sah, redeten wir miteinander, aber es waren belanglose, oberflächliche Gespräche. Ich traute ihr nicht mehr und wusste, dass sie nicht ehrlich zu mir war, sonst hätte sie mir von Inga erzählt.

Katie und ich hatten eine Teilnehmerliste des Lehrgangs bekommen und Katie erzählte mir etwas über unsere Mitreiter.

»Kennst du sie alle?«, staunte ich.

»Die meisten, ja«, erwiderte Katie und studierte die Liste. »Johanna Messner kennst du auch, die arrogante Pute. Und Elena Weiland hast du schon mal reiten sehen. Ariane Teichert ist ungefähr dasselbe Kaliber wie die Messner, aber noch ein bisschen krasser. Die drei reiten in unserer Gruppe mit. Johanna reitet Aquino, Ariane Con Amore und Elena Lancelot. Mit dem hat sie in der Festhalle übrigens die Youngster-Tour gewonnen.«

Ich war beeindruckt und gleichzeitig verspürte ich einen Anflug von Panik. Oh Gott! In dieser Gruppe würde ich mit meinen A- und L-Platzierungen mit Abstand die Unerfahrenste sein. Was, wenn ich Won Da Pie und mich blamierte?

»Jannis Herrmann kommt aus Nordhessen«, sagte Katie unterdessen. »Er ist so ein dürrer Pickelhering mit Hasenzähnen.«

»Katharina!«, mahnte Frau von Richter.

»Stimmt doch!«, entgegnete Katie und ich musste grinsen. »Jetzt wird's spannend: Tim Jungblut – übrigens Elenas Ex – sieht mega aus! Sein Vater sitzt momentan im Knast wegen Pferdediebstahl, ihnen gehört der Sonnenhof. Tim reitet göttlich, er ist im C-Kader, genauso wie Niklas Schütze. Der ist schon für die Schweiz Nationenpreise geritten und reitet auch sonst international. Seinem Vater gehört eine der größten Hoch- und Tiefbaufirmen der Welt, sie sind stinkreich. Sie reiten in der letzten Gruppe, zusammen mit Lisa Persson – dumm wie ein Stuhl, kann aber super reiten –, und Sophie Maria Bach, die kann glaub ich nicht sprechen. Ich hab sie auf jeden Fall noch nie ein Wort reden hören und wir sind seit zwei Jahren zusammen im Kader.«

Katies Mutter schüttelte nur stumm den Kopf und seufzte.

Als wir eine Stunde später durch das kleine Städtchen Steinau rollten, wusste ich eine Menge über jeden Teilnehmer des Lehrgangs und war gespannt, sie in natura zu erleben. Frau von Richter folgte den Hinweisschildern zum

Amselhof, der ein gutes Stück außerhalb des Ortes idyllisch am Waldrand lag. Ein freundlicher älterer Herr wies uns den Weg, vorbei an einer großen Reithalle und einem u-förmig gebauten Stall mit Paddockboxen. Einer der beiden Dressurplätze war als Parkplatz ausgewiesen und dort standen bereits einige Transporter. Frau von Richter parkte am Ende der Reihe. Wir stiegen aus, öffneten die Verladerampe und gingen dann hinüber zum Restaurant *Pferdetränke*, in dem die Vorbesprechung stattfand. Auf dem Weg dahin trafen wir schon ein paar der Teilnehmer und ich musste schmunzeln, als Katie mir Jannis Herrmann und Lisa Persson vorstellte.

»Mensch, ist das schön hier«, staunte ich, als ich den herrlichen großen Springplatz sah, auf dem mächtige, alte Bäume standen, genau wie im Schlosspark. Zwischen dem Platz und dem Restaurant befand sich eine akkurat gemähte Rasenfläche mit einem großen Teich, auf dem Seerosen schwammen, und an der Mauer eines Gebäudes rankten verschwenderisch blühende rote Rosen empor.

»Warte nur, bis unsere Reitanlage fertig ist«, sagte Katie. »Wir haben auch zwei Reithallen und zusätzlich eine Longierhalle.«

»Aber wir werden keinen Wald mehr in der Nähe haben«, erwiderte ich traurig. »Den werde ich echt vermissen.«

»Ach, schau mal, da ist ja Elena!« Katie machte mich auf ein dunkelblondes Mädchen in Reithosen aufmerksam, das gerade aus einem der Stallgebäude trat. Ein braun-weißer Jack-Russel-Terrier trippelte neben ihr her.

»Hi, Katie«, begrüßte sie meine Freundin.

»Hi, Elena! Das ist Charlotte«, stellte Katie mich vor. »Sie ist heute das erste Mal dabei. Wir reiten im gleichen Verein.«

»Hi.« Elena lächelte mich an. »Ich hab dich reiten sehen. An Ostern, in Bischofsheim. Du hast eine Abteilung vom L gewonnen.«

»Äh ... stimmt ... das war mein erstes Turnier«, stotterte ich verblüfft.

»Echt? Und dann hast du gleich gewonnen? Voll cool!«

»Danke.« Ich grinste verlegen.

Wir folgten ihr die Treppenstufen hoch in die Gaststätte. In dem großen holzgetäfelten Gastraum waren die Tische in U-Form aufgestellt, vorne stand ein Flipchart.

Katie wurde von den meisten Teilnehmern freundschaftlich begrüßt, offensichtlich war sie ziemlich beliebt. Jürgen Bergmann unterhielt sich mit einem dunkelhaarigen Mann in Reithosen und Reitstiefeln, den er Katie und mir als Michael Weiland vorstellte. Elenas Vater begrüßte uns freundlich und wünschte uns viel Spaß und Erfolg.

»Nehmt euch etwas zu essen und setzt euch irgendwo hin, wo Platz ist«, sagte er.

»Charlotte reitet übrigens diesen siebenjährigen Quidam de Revel, von dem ich dir erzählt habe«, sagte Jürgen Bergmann zu ihm, woraufhin Herr Weiland mich mit neuem Interesse musterte.

»Ah ja«, hörte ich ihn sagen. »Nötzli hat mir auch von dem Pferd erzählt. Da bin ich ja mal gespannt.«

»Hast du das gehört?«, flüsterte ich Katie zu, als wir uns belegte Brötchen von einer Platte nahmen. Ich wusste nicht so recht, ob es mir gefiel, dass die Leute über mein Pferd sprachen.

»Klar«, antwortete sie. »Ist doch cool.«

»Alle werden zugucken und ich werde uns bestimmt blamieren«, befürchtete ich.

»Quatsch!« Katie biss in ihr Brötchen und schüttelte den Kopf. »Du bist echt eine elende Zweiflerin, Lotte!«

Wir fanden einen Platz zwischen Ariane Teichert und einem Jungen namens Felix, und fünf Minuten später ging die Vorbesprechung los. Die Eltern und Begleiter der Teilnehmer bekamen unterdessen draußen, im Biergarten, ebenfalls belegte Brötchen und Kaffee serviert. Mein Blick wanderte neugierig über die Gesichter ringsum und ich entdeckte einen dunkelblonden Jungen mit meerblauen Augen, der es sich auf einem Barhocker bequem gemacht hatte. Das musste dieser Tim sein, dessen Vater im Gefängnis saß. Neben ihm lehnte ein auch ziemlich gut aussehender Junge, bei dem es sich Katies Beschreibung zufolge um Niklas Schütze handeln musste.

»Ich heiße euch alle herzlich willkommen auf dem Amselhof zum Sichtungslehrgang für die Junioren- und Junge-Reiter-Kader im nächsten Jahr«, begrüßte Jürgen Bergmann alle Anwesenden. »Und herzlichen Dank an die Familie Weiland, dass sie uns ihre schöne Anlage bereits zum zweiten Mal für einen Kadersichtungslehrgang zur Verfügung stellt.«

Wir applaudierten brav. Da zwei Reiter kurzfristig abgesagt hatten, waren wir nur achtzehn Teilnehmer und aus fünf Gruppen wurden vier. Bergmann erklärte uns, was von uns und unseren Pferden erwartet wurde und wie der Tag ablaufen würde.

Katie und ich waren für die zweite Gruppe eingeteilt, die um zehn Uhr beginnen sollte. Wir hatten also Zeit, der ersten Gruppe zuzuschauen, wozu uns der Landestrainer riet.

»Ich wünsche mir, dass ihr euch sämtliche Lehrgangsteilnehmer anguckt«, sagte er. »Wenn ihr heute Nachmittag Parcours reitet, wird jeder Ritt gefilmt und später analysiert. Ihr kennt ja meinen Lieblingsspruch …«

»Reiten lernt man nur vom Reiten«, sagten einige im Chor. »Aber man lernt auch viel vom Zugucken.«

»Genau.« Bergmann grinste.

Von eins bis zwei gab es Mittagessen, danach eine Stunde theoretischen Unterricht, und ab drei Uhr folgte die zweite Trainingseinheit zu Pferd.

Die meisten der Teilnehmer würden ihre Pferde über Nacht hierlassen, weil die Anreise zu weit war, sie wurden an einen dunkelhaarigen Jungen verwiesen, der ihnen alles Notwendige zeigen würde.

»Das ist Elenas Bruder Christian«, flüsterte Katie mir zu, als nun alle aufstanden und die Stuhlbeine über den Fußboden schrammten. »Er ist früher auch geritten, sogar ziemlich gut.«

Wir schlenderten mit den anderen, die noch nicht reiten mussten, hinüber zum Springplatz, der an zwei Seiten von einem Graswall umgeben war. Dort waren für uns Stühle und Sonnenschirme aufgestellt worden und Frau Weiland bewirtete uns mit Getränken.

Ich hatte schon früher, als ich noch Schulreiterin gewesen war, für mein Leben gerne auf der Tribüne gesessen und anderen Reitern zugesehen. Besonders toll war es für mich immer gewesen, wenn Isa, die beste Reiterin bei uns aus dem Stall, ihre Pflegepferde Natimo und Heide geritten hatte. Auf Noirmoutier hatte ich Nicolas und Thierry zugeschaut und viel dabei gelernt. Deshalb fand ich es total interessant, den Unterricht von Michael Weiland zu verfolgen. Nach einer halben Stunde gingen Katie und ich zum Lkw. Zu meiner Überraschung hatte Katies Mutter unsere Pferde bereits gesattelt.

»Damit ihr länger zugucken könnt«, sagte sie nur, als ich mich bedankte. Won Da Pie war gut drauf. Neugierig blickte er sich um. Wahrscheinlich glaubte er, auf einem Turnier zu sein. Sein Fell glänzte in der Sonne wie eingefettet, sein prächtiger Schweif wehte in der lauen Brise. Ich setzte meinen Helm auf und schwang mich in den Sattel. Asset trottete gelassen am langen Zügel zum Springplatz hinüber, aber Wondy musste wieder mal Kapriolen machen. Er wieherte und tänzelte und fand alles wahnsinnig aufregend.

Won Da Pie zeigt, was er kann

»Wieso reitest du mit einem Pelham, Charlotte?«, wollte Herr Weiland von mir wissen, als wir anfingen, unsere Pferde im Trab und im Galopp zu lösen.

»Wondy wird ziemlich heftig, wenn er einen Sprung sieht«, erwiderte ich. »Normalerweise reite ich ihn mit Wassertrense, aber beim Springen mit Pelham.«

Er nickte und ich ritt weiter. Ich spürte, dass er und auch Jürgen Bergmann mich ständig beobachteten. Vielleicht deshalb, weil ich im Gegensatz zu den anderen heute zum ersten Mal dabei war, aber vielleicht ging es ihnen auch gar nicht um mich, sondern um mein Pferd.

Als unsere Pferde ausreichend aufgewärmt waren und wir alle noch einmal nachgegurtet hatten, ging es an die Springgymnastik. Auf dem riesigen Springplatz waren zwei recht harmlos aussehende Sprungreihen aufgebaut: sechs niedrige Oxer, dazwischen lagen Stangen auf dem Boden. Die andere Reihe bestand aus Steilsprüngen, die nicht höher als sechzig Zentimeter waren. Herr Weiland erklärte uns, dass diese Sprungreihen nicht nur für unsere Pferde ein gutes Training seien, sondern auch für die Reiter, denn sie sollten unser Rhythmusgefühl und unser Auge schulen.

»Heutzutage sind die Parcours schon in den Klassen L

und M viel technischer als früher«, sagte er. »Es ist wichtig, dass ihr euer Pferd in jeder Lage kontrollieren könnt. Ihr müsst ein Gefühl und den Blick für Distanzen bekommen.«

Elena ritt mit ihrem kleinen dunkelbraunen Wallach zuerst durch die Steilsprungreihe und sie schaffte es ohne Probleme. Katie hatte ebenfalls keine Schwierigkeiten und auch Ariane und Johanna absolvierten die Aufgabe routiniert. Nun war ich an der Reihe. Won Da Pie spitzte die Ohren und zischte im Galopp los.

»Abwenden und durchparieren!«, rief Herr Weiland. »Aus dem Trab kommen!«

Das war leichter gesagt als getan. Wondy sah die Hindernisse und wollte so schnell wie möglich drüberspringen. Ich musste ihn drei Mal abwenden, bis es mir endlich gelang, ihn im Trab über die erste Bodenstange und an den ersten Steilsprung zu reiten. Dann wurde er immer schneller, trat auf eine Bodenstange und versuchte daraufhin, die nächste Bodenstange samt dem Steilsprung dahinter als Oxer zu springen. Ich schaffte es kaum, ihn wieder anzuhalten.

»Noch mal!«, rief Herr Weiland. »Wenn du in der Reihe bist, lässt du ihn einfach galoppieren, ohne Druck zu machen oder an den Zügeln zu ziehen. Die Stangen liegen alle passend, wenn du gut reingekommen bist.«

Beim zweiten Mal gelang es ein wenig besser, beim dritten Mal sprang Wondy manierlich durch die ganze Reihe, ohne eine Stange zu berühren.

»Gleich noch einmal, Charlotte!«

Ich parierte durch, trabte wieder zurück. Jetzt hatte mein

Pferd begriffen, was von ihm verlangt wurde, und blieb im Trab. Stolz klopfte ich ihm den Hals, als wir erneut gut durchgekommen waren.

»Sehr gut«, lobte mich Herr Weiland. »Dein Pferd ist noch jung und vergleichsweise unerfahren. Er lernt schnell, das ist im Prinzip gut. Aber leider gewöhnen sich solche Pferde auch genauso schnell Unarten an. Du musst deshalb immer konsequent sein und darfst ihm nichts durchgehen lassen.«

Ich nickte.

Wir ritten alle noch mehrmals durch die Steilsprung- und dann durch die Oxerreihe, wobei die Sprünge nach jedem Durchgang erhöht wurden, bis die letzten Hindernisse schließlich eine respektable Höhe hatten.

»Für eure Pferde sind diese Reihen mit den Bodenstangen unwahrscheinlich anstrengend«, erklärte Herr Weiland. »Gleichzeitig ist es das beste Training für die Schnelligkeit von Vorder- und Hinterbeinen.«

Ich hatte damit gerechnet, dass Won Da Pie jetzt, wo die Sprünge höher waren, losschießen würde, wie er es so gerne bei uns zu Hause in der Springstunde machte, aber das tat er nicht. Er war ganz darauf konzentriert, keine Fehler zu machen, und ich genoss das herrliche Gefühl, von ihm mitgenommen zu werden, ohne mit ihm kämpfen zu müssen.

»Das war ausgezeichnet, Charlotte«, sagte Herr Weiland mit einem Lächeln, als ich Wondy durchparierte. »Du hast dein Pferd überhaupt nicht gestört, aber trotzdem gut unterstützt, weil du das Bein schön dran hattest.«

»Hm.« Ich nickte und lächelte auch.

»Dein Pferd hat viel Springvermögen«, fuhr Elenas Vater fort. »Außerdem ist es sehr vorsichtig und will keine Fehler machen. Da dein Won Da Pie einen starken Vorwärtsdrang hat, solltest du daran arbeiten, dass er bei dir bleibt und nicht losstürmt. Das erreichst du nicht durch immer schärfere Gebisse, sondern durch viel Gymnastizierung, mit Stangenarbeit und kleinen Sprüngen. Die Rittigkeit ist das A und O. Nur wenn ein Pferd wirklich durchlässig und dressurmäßig solide ausgebildet ist, kannst du es später, wenn die Parcours höher und technisch anspruchsvoller sind, kontrollieren.«

Ich ritt am langen Zügel um ihn herum und lauschte aufmerksam seinen Erklärungen und Tipps.

»Würdest du mir erlauben, mich mal kurz auf ihn draufzusetzen?«, fragte er schließlich. Natürlich hatte ich nichts dagegen. Sein Problem mit Männern hatte Wondy überwunden. Im Sommer hatte er sich ja auch von Jens Wagner reiten lassen.

Herr Weiland verlängerte die Steigbügel ein wenig und schwang sich in den Sattel. Er ritt Wondy im Schritt herum, ließ ihn Schenkel weichen und rückwärtsrichten. Dann trabte er an, ritt ein paar Volten und ließ mein Pferd auch im Trab seitwärts gehen. Nach ein paar Minuten galoppierte er an. Bei Wondy gab es im Galopp nur zwei Möglichkeiten: schnell und sehr schnell. Ich staunte nicht schlecht, als ich nun sah, wie mein Pferd locker und im versammelten Tempo um die Hindernisse herumgaloppierte, saubere fliegende Wechsel sprang, ohne sich dabei aufzuregen, und schließlich flüssig die Oxerreihe überwand. Die anderen

Reiter hatten ihre Pferde durchpariert und schauten genauso fasziniert zu wie ich.

»Irre, oder?«, sagte Katie neben mir.

»Ich bin auch immer wieder platt, wie sich ein Pferd verändert, wenn mein Vater draufsitzt«, meinte Elena.

»Zum Kotzen«, fand Ariane Teichert. »Man fühlt sich irgendwie voll als Loser.«

»Ich find's toll«, sagte ich. »Jetzt kann ich mir vorstellen, wie er gehen kann, wenn ich alles richtig mache.«

Nach zehn Minuten hielt Herr Weiland neben mir an, klopfte Wondy den Hals und saß ab.

»Ein sehr ordentliches Pferd hast du da«, sagte er zu mir. »Nicht einfach, aber mit viel Potenzial. Eigentlich ist er kein Amateurpferd, denn er ist extrem vorsichtig, aber du hast eine feine Hand und störst ihn am Sprung nicht. Ein Pferd wie dein Won Da Pie darf nicht zu viele schlechte Erfahrungen machen oder zu früh überfordert werden. Aber du hast ja zu Hause auch einen guten Trainer, wie ich gehört habe. Euer Herr Weyer ist ein Ausbilder, der viel Wert auf eine solide dressurmäßige Arbeit legt. Und wenn du in den Kader kommst, dann hat auch Herr Bergmann immer ein Auge auf euch beide. Ach ja, heute Nachmittag reitest du bitte mit Wassertrense, okay?«

»Okay.« Ich stieg wieder in den Sattel, um Wondy noch etwas Schritt gehen zu lassen.

»Und?« Katie ritt neben mich und grinste. »Glaubst du noch immer, du würdest dich blamieren?«

»Nein.« Ich grinste auch und streichelte Wondys Hals. »Es hat voll Spaß gemacht.«

Der Tag verging wie im Flug. Selten hatte ich so viel gelernt wie an diesem Nachmittag und mir schwirrte der Kopf, als wir am frühen Abend nach Hause fuhren. Ich schickte Simon Videos, die Frau von Richter von Wondy und mir gemacht hatte, und wir schrieben uns hin und her. Auch die zweite Springstunde war richtig gut verlaufen. Wir hatten zuerst einzelne Sequenzen eines Parcours geübt und waren zum Schluss den ganzen Parcours geritten. Sogar mit der normalen dicken Trense hatte ich Wondy gut halten können und er hatte sich nicht einmal so aufs Gebiss gelegt, wie er das sonst zu tun pflegte. Beim Mittagessen hatten Katie und ich mit Elena, Ariane und zwei anderen Mädchen an einem Tisch gesessen. Ich hatte erfahren, dass Elena und auch ihr Vater öfter Pferde ritten, die Herrn Nötzli gehörten. Der Pferdehändler war auch der Besitzer von Lancelot, dem kleinen dunkelbraunen Vollblüter, den Elena beim Lehrgang ritt. Kürzlich war eines seiner Pferde, das Elena eine Weile geritten hatte, sogar nach Amerika an eine berühmte Springreiterin verkauft worden, die mit ihm im nächsten Jahr bei den Weltmeisterschaften starten würde. Ich hatte erzählt, dass Herr Nötzli Interesse an Won Da Pie gezeigt hatte, und Elena hatte daraufhin erwidert, ich würde auf jeden Fall keinen Fehler machen, wenn ich mein Pferd eines Tages an Herrn Nötzli verkaufen sollte. Natürlich kam das für mich nicht infrage, aber interessant war es trotzdem.

Der ganze Tag hatte mir das Gefühl gegeben, dazuzugehören und das war toll. Ich freute mich auf morgen.

Als wir die Autobahn verließen, ballten sich hinter der

Silhouette der Taunusberge dicke, dunkle Wolken, die nichts Gutes verhießen. Kein Windhauch ging, es war drückend heiß und die Vögel in den Bäumen des Eichwalds waren verstummt.

Wir hatten ausgemacht, dass Katie bei uns übernachten würde. Papa und Mama waren mit Florian zu meiner Oma nach Bochum gefahren und wollten gegen zehn zurück sein. Cathrin übernachtete bei einer Freundin.

Nachdem wir unsere Pferde versorgt und uns von Katies Mutter verabschiedet hatten, liefen wir den kurzen Weg zu uns nach Hause. Mein Handy klingelte, als ich die Haustür aufschloss. Es war Mama.

»Wir sind leider gerade erst losgefahren«, sagte sie zu mir. »Wahrscheinlich wird es Mitternacht, bis wir zu Hause sind.«

»Kein Problem«, erwiderte ich. »Katie und ich sind jetzt ja hier. Wir lassen Alissa noch mal raus und essen was.«

Mama wollte wissen, wie der Lehrgang gewesen sei, und ich erzählte ihr ein bisschen was, während unser Hund im Garten Pipi und einen Haufen machte. Da hatte ich mir schon mal den Spaziergang gespart. Alles, was ich jetzt wollte, war unter die Dusche gehen, etwas essen und ein bisschen chillen, denn der Tag war ganz schön anstrengend gewesen.

Feuer in der Nacht

Lautes Scheppern riss mich aus dem Schlaf. Erschrocken fuhr ich aus einem wirren Traum hoch und stellte erleichtert fest, dass kein Vulkan ausgebrochen war, sondern nur das Fenster, das wir beim Einschlafen wegen der Hitze weit geöffnet hatten, von einem Windstoß zugeworfen worden war. Wie meine Wetter-App vorhergesagt hatte, stürmte es draußen ziemlich heftig. Katie schlief tief und fest auf einer Matratze neben meinem Bett. Schlaftrunken griff ich nach meinem Handy und schaute aufs Display. 00:14 Uhr. Mitten in der Nacht! Ich hatte gar nicht gehört, wie Papa, Mama und Flori nach Hause gekommen waren.

Der Sturm raste ums Haus, heulte im Kamin und rüttelte an den Dachziegeln, und plötzlich flog das Fenster wieder auf. Ich musste sowieso aufs Klo, deshalb stieg ich vorsichtig über die schlafende Katie hinweg, schloss das Fenster richtig und tastete mich dann, ohne Licht zu machen, durch den Flur. Die Tür zum Schlafzimmer meiner Eltern stand offen. Ich schaute hinein – das Bett war unbenutzt. Ein wenig beunruhigt drückte ich nun doch auf den Lichtschalter und warf einen Blick in Floris Zimmer. Auch leer. Hoffentlich war nichts passiert! Besorgt holte ich mein Smartphone aus meinem Zimmer und stellte fest, dass Mama ein paarmal angerufen und mir schließlich um 22:54 Uhr eine Sprachnachricht geschickt hatte. Sie hatte sich gedacht, dass wir bereits schliefen und deshalb nicht auf dem Festnetz angerufen. Leider standen sie bei Siegen in einem Stau wegen einer Vollsperrung nach einem Unfall, und es war nicht abzusehen, wann sie weiterfahren konnten.

Ich schrieb ihr zurück, dass wir schon geschlafen hätten, und wünschte ihnen eine gute Weiterfahrt. Nur Sekunden später erhielt ich eine Antwort: *Schlaft nur weiter. Wir verbringen wohl mal eine Nacht auf der Autobahn.*

Erleichtert, dass meiner Familie nichts zugestoßen war, ging ich zum Badezimmer, das ich mir mit meinen Geschwistern teilte. Gähnend klappte ich den Klodeckel hoch. Als ich zurück in mein Zimmer gehen wollte, bemerkte ich zufällig durch das Milchglas des Badfensters ein seltsames, flackerndes Licht, das irgendwie anders aussah als das Licht der Straßenlaternen. Was war das wohl? Ich öffnete das Fenster. Der Sturm riss mir fast den Griff aus der Hand und wehte mir einen scharfen Brandgeruch ins Gesicht. In der Dunkelheit sah ich Funken sprühen wie bei einem Silvesterfeuerwerk. Der orangefarbene Schein war nun deutlicher zu sehen, er kam aus der Richtung, in der ... oh nein ... der Stall lag!

Ein Adrenalinstoß fuhr durch meinen Körper. Träumte ich? In diesem Moment zuckte ein Blitz über den tiefschwarzen Himmel und machte die Nacht für eine Millisekunde taghell. Das reichte, um jenseits von Frieses Garten und der Straße deutlich die Reithalle zu erkennen. Mein Herzschlag setzte aus und für ein paar Sekunden war ich vor Entsetzen wie gelähmt. *Der Stall brannte!* Und im Stall, der nur einen Ausgang hatte, stand mein Cody in der hintersten Box!

Tausend Gedanken rasten durch meinen Kopf wie auf einer wahnsinnigen Achterbahn. Ich bebte am ganzen Körper und schaffte es nur mit Mühe, das verdammte Badezimmerfenster zu schließen. Wondy! Er stand zwar in einer Außenbox, aber er würde vor Angst durchdrehen.

Ich stürzte hinaus in den Flur, lief in mein Zimmer, machte das Licht an und rüttelte Katie wach.

»Der Reitstall brennt!«, zischte ich. »Wach auf, Katie! Wir müssen zu unseren Pferden. Beeil dich!«

»*Was?*« Katie starrte mich verwirrt an, war dann aber mit einem Schlag hellwach.

»Ich hab's vom Bad aus gesehen.« Ich schlüpfte in ein T-Shirt und meine Jeans. Katie fragte nicht lange, sondern zog sich ebenfalls in Windeseile an. Ich zitterte und schaffte es nur mit Mühe, meine Sneakers zuzubinden. Katie war schneeweiß im Gesicht, ihre Augen riesig. Sie war schneller fertig und rief ihre Mutter an.

»Geh doch dran! Los! Geh dran!«, flüsterte sie beschwörend, aber entweder hatte Frau von Richter ihr Handy lautlos gestellt oder sie schlief wie ein Murmeltier, auf jeden Fall meldete sie sich nicht.

»Na toll!« Katie war kurz davor, in Tränen auszubrechen. »Wenn man sie mal braucht, ist sie nicht zu erreichen!«

Sie sprach ihr eine Nachricht auf die Mailbox. Der Schock ließ etwas nach, mein Gehirn begann auf jeden Fall wieder zu arbeiten.

»Egal jetzt! Komm!«, drängte ich meine Freundin. Ich setzte mir eine Basecap auf und drückte Katie eine andere in die Hand, dann zog ich sie hinter mir her.

Auf dem Weg zur Treppe überlegte ich kurz, ob ich Mama anrufen sollte, verwarf den Gedanken aber sofort wieder, denn garantiert würde sie mir verbieten, zum Stall zu gehen. Vielleicht, sagte ich mir, war es ja gar nicht so schlimm, wie es aussah, ja, möglicherweise brannte das Haus hinter dem Reitstall, und dann lagen Katie und ich in ein paar Minuten wieder im Bett. Also, wozu sollte ich meine Eltern jetzt aufregen?

Sekunden später spurteten Katie und ich an Frieses Haus vorbei. Die Luft schien elektrisch aufgeladen zu sein und der Sturm wehte so heftig, wie ich es noch nie erlebt hatte. Hätte ich mir nicht solche Sorgen um meine Pferde gemacht, dann wäre ich beim Anblick der mächtigen Eichen am Waldrand, die sich ächzend und stöhnend wie die Peitschende Weide in den Harry-Potter-Filmen bogen, wahrscheinlich vor Angst zurück nach Hause gerannt.

Krachend sausten Äste zu Boden, ein gelber Sack, den wohl jemand zu früh rausgestellt hatte, war aufgerissen, der Müll flog über die Straße.

Oh nein! Wondys Box befand sich direkt am Waldrand! Was, wenn ein Baum auf das Dach fiel? Wieder blitzte es, kurz darauf folgte ein Donner, der den Boden erbeben ließ. Kein Tropfen Regen, der ein Feuer hätte löschen können, fiel.

»Bitte, lieber Gott, lass meinem Wondy nichts passieren«, betete ich verzweifelt. Sekunden später hatten wir das Tor an der Auffahrt erreicht, aber es war abgeschlossen. Auch das noch!

»Komm, wir klettern drüber!«, rief ich und schon waren wir auf der anderen Seite. Keuchend rannten wir die lange Auffahrt am Reitplatz hoch, die ich sicherlich schon tausendmal entlanggegangen war, aber noch nie mit einer solch schrecklichen, panischen Angst. Irgendetwas kam uns durch die Dunkelheit entgegengeflogen, ich konnte nicht erkennen, was es war, aber es war schnell und sah gefährlich aus.

»Vorsicht!«, schrie ich und stieß Katie im letzten Moment zur Seite. Fassungslos sahen wir, wie der schwere Metallschubkarren an uns vorbeipolterte, als wäre er aus Plastik.

Hinter der Reithalle glühte es rot, Funken stoben in den Nachthimmel. Der Wind fachte das Feuer immer weiter an. Im Stall wieherten die Pferde.

Ich rannte zu Won Da Pie, der unruhig in der Box herumlief und mit den Vorderhufen im Stroh scharrte. Als ich seinen Namen rief, steckte er den Kopf über die Halbtür und wieherte schrill.

»Ist ja gut!« Ich versuchte, ruhig zu bleiben. »Keine Angst, mein Süßer. Dir passiert nichts.«

»Wieso ist hier niemand?«, schrie Katie. »Wie kommen wir hier rein? Merken die denn nicht, dass es brennt?«

Sie rüttelte an der Stalltür, aber die war zugeschlossen. Ich wunderte mich auch, dass wir ganz alleine hier waren. Herr Weyer und Vivien wohnten direkt über dem Casino, in den beiden kleineren Wohnungen nebenan die Stallarbeiter Herr Pfeffer und Wojtek. Der Eingang war auf der anderen Seite, an der Straße. Um dorthin zu gelangen, müssten wir wieder über das Tor klettern und um den ganzen Reitplatz herumlaufen!

»Das kann doch nicht sein, dass noch niemand was gemerkt hat!« Ich suchte meine Taschen nach meinem Handy ab, aber es war nicht da. So ein Mist! Ich hatte es vor lauter Aufregung zu Hause vergessen.

»Verdammt!« Katie hatte Tränen in den Augen. »Verdammt, verdammt! Ich kann meine Mutter nicht erreichen.«

»Ruf erst mal die Feuerwehr an«, sagte ich.

»Wie geht das? Was ist das für eine Nummer?«, rief Katie hektisch.

»Gib her!« Ich nahm ihr das Smartphone aus der Hand und tippte die 112 ein.

»Leitstelle des Main-Taunus-Kreises«, meldete sich ein Mann, nachdem es nur einmal getutet hatte.

»Hallo«, rief ich. »Der Reitstall in Bad Soden brennt!«

»Wie ist Ihr Name? Von wo aus rufen Sie an?«

»Ich … ich heiße Charlotte Steinberg und ich … wir … wir stehen direkt vor der Reithalle. Sie müssen sich beeilen! Die Pferde sind alle noch im Stall!«

»Wie war der Name?«

Herrje – war der schwer von Begriff?

»*Steinberg!* Wie der Stein und der Berg!«, wiederholte ich. »Mein Vater ist der Landrat. Ich mache keine Witze!«

»Wo ist das Feuer ausgebrochen?«

»Keine Ahnung! Ich hab's vom Badezimmerfenster aus gesehen. Wahrscheinlich ist ein Blitz eingeschlagen! Kommen Sie jetzt her oder soll ich Ihnen erst ein paar Fotos schicken?«

»Sind Sie im Badezimmer eingeschlossen?«, fragte der Mensch.

»*Nein!* Ich ... ach, verdammt! Schicken Sie einfach die Feuerwehr! Reitstall Bad Soden, Kronberger Straße. Haben Sie das?«

Ich drückte das Gespräch weg, gab Katie das Handy zurück.

»Wir müssen den Weyer wecken!«, rief sie.

»Dann ruf ihn an!«, entgegnete ich und zog sie mit.

Vor Wondys Box war ein Tor, das direkt in den Wald führte. Ich dachte nicht darüber nach, dass uns ein Ast auf den Kopf fallen könnte, sondern nur daran, wie es uns gelingen konnte, die Pferde aus dem Stall zu retten.

»Wo willst du hin?«, rief Katie, um das Brausen des Sturms zu übertönen.

»Wir klettern durch eins von den Fenstern in den Stall«, schrie ich zurück. »Der Stallschlüssel liegt neben der Sattelkammertür.«

Wir liefen um die Außenboxen herum und erreichten die Rückseite des Stallgebäudes. Früher hatte es hier mal einen Durchgang gegeben, aber jetzt wuchs das Unkraut meterhoch und die Eibenhecke des Nachbargrundstücks wucherte bis fast an die Stallmauer. Blitz und Donner folgten immer rascher aufeinander. Als ein Blitz wieder einmal die Nacht erhellte, erkannten wir, was passiert war: Ein gewaltiger Baum, der neben dem Nachbarhaus gestanden hatte, war wohl vom Sturm umgeknickt worden und auf den Stall gestürzt. Das Dach war aufgerissen und irgendwie war das Heu, das auf dem Heuboden über dem Stall lagerte, in Brand geraten.

»Micha!«, schrie Katie in ihr Telefon. »Der Stall brennt! Habt ihr das nicht bemerkt?«

Dann warf sie sich ohne zu zögern mitten in die Brennnesseln und bahnte uns entschlossen einen Weg zur Stallmauer.

»Los, los! Wir können nicht warten, bis irgendwer hier auftaucht«, trieb sie mich an und ich folgte ihr.

Wir hatten die erste Box erreicht. Im Sommer wurden immer die Fensterscheiben aus den Oberlichtern genommen, damit mehr frische Luft in den Stall gelangen konnte, der direkt an die Reithalle angebaut worden war. Im Innern des Stalls wieherte ein Pferd.

»Das müsste Goldis Box sein«, sagte ich atemlos. »Hoffentlich dreht sie nicht durch, wenn wir jetzt da reinklettern.«

»Mir egal!« Katie steckte schon halb in dem schmalen Fenster und ich folgte ihr, ohne lange nachzudenken. Goldi, die zierliche hellbraune Stute mit dem kleinen Sternchen auf der Stirn, starrte uns erschrocken an und wich vor uns zurück.

Katie öffnete die Boxentür, indem sie durch die Gitterstäbe griff. Ich eilte zur Sattelkammer und drückte auf den Lichtschalter neben der Tür. Die Neonröhren flackerten und gingen an und jetzt erkannten wir, dass Qualm durch die beiden Luken in der Decke vom Heuboden in den Stall quoll. Man konnte schon nicht mehr bis zum Ende der Stallgasse blicken. Glücklicherweise war die Decke zwischen Heuboden und Stall aus massivem Beton, der dem Feuer eine Weile standhalten würde. Rauch war aber genauso gefährlich wie offenes Feuer, vielleicht sogar gefährlicher.

»Wo ist der Scheiß-Schlüssel?«, schrie Katie mich an.

»Oben auf dem Wasserrohr. Mach mir 'ne Räuberleiter!«, rief ich ihr zu und sie gehorchte. Ich trat in ihre verschränkten Hände, streckte mich und fand auf dem Rohr den Schlüsselbund. Mein Herz raste und ich zitterte, aber seltsamerweise war ich innerlich plötzlich ganz ruhig.

»Was machen wir jetzt?« Katie war kurz vor einer Panik.

»Wir müssen zuerst Cody, Oki und Indy rausbringen«, erwiderte ich entschlossen. »Sie stehen ganz hinten.«

»Okay!« Katie wollte schon losstürzen, aber ich hielt sie zurück, schnappte zwei Handtücher aus dem Drahtkorb über dem Stallwaschbecken, tauchte beide in den Eimer und reichte Katie eins davon.

»Binde dir das vor Nase und Mund«, befahl ich ihr. »Ich komme sofort nach!«

Sie gehorchte und verschwand in dem Qualm, der in den Augen brannte und im Hals kratzte. Ich brauchte drei Anläufe, bis ich mit meinen zitternden Fingern endlich den richtigen Schlüssel gefunden hatte und die schwere Stalltür aufschließen konnte. Im nächsten Moment flog sie weit auf und krachte gegen die Wand. Sofort machte ich auf dem Absatz kehrt und rannte los, um Katie zu helfen. Sie kam mir schon mit Cody, Indy und Oki entgegen.

»Nimm sie mir ab«, rief sie. »Ich hole die nächsten Pferde. Wir müssen uns beeilen, der Qualm wird immer dichter!«

Ich grapschte nach den Führstricken und zog die Pferde hinter mir her. Weil ich nicht wusste, wohin mit ihnen, schob ich das Tor der Reithalle auf und ließ sie einfach in die Reitbahn laufen. Ich schloss die Bandentür, wandte mich um und erstarrte vor Schreck. Der Qualm waberte aus der Stalltür, ein Blitz zuckte, erhellte gespenstisch die Dunkelheit und ich sah vier Monster mit gelben Köpfen, rüsselähnlichen Nasen und leeren schwarzen Insektenaugen, die direkt auf mich zuwankten.

Der Reitstall brennt!

»*Aaaaaaaah!*« Ich stieß einen markerschütternden Angstschrei aus und wich zurück. War das vielleicht doch nur einer dieser grässlichen Albträume, aus dem ich gleich erwachen würde?

»Charlotte!« Plötzlich stand Herr Weyer vor mir und starrte mich entgeistert an. »Katie hat mich gerade angerufen! Wo ist sie?«

»Ich … ich … sie ist im Stall, holt die Pferde raus«, stammelte ich und zog mir das nasse Handtuch vom Gesicht. »Ich hab das Feuer vom Badfenster aus gesehen, wir sind sofort hergelaufen. Und ich … ich hab die Feuerwehr angerufen. Cody, Indy und Oki sind in der Reithalle. Wir müssen uns beeilen, der Stall ist schon voller Qualm!«

»Du bleibst hier!« Herr Weyer ergriff meinen Arm. Normalerweise war unser Reitlehrer durch nichts aus der Ruhe zu bringen, aber jetzt war er völlig außer sich. »Die Feuerwehrleute machen das!«

Irgendwo zuckten Blaulichter, große Scheinwerfer gingen an und erst jetzt kapierte ich, dass es sich bei den gelbköpfigen Rüsselmonstern um Feuerwehrleute mit Atemschutzmasken handelte. In dem Moment hörte ich Hufeisen auf Beton klappern und da bog Katie um die Ecke, sie zog vier

Pferde hinter sich her. Ich erkannte Abendschwärmie, Be Fair, Festina und Natimo.

»Katie!«, rief ich erleichtert und stürzte auf meine Freundin zu. Auf einmal waren auch Vivien, Herr Pfeffer und Wojtek da und überall liefen Feuerwehrleute herum.

»Raus mit den Pferden!«, befahl Herr Weyer. »Bringt sie auf den Reitplatz und bindet sie an der Umzäunung an!«

Die beiden Pfleger nahmen Katie die Pferde ab und verschwanden mit ihnen in der Dunkelheit.

»Wie sieht es da drin aus?«, erkundigte sich einer der Feuerwehrleute, ein großer grauhaariger Mann, bei Katie. Meine Freundin zog sich den Lappen vom Gesicht und hustete. Ihr Gesicht war um die Augen herum ganz grau.

»Im Stall ist noch kein Feuer, aber alles ist voller Qualm«, antwortete sie. »Die Pferde sind ganz aufgeregt. Ich muss Asset und Schtari rausholen!«

»Wir machen das«, entgegnete der Feuerwehrmann energisch. »Das ist unser Job.«

»Ach ja? Haben Sie schon mal einem Pferd ein Halfter angelegt?« Katie stemmte die Hände in die Seiten und der Mann schüttelte den Kopf.

»Dann glauben Sie ja wohl nicht, dass Sie das *jetzt* können! Die Pferde drehen sowieso schon durch und wenn dann noch Fremde mit Helmen und Masken kommen, geht gar nichts mehr. Wieso löschen Sie nicht das Feuer und wir kümmern uns um die Pferde?«

»Äh …«, machte der Mann nur und ging zu Herrn Weyer. Niemand achtete in diesem Moment auf uns. Katie und ich blickten uns an.

»Genug gequatscht!«, beschloss Katie. Wir knoteten uns die nassen Lappen wieder vor Mund und Nase, liefen zurück in den Stall und tasteten uns durch den Qualm zu den Boxen von Schtari und Asset vor.

»Ich nehme die beiden!«, sagte Katie. »Hol du die nächsten!«

Die Pferde, die noch im Stall waren, vollführten ein panisches Spektakel und unter anderen Umständen hätte ich mich nie getraut, den riesigen Fuchswallach Abros oder seinen Boxennachbar, den ewig schlecht gelaunten Amigo, aus dem Stall zu führen, doch in dieser Situation machte ich mir keine Gedanken darum, es ging wahrhaftig um Leben und Tod!

»Kommst du?«, rief Katie mir zu. Sie wartete mit Asset und Schtari schon auf der Stallgasse, ich folgte ihr mit Abros und Amigo.

Feuerwehrleute nahmen uns die Pferde ab und bevor uns jemand daran hindern konnte, liefen wir zurück in den Stall. Cassidy, Twister, Sugar, Quick, Savoy, Vicky und Heide – jetzt waren fast alle Pferde draußen. Katie schnappte mir die Führstricke aus der Hand und ich machte kehrt, um die beiden letzten Pferde, die weit hinten im Stall standen, zu befreien.

Gerade als ich Nicoles Rappstute Natascha und den dunkelbraunen Obermaat aus ihren Boxen holte, rieselte brennendes Heu vom Heuboden herunter und landete auf Obermaats Kruppe. Der Wallach machte vor Schreck einen Satz nach vorne, ich konnte ihn nicht mehr halten. Schemenhaft sah ich, dass er auf der glatten Stallgasse ausglitt und stürzte. Nur mit Mühe konnte ich Natascha festhalten. Sie wieherte schrill und wollte hinter Obermaat her. Der Lappen rutschte mir von der Nase. Ich atmete den Qualm ein und begann zu husten. Plötzlich waren Feuerwehrleute bei mir. Jemand nahm mir Nataschas Führstrick aus der Hand.

»Jetzt aber raus hier, Mädchen, raus hier!«, hörte ich eine dumpfe Stimme und fühlte, wie ich am Arm gepackt wurde. Obermaat war wieder auf die Beine gekommen, doch statt nach draußen zu laufen, drehte er sich um und kam mit weit aufgerissenen Augen auf uns zu. In der schmalen Stallgasse war kaum Platz für zwei Pferde nebeneinander.

»Lassen Sie ihn nicht durch!«, würgte ich, hustete wieder und presste das Handtuch vor Mund und Nase. Ich bekam den Führstrick von Obermaat zu fassen und schaffte es, ihn daran zu hindern, in sein sicheres Verderben zu laufen. Noch mehr brennendes Heu fiel durch die Klappe vom Heuboden auf die Stallgasse. Der Feuerwehrmann ließ meinen Arm los und nahm mir das Pferd ab.

»So, das war's!« Seine Stimme klang dumpf hinter der Atemschutzmaske. »Komm mit, schnell!«

Benommen wankte ich hinter dem dunkelbraunen Wallach die Stallgasse entlang. Alle Boxen, an denen ich vorbeikam, waren leer! Die Pferde waren in Sicherheit. Gott sei Dank! Vor Erleichterung wurde mir ganz flau. Doch dann vernahm ich hinter mir ein schrilles Wiehern. Hufe polterten gegen Holz. Hatten wir etwa ein Pferd vergessen? Ich wandte mich um, schaute in jede Box. Leer! Leer! Auch leer! Flammen züngelten an dem Staubfänger der Haferquetsche entlang. Dann sah ich es – es war Nado! Ausgerechnet Doros Schimmel war in seiner Box zurückgeblieben und außer sich vor Angst!

»Ich komme ja, ich komme ja!«, murmelte ich in den Lappen und quetschte mich an der Wand entlang, vorbei an den Flammen und der Luke, durch die immer mehr brennendes Heu auf die Stallgasse rieselte. Entsetzt beobachtete ich, wie rasch sich das Feuer ausbreitete und bereits das Stroh in Assets Box in Brand setzte. Nado stand noch vier Boxen weiter hinten, gegenüber vom Schwarzen Brett. Wie sollte ich nur zu ihm hinkommen? Blieb mir überhaupt genug Zeit für den Rückweg? Meine Augen tränten, als ich endlich die Box erreicht hatte. Wo zum Teufel war das Halfter? Normalerweise hatten Halfter und Führstrick immer am Haken neben dem Namensschild zu hängen, aber da war nichts! Mein Herz raste vor Angst. Ich schaffte es kaum, die Boxentür zu öffnen. Kurz entschlossen zog ich mit einer Hand den Gürtel aus meiner Jeans, schlang ihn Nado um den Hals und wollte ihn hinter mir herzerren, aber der Grauschimmel weigerte sich, auf die Stallgasse hinauszugehen. Ich hatte zwar schon in Büchern von dem Phänomen gelesen, dass Pferde in brennende Ställe zurückliefen, weil es ihr Zuhause war, aber ich hatte es mir nicht vorstellen können. Bis jetzt! Das Stroh in den Boxen zur Linken brannte lichterloh und von oben fiel weiterhin brennendes Heu durch die Luke neben der Haferquetsche, durch die Herr Schmidt damals gestürzt war und sich schwer verletzt hatte.

»Komm schon, Nado! Komm!« Ich zog und zerrte verzweifelt, aber das Pferd rührte sich nicht vom Fleck, im Gegenteil: Es wich panisch zurück. Der Schimmel bebte am ganzen Körper, in seinen Augen war das Weiße zu sehen und er hatte die Ohren flach angelegt. Verdammt! Wieso kam denn niemand, um mir zu helfen? Wenn wir nicht bald hier rauskamen, dann würden wir am Rauch ersticken und bei lebendigem Leib verbrennen!

Mein Blick fiel auf den Besen, der neben der Haferquetsche stand. Ich ließ Nado los, holte den Besen und rannte zurück in seine Box. Noch nie in meinem Leben hatte ich ein Pferd geschlagen, aber jetzt musste es sein. Ich versetzte dem Schimmel einen heftigen Schlag mit dem Besenstiel gegen die Flanke und dann noch einen. Ganz plötzlich besann er sich und ich konnte den Gürtel wieder packen. Von oben ertönte ein lautes Krachen, Nado machte einen Satz hinaus auf die Stallgasse und hatte es auf einmal so eilig, dass er mich gegen die Haferquetsche presste. Durch die Erschütterung wurde die Klappe herausgerissen und fiel herunter. Ein glühender Luftschwall fuhr auf uns herab und es regnete brennendes Heu. Verzweifelt versuchte ich, mich an meinen Gürtel zu klammern, aber er rutschte mir durch die Finger und riss mir die Handfläche auf. Nado stürmte davon, ich stolperte und fiel hin. Als ich aufblickte, erblickte ich vor mir eine Wand aus Flammen. Ich war gefangen!

In letzter Sekunde

»Hilfe!«, schrie ich. »Bitte hilf mir doch jemand!«

Hustend kauerte ich mich zusammen. Verdammt, wieso war ich bloß zurückgelaufen? Die Hitze war unerträglich, aber nicht das Feuer war mein größtes Problem, sondern der beißende, tödliche Qualm, der mir durch das Handtuch in Mund und Nase drang und meine Augen tränen ließ.

Die Fenster!, schoss es mir durch den Kopf. So, wie Katie und ich in den Stall hineingelangt waren, konnte ich vielleicht auch wieder hinauskommen. Ich raffte mich auf, taumelte in die nächste Box, packte mit beiden Händen die Gitterstäbe und zog mich hoch, bis ich einen Fuß auf die Selbsttränke setzen konnte. In der Schule beim Sportunterricht hing ich wie ein nasser Sack an der Sprossenwand oder am Seil und schaffte es nie, bis nach oben zu klettern. Aber die Feuerhölle im Rücken trieb mich zu Höchstleistungen an. Ich stemmte mich von der Tränke ab, umklammerte mit einer Hand die Wasserleitung und schaffte es, das Oberlicht zu erreichen. Der Lappen war mir längst vom Gesicht gefallen, Schweiß rann mir über die Stirn und den Rücken. Ich warf einen raschen Blick über die Schulter und stellte fest, dass das Stroh auch in dieser Box bereits Feuer gefangen hatte. Mir blieb also nur ein einziger Versuch, und der durfte nicht fehlschlagen, sonst würde ich gegrillt!

»Jetzt!«, befahl ich mir selbst, drückte mich kräftig von der Selbsttränke ab und krallte mich mit beiden Händen an die Querstange vor dem Fenster. Keuchend zog ich mich hoch, versuchte, mit den Füßen Halt an der Wand zu finden – aber vergeblich.

»Lotte! Lotte, wo bist du?« Das war Katies Stimme. Vor Erleichterung wäre ich beinahe in Tränen ausgebrochen.

»Hier am Fenster!«, schrie ich verzweifelt. »Hilf mir! Ich kann mich nicht mehr halten!«

»Da! Da ist sie!«, rief Katie und dann spürte ich kräftige Hände, die meine Arme ergriffen und mich aus dem Fenster zogen. Gierig atmete ich die frische Luft ein, musste aber sofort husten.

»Oh, Lotte, Lotte!« Katie war völlig außer sich. »Ich hab dich überall gesucht! Dann kam Nado aus dem Stall und ich hab gesehen, dass er nur einen Gürtel um den Hals hatte, und da wusste ich, dass du noch hier drin sein musst!« Sie begann zu weinen. Tränen zeichneten helle Spuren in ihr schmutziges Gesicht.

»Du bist ja wirklich nicht mehr ganz bei Trost!«, schimpfte der Feuerwehrmann, der mich gerettet hatte. »Ich habe dir doch gesagt, dass du nicht mehr zurück in den Stall gehen sollst!« Er half mir auf die Füße. »Kannst du laufen?«

»Ja, ja, das geht«, stammelte ich.

»Dann nichts wie weg hier, bevor das Dach zusammenbricht!«

»Danke«, flüsterte ich und blickte schaudernd zurück in

den brennenden Stall. Mir wurde bewusst, wie knapp es gewesen war. Um ein Haar wäre der Stall für mich zur Todesfalle geworden! Regentropfen trafen mein Gesicht und meine Arme.

Endlich, endlich regnete es!

Katie hielt meinen Arm umklammert und stützte mich, als wir durch das Unkraut stolperten. Ein Blitz zuckte, dann krachte ein Donner so laut, dass der Boden bebte. In der nächsten Sekunde öffnete der Himmel seine Schleusen und durchnässte uns bis auf die Haut. Wir gingen am Jägerzaun der Schmiedeecke entlang, um die drei Außenboxen herum und betraten den Stallhof durch das kleine Tor neben Wondys Box. Der Regen wehte schräg durch das Licht der Flutscheinwerfer, die den Reitplatz erleuchteten. Es war ein schauriger Anblick, den ich für den Rest meines Lebens niemals mehr vergessen würde.

»Da ist meine Mutter! Gott sei Dank«, sagte Katie und im nächsten Moment war Dragon Mum schon bei uns und schloss erst ihre Tochter in die Arme, dann umarmte sie mich.

»Ich habe Katies Nachricht gelesen, konnte aber keinen von euch erreichen, auch Michael nicht!« Ihre Stimme bebte und zum ersten Mal erlebte ich diese unerschütterliche Frau, die immer alles im Griff zu haben schien, aufgeregt und völlig durcheinander. »Wir haben schon das Schlimmste befürchtet!«

Hinter ihr tauchte aus der Dunkelheit Herr Weyer auf. Er war klatschnass und kreidebleich.

»Lotte! Du hast uns einen schönen Schrecken eingejagt!«, sagte der Reitlehrer erleichtert, doch dann setzte er eine strenge Miene auf. »Dass du aber auch nie gehorchen kannst! Um ein Haar wärst du da nicht mehr rausgekommen. Ich darf gar nicht darüber nachdenken … Wie geht es dir? Vielleicht ist es besser, wenn du mit dem Krankenwagen …«

»Nein, nein!«, unterbrach ich ihn schnell. »Mir ist nichts passiert, wirklich! Alles in Ordnung!«

»Doch, keine Widerrede!«, mischte sich der Feuerwehrmann ein. »Du lässt dich im Krankenwagen untersuchen. Du hast jede Menge Rauchgase eingeatmet!«

Auch Herr Weyer umarmte mich – es war mir ganz peinlich, was er für ein Aufheben um mich machte. In diesem Moment fielen mir meine Eltern ein. Ob sie mittlerweile zurück waren? Nein, sicher nicht! Dann wären sie doch sofort hierhergefahren.

»Wo sind die Pferde? Sind alle aus dem Stall rausgekommen?«, krächzte ich, bevor ich in den Krankenwagen einstieg. »Was ist mit Nado?«

»Alle sind in Sicherheit, auch Nado«, beruhigte Herr Weyer mich.

Katie saß neben mir im Krankenwagen. Wir mussten über Atemmasken Sauerstoff einatmen und bekamen Blut abgenommen, das auf seinen Sauerstoffgehalt untersucht werden würde. Nach zwanzig Minuten durften wir wieder aussteigen. Herr Weyer schärfte Katie und mir ein, unter der mächtigen Eiche bei Wondys Box zu bleiben und uns nicht vom Fleck zu rühren. Wondy, Nathalie und Arcardi standen noch in ihren Boxen, von denen das Feuer noch ein ganzes Stück entfernt war. Vielleicht würde es ja vorher verlöschen, wenn es weiter so regnete!

»Ich habe Simon und Doro geschrieben«, sagte Katie zu mir. »Simon kommt sofort her.«

»Träume ich das alles?«, fragte ich sie.

»Leider nicht.« Katie schniefte. »Es ist echt der absolute Wahnsinn! Mensch, wenn du nicht aufgewacht wärst, Lotte …«

Ich erwiderte darauf nichts. Das war alles zu viel für mich. Stumm beobachteten wir, was sich vor unseren Augen abspielte, während der Regen vom Himmel strömte. Überall wimmelten Leute herum. Auf der Kronberger Straße standen mindestens ein Dutzend Feuerwehrautos. Blaulichter zuckten, grelle Schweinwerfer machten die Nacht zum Tag. Generatoren brummten. Männer riefen Befehle. Ich erkannte Alex, Gunther und Herrn Friedrich, Billes Vater, Frau Seifert und Herrn Dr. Frenzel, den Vater von Jutta.

Katies Mutter holte aus dem Transporter zwei Jacken, die wir uns nun überzogen. Sie versuchte uns zu überreden, zu mir nach Hause zu gehen, um uns wieder ins Bett zu legen, aber daran war überhaupt nicht zu denken! Bevor unsere Pferde nicht in Sicherheit waren, hätten weder Katie noch ich ein Auge zutun können.

Der Regen wurde schwächer und der Sturm ließ nach. Mir war ein bisschen schwindelig, aber sonst fühlte ich mich gut. Ich war noch am Leben, alles andere war egal. Feuerwehrleute schleppten Sattelzeug aus dem Stall, bis es zu gefährlich wurde, die Sattelkammer zu betreten.

Katies Vater hatte zwischenzeitlich den großen Transporter auf den Reitplatz manövriert und gemeinsam mit Draco einen Pferdehänger angehängt. Sie ließen die Verladerampen herunter und kamen dann zu uns gelaufen. Die Eiche bot den einzigen Regenschutz und war weit genug vom Stall entfernt.

»Ich bin so froh, dass euch nichts passiert ist!« Herr von Richter umarmte erst Katie und dann zu meiner Überraschung auch mich. Draco ließ sich immerhin dazu herab, mir zuzunicken. Herr Schäfer, Herr Stark und die anderen Männer kamen und alle waren bis auf die Knochen durchnässt, aber das schien angesichts der Katastrophe niemanden zu kümmern.

»Ich habe gerade mit dem Einsatzleiter der Feuerwehr gesprochen. Der Stall ist nicht mehr zu retten«, sagte Herr Weyer niedergeschlagen. »Das Heu und das Stroh sind komplett in Brand geraten. Die Feuerwehr wird versuchen, alles kontrolliert abbrennen zu lassen.«

»Wie konnte es eigentlich dazu kommen?«, erkundigte sich Katies Vater.

»Ein Baum ist auf das Stalldach gefallen und hat dabei wohl eine Stromleitung beschädigt«, erwiderte der Reitlehrer. »Daraufhin muss es einen Kurzschluss gegeben haben, der das trockene Moos auf dem Dach in Brand gesetzt hat. Vivien und ich haben gar nicht bemerkt, dass es brannte. Nicht auszudenken …«

»Wer hat das Feuer denn entdeckt?«, wollte Herr Stark wissen.

»Charlotte«, antwortete Herr Weyer. Alle drehten sich zu mir um.

»Ich hab's zufällig vom Klo aus gesehen«, bestätigte ich. »Dann habe ich Katie geweckt und wir sind sofort hergerannt.«

»Weil sonst noch niemand hier war, haben wir erst Micha geweckt und dann die Feuerwehr gerufen«, ergänzte Katie. »Und dann sind wir durch ein Fenster in den Stall reingeklettert und haben angefangen, die Pferde rauszuholen.«

Ich bemerkte, wie Katies Eltern und Herr Weyer einen raschen Blick wechselten.

»Wie habt ihr denn die Stalltür aufgekriegt?«, fragte Herr Stark.

»Na ja.« Ich zuckte die Schultern. »Ich wusste, dass der Schlüssel auf dem Wasserrohr vor der Sattelkammer liegt.«

»Ihr seid mir zwei Teufelsmädchen!« Herr von Richter war tief beeindruckt, die anderen nicht weniger.

»Trotzdem«, sagte Gunther. »Das war ziemlich leichtsinnig von euch. Es hätte auch schiefgehen können.«

»Hätte, hätte, Fahrradkette«, murmelte Katie. »Ist es aber nicht.«

»Ganz sicher habt ihr beide den Pferden das Leben gerettet«, sagte Herr Schäfer. »Eine Viertelstunde später, dann wären viele von ihnen wohl erstickt. So etwas habe ich seit Jahren befürchtet. Was für ein Albtraum!«

Besorgt blickte Herr Weyer zum Reitplatz hinüber, wo die Pferde an der entferntesten Stelle nebeneinander an der Umzäunung angebunden waren.

»Die Pferde sind sehr nervös«, sagte er. »Wir müssen sie so schnell wie möglich rüber auf die neue Reitanlage bringen.«

»Mit unserem Lkw und dem Hänger können wir sechs Pferde auf einmal transportieren«, erwiderte Herr von Richter und mir fiel ein, dass er in jüngeren Jahren selbst ein begeisterter Reiter gewesen war und sich mit Pferden auskannte.

»Ich kann den alten Vereinstransporter fahren.« Alex schüttelte sich das Wasser aus den Haaren. »Da passen vier Pferde drauf.«

»Gut.« Herr Weyer nickte. »Das sind dann zehn Pferde auf einmal. Wir müssen dran denken, dass einige der Pferde seit Jahren nicht mehr transportiert worden sind. Vielleicht lassen sie sich nicht so ohne Weiteres verladen, erst recht nicht unter diesen Umständen.«

»Ich habe schon den Tierarzt angerufen«, ließ sich Vivien vernehmen. »Im Notfall muss er sedieren.«

Gemeinsam beratschlagten die Erwachsenen, wie sie insgesamt fünfunddreißig Pferde so schnell wie möglich verladen und wegfahren konnten. Ich hörte mit wachsendem Entsetzen zu. Das durfte doch nicht wahr sein!

»Aber ... aber die Reitanlage ist doch noch gar nicht fertig!«, wandte ich ein.

»Fertig genug«, antwortete Herr Weyer düster. »Das ist Glück im Unglück. Hier wird auf jeden Fall nie mehr ein Pferd stehen können.«

Ich starrte den Reitlehrer schockiert an, dann wanderte mein Blick zum Stall, dessen Dach nun in seiner gesamten Länge in Flammen stand. Plötzlich begann ich am ganzen Körper zu schlottern, als ob ich Schüttelfrost hätte. Die Erkenntnis, dass der Tag, vor dem ich mich so sehr gefürchtet hatte, so plötzlich gekommen war, traf mich wie ein Fausthieb in den Magen: Das war das Ende! Nach dieser schrecklichen Nacht würde unser alter Reitstall endgültig Geschichte sein. Es blieb keine Zeit mehr, um Abschied zu nehmen von dem Ort, der für mich wie ein zweites Zuhause war! Keine Reitabzeichenprüfung, keine Abschiedsfeier, kein Ritt durch die Stadt. Nie mehr würde ich Wondy in seiner Außenbox sehen, in der schon Gento gestanden hatte. Nie mehr würde er mich mit einem fröhlichen Wiehern begrüßen, wenn ich abends noch einmal schnell bei ihm vorbeischaute. Das alles war für immer vorbei. Demnächst musste ich quer durch die Stadt fahren, um zu ihm zu kommen. Mit einem Mal fühlte ich mich schrecklich elend. Kraftlos ließ ich mich auf den großen Findling sinken, der neben der Schranke des Reitplatzes lag und von dem aus wir so oft auf unsere Pferde aufgesessen waren.

Katie setzte sich neben mich und lehnte ihren Kopf an meine Schulter. Wir hielten uns eng umschlungen und starrten stumm auf das vertraute Gebäude, das unaufhaltsam von den Flammen verzehrt wurde. Es kam mir wie ein großes, sterbendes Lebewesen vor und dieser Anblick zerriss mir das Herz. Als mit einem Knall die blinden Fensterscheiben des kleinen Raumes über der Stalltür barsten und gierige, gelbrote Flammen aus der Fensteröffnung leckten, verbarg ich mein Gesicht in den Händen und begann zu weinen.

Eine aufregende Nacht

Obwohl es mitten in der Nacht war, hatten sich rings um das Gelände des Reitstalls erstaunlich viele Schaulustige eingefunden, die sich das Spektakel aus nächster Nähe ansehen wollten. Manche von ihnen filmten sogar mit ihren Handys. Die Polizei hatte das Gelände weiträumig abgesperrt, damit die Feuerwehrleute arbeiten konnten, ohne gestört zu werden. Von der Straße aus wurde aus mehreren Schläuchen Wasser auf das Hauptgebäude, in dem sich die Wohnungen und das Casino befanden, gespritzt, um zu verhindern, dass die Flammen vom Stall und der Reithalle aus übergriffen. Das Gewitter hatte sich verzogen, aber der kurze sintflutartige Regenguss hatte nicht ausgereicht, um das Feuer zu löschen, das sich mittlerweile im ganzen Stall ausgebreitet hatte. Jemand hatte das zweite Tor am unteren Ende des Reitplatzes zur Kronberger Straße, das normalerweise immer verschlossen war, geöffnet.

»Die Außenboxen müssen jetzt auch evakuiert werden«, sagte der Einsatzleiter der Feuerwehr zu Herrn Weyer. »Ich kann nicht garantieren, dass das Feuer nicht doch noch überspringt.«

Der Reitlehrer blickte sich um.

»Alex!«, rief er. »Nimm Gunther und Wojtek mit und hol

die drei Pferde! Bindet sie unten auf dem Reitplatz neben den anderen an.«

»Okay, Chef«, erwiderte Alex.

»Ich kann Wondy doch auch holen!«, mischte ich mich ein.

»Nein!«, sagte Herr Weyer scharf. »Du bleibst mit Katie so weit weg wie möglich!«

Zitternd vor Anspannung beobachtete ich, wie Wojtek nun die Tür von Wondys Box öffnete und den Führstrick in sein Halfter einklinkte. Alex kam mit seinem Arcardi bereits durch den schmalen Durchgang zwischen Boxenwand und der Mauer des Misthaufens, ihm folgte Gunther mit der hellgrauen New-Forest-Stute Nathalie. Das Pony wieherte und zerrte ungebärdig am Halfter.

Unterdessen wurden auf dem Reitplatz die ersten Pferde auf den Transporter der von Richters verladen. Asset, Schtari und Cody machten keine Probleme, aber Farina, die dunkelbraune Stute, wollte nicht einmal in die Nähe des großen Transporters gehen. Der beißende Brandgeruch, der Sturm, das Gewitter und der heftige Regen, die vielen Menschen, die Unruhe und die zuckenden Blaulichter – das alles verstörte die Pferde sehr.

Katies Eltern, Herrn Stark und Herrn Schäfer war es gerade mit Mühe gelungen, Farina halb auf die Rampe zu bringen, da geschah es: Im Innern des Stalles explodierte etwas mit einem gewaltigen Knall. Die Detonation war so heftig, dass die Seitenwand unter dem Giebel herausgesprengt wurde und Teile des Daches mitsamt brennendem Heu in die Nacht geschleudert wurden. Glühende Dachpappe segelte durch die Luft, die Feuerwehrleute fluchten. »Das war eine Gasflasche!«, rief ein Feuerwehrmann. »Hoffentlich sind da nicht noch mehr!«

Das war zu viel für die Pferde. Ich sah wie in Zeitlupe, wie Nathalie einen Satz machte und gegen Wondy prallte.

»Oh nein!«, stieß ich hervor, als mein Pferd nun vor Schreck steil in die Luft stieg und Wojtek wie einen nassen Sack zur Seite schleuderte. Glücklicherweise hatte der Pole den Führstrick nicht losgelassen, denn im selben Moment sprang Farina seitlich von der Rampe des Transporters herunter und war plötzlich frei. Sie raste in gestrecktem Galopp über den Reitplatz in Richtung Stall. Das war ihr Zuhause, wo sie sich immer sicher gefühlt hatte, und dorthin wollte sie zurück. Die Einzigen, die sich noch zwischen dem herannahenden Pferd und dem brennenden Stall befanden, waren Alex, Gunther und Wojtek mit den Pferden. Farina rutschte auf den nassen Pflastersteinen aus und stürzte, war aber sofort wieder auf den Beinen und stürmte direkt auf Wondy und Nathalie zu.

»Macht die Tore zu! Schnell!«, brüllte Herr Weyer, aber da war niemand, der das kleine Tor, das in den Wald führte, schließen konnte. Niemand, außer Katie und mir!

Wojtek wollte der Stute den Weg abschneiden, aber das war keine gute Idee! In ihrer Panik rannte Farina den Mann einfach über den Haufen. Wotjek stieß einen Schrei aus und ließ mein Pferd los, und plötzlich war Wondy genauso frei wie Farina! Nur zehn Meter von ihnen entfernt stand das Holztörchen, das direkt in den Wald führte, weit offen. Ich konnte nicht einfach stehen bleiben und zusehen. Bevor

Katie mich zurückhalten konnte, rannte ich los. Im letzten Moment gelang es mir, das Tor zu schließen und mich zur Seite zu werfen, da prallte Farina direkt neben mir mit der vollen Wucht von fünfhundert Kilo in den morschen Jägerzaun. Das Holz ächzte und brach unter ihrem Gewicht, sie rutschte mit den Vorderhufen durch die Zaunlatten, fiel hin und ich war zwischen dem Pferdekörper und dem Zaun gefangen!

Farina versuchte, sich zu befreien, aber sie schaffte es nicht. Ich erkannte die nackte Panik in ihren Augen, und obwohl ich mich immer vor der großen Stute gefürchtet hatte, tat sie mir in diesem Moment schrecklich leid.

»Ganz ruhig, Farina!«, sagte ich und zwang mich zur Ruhe. »Hoho, ganz ruhig.« Ich streckte meine Hand aus und berührte vorsichtig ihren Hals und da hörte sie auf zu zappeln, als ob sie begriffen hätte, dass sie Hilfe brauchte. Ihr Fell war heiß und feucht. Der Ausdruck des Wahnsinns war aus ihren Augen gewichen; die Stute starrte mich eher erstaunt als ängstlich an. Ihre Flanken hoben und senkten sich heftig, ihre Nüstern waren gebläht. Ich redete weiter auf sie ein, streichelte ihren Kopf und schaffte es, den Führstrick zu ergreifen. Auf einmal waren Herr Weyer und Katies Vater bei mir.

»Steh auf und geh in die Hocke, Charlotte«, befahl der Reitlehrer mit ruhiger Stimme. »Wir werden versuchen, Farinas Beine aus dem Zaun zu befreien. Wenn sie unruhig wird, springst du sofort auf und bringst dich in Sicherheit, verstanden?«

»Ja«, flüsterte ich und realisierte erst jetzt, in welcher Gefahr ich mich in der Reichweite der mit Hufeisen beschlagenen Hufe befand. Noch mehr Leute kamen herbei. Ich hörte nicht damit auf, Farinas Gesicht und Hals zu streicheln und beruhigend auf sie einzureden. Jemand drückte mir Leckerlis in die Hand und tatsächlich nahm die Stute sie. Sie blieb auch weiterhin bewegungslos liegen, als Herr Weyer und Katies Vater ihre Vorderbeine vorsichtig aus dem zersplitterten Holz zogen. Die Männer ächzten vor Anstrengung.

»Braves Mädchen«, sagte Herr Weyer zu Farina. »Ganz brav! Bleib schön liegen.«

Die Stute rührte sich nicht, auch nicht, als sie endlich befreit war. Sie hob nicht einmal den Kopf, nur ihre Flanken pumpten.

»So, Charlotte, du gehst jetzt weg.« Der Reitlehrer nahm mir den Strick aus der Hand und ich gehorchte. Ich wich zurück und beobachtete, wie Farina mühsam auf die Beine kam und sich schüttelte. Herr Weyer befühlte ihre Beine, dann trottete sie unsicher hinter dem Reitlehrer her zum Reitplatz.

»Gut gemacht!«, sagte Katies Vater zu mir und drückte anerkennend meine Schulter. Erst da fiel mir wieder mein Pferd ein, das sich ja auch losgerissen hatte!

»Wo ist Wondy?«, wollte ich wissen und blickte mich um.

»Katie hat ihn eingefangen«, beruhigte mich Herr von Richter. »Ihm ist nichts passiert.«

»Gott sei Dank!« Vor Erleichterung wurde mir ganz warm.

»Charlotte!«

Auf einmal stand Simon vor mir.

»Simon! Unser Stall! Es ist alles so schrecklich!« Ich war so froh, ihn zu sehen, dass ich fast anfing zu heulen.

»Katie hat mir erzählt, was du getan hast.« Zärtlich nahm er mein Gesicht in seine Hände. Ich erkannte die Besorgnis in seinen dunklen Augen. »Geht's dir gut?«

»Ja, ja, mir geht's gut!«, versicherte ich ihm mit zittriger Stimme.

Simon lächelte, ein flüchtiger Schimmer, der über sein Gesicht flog und gleich wieder erlosch, dann umarmte er mich und hielt mich ganz fest.

»Ich hab gedacht, mir bleibt das Herz stehen, als ich gesehen habe, wie du Farina in den Weg gesprungen bist«, murmelte er, und ich spürte seinen Mund in meinem Haar. »Meine mutige, verrückte Charlotte!«

»He, Leute! Ihr seht aus wie Scarlett O'Hara und Rhett Butler vor der Feuersbrunst von Atlanta!«, vernahmen wir Alex' spöttische Stimme. »Aber rumknutschen könnt ihr später noch! Wir brauchen deine Hilfe, Orthmann!«

»Ich komme.« Simons Stimme klang erstickt. Er ließ mich los, und ich sah erstaunt, dass er Tränen in den Augen hatte.

»Wehe, du jagst mir noch mal solche Angst ein!«, sagte er schroff, aber sein Blick verriet mir, dass er nicht böse auf mich war, sondern nur versuchte, seine Sorge um mich zu überspielen.

Ich fand Won Da Pie zwischen all den anderen Pferden angebunden an der Umzäunung des Reitplatzes. Er wieherte nervös, als ich seinen Namen rief und zu ihm ging, seinen

Hals streichelte und gleichzeitig versuchte, seinen Hufen auszuweichen. Es kam mir vor, als sei der Lehrgang auf dem Amselhof Wochen her.

Katies Eltern waren mit den ersten sechs Pferden losgefahren und Katie begleitete sie. Sie hatten Wondy noch hiergelassen, weil er vielleicht noch gebraucht wurde, falls sich die anderen Pferde nicht verladen lassen wollten.

Gerade tuckerte der alte Vereins-Lkw mit Gunther am Steuer auf den Reitplatz. Das orangefarbene Ungetüm, das nur noch sehr selten benutzt wurde, war erstaunlicherweise problemlos angesprungen. Ich betete innerlich, dass Wondy, so schnell wie möglich, von hier weggebracht würde, aber Herr Weyer wollte zuerst die Schulpferde abtransportieren. Er band Goldi los, Simon nahm Liesbeth und Alex schnappte sich Flocki.

»Flocki zuerst!«, rief der Reitlehrer ihm zu. Lässig ging Alex mit dem pummeligen Schimmel auf den Lastwagen zu, aber kurz vor der Verladerampe stemmte der Knabstrupper die Hufe in den Sand und war durch nichts zu bewegen, auch nur einen Schritt nach vorne zu tun.

»Hast du nicht neulich noch damit geprahlt, du könntest jedes Pferd verladen?«, stichelte Gunther.

Alex schnaubte grimmig, zwang Flocki, ein paar Schritte rückwärts zu gehen, dann führte er ihn erneut an – mit demselben Resultat.

»Verdammte Hacke!«, fluchte er, der sowieso nicht der Geduldigste war, nach dem dritten Versuch. »Gibt's hier irgendwo 'ne Longe? Dann ziehen wir den sturen Esel damit hoch!«

»Wo willst du denn wohl an der Rostlaube eine Longe befestigen?«, entgegnete Gunther.

»Mir egal! Irgendwo!« Alex bedachte Flocki mit einigen nicht sehr netten Schimpfnamen und zog am Halfter.

»Ruhig bleiben!«, mahnte Herr Weyer. »Mit Gewalt geht gar nichts.«

Plötzlich rutschte Alex auf der steilen Rampe, die vom Regen glatt geworden war, weg und landete auf seinem Hinterteil. Flocki machte einen erschrockenen Satz nach hinten und Alex wurde – wie auf einer Startrampe beim Wasserski – nach vorne gerissen. Für ein paar Sekunden befand sich sein Körper in der Horizontalen, bevor er auf dem Bauch im Matsch landete.

»Gnihihihi!«, prustete Gunther los und auch Simon und ich mussten kichern, während hinter uns die Flammen auf das Dach der Reithalle übergriffen und es eigentlich absolut nichts zu lachen gab. Aber es sah einfach zu komisch aus.

»Ich mache einen Schinken aus dir, du stures, hässliches Mistvieh, und dein Fell leg ich mir als Teppich vors Bett!«, schimpfte Alex und rappelte sich mühsam wieder auf. Dann wandte er sich an Gunther. »Dieses schadenfrohe Lachen habe ich wohl gehört! Das wird Konsequenzen für dich haben.«

»Verklag mich doch«, spottete der Jugendwart.

»Darüber denke ich nach«, erwiderte Alex finster.

»Geh mal zur Seite!«, rief Herr Weyer und Alex gehorchte bereitwillig, bevor er sich noch mehr blamierte. Doch auch Goldi und Liesbeth dachten gar nicht daran, auf den Lkw zu gehen.

»Simon, hol Won Da Pie her«, befahl der Reitlehrer. Ich band den braunen Wallach los und drückte Simon den Strick in die Hand. Mein Pferd tänzelte mit gespitzten Ohren neben Simon her und sprang leichtfüßig in den Lkw. Es schien heilfroh zu sein, der unheimlichen Situation zu entkommen. Danach machte auch Flocki keine Faxen mehr und innerhalb weniger Minuten waren Goldi und Liesbeth verladen und die Männer hievten zu dritt die schwere Rampe hoch.

»Fahr bloß langsam!«, sagte Herr Weyer zu Alex.

»Das soll wohl ein Witz sein! Die alte Schrottschüssel fährt eh nicht schneller als fünfzig«, entgegnete Alex. »Orthmann, fährst du mit?«

»Ja, klar.« Simon nickte, und ich nutzte die Gelegenheit, und schlüpfte hinter ihm in das enge Führerhäuschen.

»Rück mal ein Stück«, sagte Simon zu Gunther.

»Ich sitze schon dichter neben Alex, als mir lieb ist«, erwiderte unser Jugendwart trocken. »Du musst dein Mädchen wohl auf den Schoß nehmen.«

»Kein Problem.« Simon grinste mich an.

Alex ließ das ausnahmsweise unkommentiert, er war abgelenkt. Er schob die Zungenspitze zwischen die Lippen, voll darauf konzentriert, den uralten Lastwagen, der weder Servolenkung noch Bremskraftverstärker hatte, aus dem Reitplatz zu manövrieren. Der Motor heulte auf, Alex trat die Kupplung und riss an der Schaltung. Es knirschte mächtig und das Auto machte einen so heftigen Satz nach vorne, dass die Pferde anfingen zu trampeln und ich mich mit der Hand an der Windschutzscheibe abstützen musste.

Sicherheitsgurte gab es nicht. Ich schlang Simon einen Arm um den Hals und bereute schon, eingestiegen zu sein.

»Was ist das denn?«, fragte Gunther, als ich meine Hand wieder einzog. Ich hatte auf dem Glas einen deutlichen Abdruck hinterlassen.

»Äh, das ist wohl Blut«, murmelte ich.

Simon ergriff besorgt meine Hand und drehte sie um. »Ach du Schande!«, stieß er erschrocken hervor, als er meine blutverkrustete Handfläche sah. »Was hast du da denn gemacht?«

»Ist nicht so schlimm«, wiegelte ich ab. »Muss vorhin im Stall passiert sein.«

Auch Gunther betrachtete meine Hand im Schein seiner Handy-Taschenlampe und runzelte die Stirn.

»Hoffentlich bist du gegen Tetanus geimpft«, sagte er. »Nicht dass du noch eine Blutvergiftung kriegst. Das sollte so schnell wie möglich desinfiziert und verbunden werden.«

»Hör auf den Onkel Doktor«, bemerkte Alex und würgte mit Gewalt den nächsten Gang rein. Die Pferde protestierten wieder mit Hufschlägen und Gerumpel.

»Dieses Fahrzeug«, sagte Gunther daraufhin zu Alex, »ist ein L 710, Baujahr 1966. Vor fünfzig Jahren gab es noch keine synchronisierten Schaltgetriebe, deshalb musst du beim Hochschalten doppelkuppeln und mit Zwischengas herunterschalten, sonst ruinierst du die alte Kutsche.«

»Halt dich raus, Klugscheißer«, fuhr Alex ihn ärgerlich an. »Fahr ich oder fährst du?«

»War nur ein Tipp von mir«, erwiderte Gunther gelassen. »Ich hatte nämlich schon des Öfteren die zweifelhafte Ehre, dieses Vehikel zu fahren, wie du wohl weißt. Aber wenn du das Getriebe noch ein paarmal so misshandelst, dann kommen wir nicht auf der neuen Reitanlage an.«

Alex schwieg verbissen.

Wir tuckerten die Kronberger Straße mit röhrendem Motor im zweiten Gang hinunter. Wahrscheinlich weckte das auch die letzten Anwohner auf, die noch nicht von den Feuerwehrsirenen aus dem Schlaf gerissen worden waren. Die Scheibenwischer, die zuletzt vor ungefähr zwanzig Jahren erneuert worden waren, kratzten über die Windschutzscheibe und verschmierten Ruß und Dreck, bis man kaum noch etwas sehen konnte.

»Du kannst jetzt ruhig in den dritten Gang schalten«, merkte Gunther an und langte zu Alex hinüber, um den Scheibenwischer auszustellen. Alex blickte nur starr nach vorne auf die regennasse Straße, die Hände so fest um das große Lenkrad geklammert, dass seine Knöchel weiß unter der Haut hervortraten.

»*Schal-ten!*«, wiederholte Gunther, denn der Motor kreischte mittlerweile ohrenbetäubend laut. Ich merkte, wie ein hysterisches Kichern in mir hochstieg und verbarg mein Gesicht an Simons Schulter. An der großen Kreuzung schrammte Alex mit dem Vorderreifen am Bordstein entlang und brachte den Lkw mit Müh und Not zum Stehen, allerdings ragte die Schnauze des Autos ein Stück in die Kreuzung hinein. Wäre ein anderes Auto von links gekommen, dann hätte es wohl gekracht.

»Du lieber Gott! Ich möchte eines Tages noch heiraten

und Kinder haben«, sagte Gunther. »Ich glaube, ich steige hier lieber aus.«

»Wir auch!«, sagte ich.

»Feige Bande!«, murmelte Alex. »Wobei ... Wenn du unbedingt willst, kannst du weiterfahren.«

»Den Pferden zuliebe tue ich das wohl besser«, sagte Gunther. Alex öffnete eilig die Tür und sprang hinaus, Gunther rutschte auf den Fahrersitz.

»Und jetzt?«, fragte Alex von draußen.

»Klettere hinten zu den Pferden.« Gunther grinste. »Oder lauf die restlichen Meter zu Fuß!«

Alex stieß ein paar wüste Verwünschungen aus, folgte aber eilig Gunthers Vorschlag, weil der den Lkw schon wieder anrollen ließ. Er zwängte sich durch die kleine Tür hinter dem Fahrerhaus in das Pferdeabteil. Ich glitt von Simons Schoß und setzte mich neben ihn. Der Rest der Fahrt verlief glatt. In der Alleestraße begegnete uns der silberne Transporter der von Richters, bereits wieder auf dem Rückweg, um die nächsten Pferde zu holen. Ich konnte kaum fassen, was hier gerade geschah. Vor ein paar Stunden war ich auf dem Amselhof noch fröhlich den Lehrgang geritten, und jetzt ging meine Welt, wie ich sie bisher kannte, unter!

Zehn Minuten später hatten wir die neue Reitanlage wohlbehalten erreicht und ich staunte nicht schlecht, als ich die hell erleuchteten Stallungen sah. Insgeheim hatte ich befürchtet, wir würden im Stockdunkeln auf der weitläufigen Anlage herumirren, doch stattdessen wurden wir von Jens Wagner erwartet, der sich als Architekt der neuen Reitanlage wohl am besten von allen dort auskannte. Er lotste Gunther durch die Baustelle, vorbei an Bergen von Sand und Schotter und Paletten mit Verbundsteinen in den Innenhof, der bereits fertig gepflastert war.

»Herzlich willkommen!«, begrüßte er uns und schüttelte lächelnd den Kopf, als ich meine Besorgnis äußerte, die Pferde müssten auf dem blanken Beton, ohne Licht und Tränken stehen.

»Keine Sorge. Wir haben längst Strom und Wasser hier oben«, sagte er. »Ich habe in den umliegenden Ställen angerufen und um Hilfe gebeten. Herr Kranz aus Sulzbach hat uns Späne, ein paar Ballen Heu und mehrere Säcke Kraftfutter und Hafer gebracht. Und Herr Dittmann jede Menge Stroh und Heu. Außerdem haben sie geholfen, die Boxen einzustreuen.«

Gemeinsam mit Simon und Gunther ließ er die schwere Rampe herunter. Die Männer führten die Pferde vom Lkw und brachten sie in ihre Boxen. Katie hatte dafür gesorgt, dass Wondy die Box zwischen Asset und Cody bekam, und mir fiel ein Stein vom Herzen, als ich sah, wie Wondy seine Kumpels links und rechts beschnupperte und sich dann dem Berg Heu widmete, der unter dem Trog lag. Simon fuhr mit Gunther und Alex los, um weitere Pferde zu holen, aber ich blieb bei meinen beiden, lehnte mich an die Halbtür und beobachtete Wondy, der so gelassen sein Heu kaute, als sei überhaupt nichts gewesen.

Lieber ein Ende mit Schrecken ...

Wenig später rollte der große Transporter in den Hof. Katies Eltern und Jens Wagner luden sechs Pferde ab, ich hörte Hufe klappern und Boxentüren auf- und zugehen.

»Hey!« Katie erschien neben mir und warf einen Blick über die Halbtür in die Box. »Alles klar?«

»Ja.«

»Deine Mutter hat angerufen«, sagte Katie. »Sie sind eben erst nach Hause gekommen und waren total geschockt, als sie die Feuerwehr und das ganze Chaos am Reitstall gesehen haben.«

»Oh shit!« Mir fiel siedend heiß ein, dass ich ja in der Hektik mein Handy zu Hause vergessen hatte. »Wahrscheinlich ist sie total sauer auf mich!«

»Nee, ist sie nicht. Meine Mom hat mit deiner gequatscht, alles easy. Du sollst sie aber trotzdem mal anrufen.« Katie drückte mir ihr Handy in die Hand.

»Wie viel Uhr ist es eigentlich?« Ich hatte komplett das Zeitgefühl verloren und war überrascht, dass es erst kurz vor halb vier war.

Meine Mutter meldete sich, noch bevor es ein Mal geklingelt hatte. Sie klang sehr besorgt und wollte wissen, wie es mir ging. Ich schilderte ihr in knappen Worten, wie ich zufällig das Feuer im Reitstall vom Badezimmerfenster aus bemerkt und Katie und ich die Feuerwehr alarmiert hatten. Um sie nicht unnötig aufzuregen, unterschlug ich die Tatsache, dass wir in den brennenden Stall geklettert waren und die Pferde befreit hatten. Auch von der gefährlichen Aktion mit Farina erzählte ich kein Wort.

»Wo sind Wondy und Cody?«, wollte Mama wissen.

»Auf der neuen Reitanlage«, erwiderte ich. »Ihnen geht's gut. Ach, Mama? Bin ich eigentlich gegen Tetanus geimpft?«

»Hast du dich also doch verletzt?« Die Sorge kehrte in ihre Stimme zurück.

»Nein, nein. Mir ist bloß eine Blase an der Hand aufgegangen«, beruhigte ich sie.

»Ja, du bist geimpft«, erwiderte sie. »Wann kommst du nach Hause?«

»Ich weiß nicht. Sie holen noch die restlichen Pferde.«

Wieder einmal überraschte mich meine Mutter, die bei Kleinigkeiten wie einer schlechten Note oder zu spätem Nach-Hause-Kommen komplett ausrasten konnte.

»Na ja, es ist Sonntag und du kannst dich auch später ausschlafen. Ich kann verstehen, wenn du noch eine Weile dableiben willst«, sagte sie zu meiner Verwunderung. »Ich glaube nicht, dass ihr nach diesen Aufregungen zum Lehrgang fahren werdet. Von Richters sollen dich später mitnehmen, okay?«

»Ja, okay. Danke, Mama. Bis später.«

Ich reichte Katie ihr Handy. Erst jetzt, wo die größte Aufregung vorbei war, spürte ich, wie die Wunde an meiner Hand brannte.

»Oh, scheiße, nee!«, rief Katie entsetzt, als ich ihr meine Handfläche zeigte. »Du musst sofort zu 'nem Arzt, Lotte!«

»Falls ihr einen Tierarzt braucht, hier ist er schon«, sagte ein Mann hinter uns. Wir drehten uns um. Ich erkannte Dottore Schmidt, der gerade mit einem Stethoskop um den Hals aus einer der Boxen kam.

»Hallo, Ekki«, begrüßte Katie, die mit fast allen Leuten per Du war, ihn. »Du kommst wie gerufen! Schau dir doch mal bitte Lottes Hand an.«

»Ich bin Tierarzt, wohlgemerkt.« Er inspizierte aber trotzdem meine Verletzungen. »Komm mal mit zu meinem Auto. Ich mache das sauber und lege dir einen Verband an. Bist du geimpft und entwurmt?«

»Äh … *entwurmt?*« Ich war irritiert.

»Kleiner Scherz am Rande«, grinste er gut gelaunt wie immer, obwohl man ihn mitten in der Nacht aus dem Bett geholt hatte. Er kramte in den eingebauten Metallschränken im Kofferraum seines Kombis herum und holte eine Flasche und Watte hervor.

»Jetzt beiß mal die Zähnchen zusammen«, sagte er zu mir.

Ich schloss die Augen und presste die Lippen zusammen, denn es brannte wie die Hölle, als er schnell und gekonnt die Wunde desinfizierte und sterile Gaze-Kompressen auflegte.

»Pink, blau oder grün – wie hätte es die Dame am liebsten?«, fragte er mich und hielt drei Päckchen mit elastischen Verbänden hoch, wie man sie sonst für Pferdebeine benutzte.

»Blau ist cool«, sagte ich und er verband meine linke Hand.

»So, das wär's. Du warst sehr tapfer.« Er legte den Kopf schief und wurde ernst. »Geh aber heute trotzdem zu einem Arzt, okay?«

»Ja, mach ich.« Ich rang mir ein Lächeln ab. »Vielen Dank.«

»Gern geschehn.« Der Dottore lächelte munter und zog wieder los, um ein Pferd nach dem anderen auf Rauchvergiftung oder irgendwelche Verletzungen zu untersuchen.

Katie und ich lehnten uns an den Kotflügel seines Autos. Ich legte den Kopf in den Nacken und blickte in den Nachthimmel zur blassen Sichel des zunehmenden Mondes hoch, neben der der Morgenstern hell wie ein Diamant leuchtete.

Das Gewitter hatte die schwüle Hitze vertrieben, die Luft war frisch, die Nacht sternenklar. Ich schauderte in der Kühle in meinem feuchten Kapuzenpulli und der dünnen Jacke.

»Jetzt sind wir also hier«, sagte ich zu meiner Freundin. »Ich kann's noch gar nicht glauben. Es ist alles so unwirklich. Als hätte ich das bloß geträumt.«

»Stell dir vor, du wärst nicht aufs Klo gegangen und wir wären nicht sofort zum Stall gerannt! Oder wenn wir mit den Pferden über Nacht auf dem Amselhof geblieben wären!« Katies Stimme zitterte. »Eine Viertelstunde später – und die meisten Pferde würden jetzt wahrscheinlich nicht mehr leben …«

»Darüber mag ich gar nicht nachdenken«, erwiderte ich

und stieß einen Seufzer aus. Eine ganze Weile sagten wir nichts, hingen nur unseren Gedanken nach.

Im Osten färbte sich der Himmel bereits heller, der Morgen graute. Der Morgen einer neuen Zeitrechnung: Tag eins im neuen Reitstall.

»Es ist schrecklich, dass es so krass zu Ende gehen musste«, sagte ich leise. »Aber vielleicht war es besser so.«

»Wie meinst du das?«, fragte Katie.

»Kennst du den Spruch: Lieber ein Ende mit Schrecken …?«

» … als ein Schrecken ohne Ende«, ergänzte Katie und nickte.

»Na ja …« Ich suchte nach den richtigen Worten, um auszudrücken, was ich meinte. Wieder einmal kämpfte ich die Tränen nieder, ich elende Heulsuse. »Ich … ich hatte voll den Horror vor dem Moment, wenn alle Pferde aus dem alten Stall ausgezogen wären. Ich glaube, es hätte mir das Herz gebrochen, den Stall ohne die Pferde, die leere Sattelkammer, das ausgeräumte Casino und all das zu sehen. Der Reitstall war der wichtigste Teil meines Lebens in den letzten drei Jahren und jetzt ist diese Zeit für immer vorbei. Es gibt keinen großen Abschied mehr, weil nichts mehr da sein wird, von dem man Abschied nehmen kann. Ach! Ich fühl mich plötzlich … voll alt, irgendwie.«

Katie lachte nicht. Stattdessen legte sie einen Arm um meine Schulter.

»Ich weiß, was du meinst«, sagte sie. »Mir ging es so, als vor ein paar Jahren meine Oma gestorben ist und ihr Haus verkauft wurde. Sie hatte voll den geilen riesengroßen verwunschenen Garten mit einem Teich und einem Baumhaus und Brombeeren, Himbeeren, Johannisbeeren, Gemüsebeeten, Apfel- und Kirschbäumen ... Wir waren ganz oft da und ich war da einfach glücklich. Als die Käufer durch das Haus gegangen sind und darüber geredet haben, wie scheiße und wie altmodisch alles ist und was sie alles abreißen und umbauen wollen, da hab ich einen Heulflash gekriegt. Wenn ich jetzt zurückblicke, dann weiß ich, dass das der letzte Tag meiner Kindheit gewesen ist. Danach war alles anders.«

Katie hatte es exakt auf den Punkt gebracht!

»Genau so geht's mir«, bestätigte ich. »Der Reitstall war meine Heimat in einer wichtigen Zeit, die jetzt unwiederbringlich vorbei ist. Die Zukunft hat angefangen und alles wird anders sein.«

Meine Gefühle hatten absolut nichts mit Vernunft zu tun, sondern nur mit Sentimentalität, schließlich hatten wir für diese neue Reitanlage gekämpft! Alles war besser hier: größer, schöner, moderner und pferdefreundlicher. Der neue Stall lag auf einer Anhöhe am Rande der Stadt und vom Reitplatz aus konnte man die Skyline von Frankfurt auf der einen und die Berge des Taunus auf der anderen Seite sehen. Hier oben ging immer ein leichtes Lüftchen, es würde im Sommer also nie so stickig und heiß sein wie im alten Reitstall. Die Pferde hatten endlich die Möglichkeit, auf Koppeln zu grasen oder auf den großen Paddocks zu toben oder zu relaxen, es gab ein herrliches Ausreitgelände und wenn erst mal alles fertig war, dann würde es einfach perfekt sein.

»Wie bist du damit fertiggeworden?«, wollte ich von meiner Freundin wissen.

»Keine Ahnung.« Katie zuckte die Schultern. »Eines Tages tat es nicht mehr so weh. Und heute hab ich irgendwie nur romantische Erinnerungen, als ob ich alles mit Weichzeichner sehen würde. Meine Mutter meinte, mit jedem Abschied von einer Lebensphase gewinnt man Seelenstärke hinzu, indem man nach vorne blickt und dem Alten nicht hinterhertrauert. Tja, und so hab ich's gemacht.«

Würde ich das auch schaffen? Konnte ich all das, was ich im alten Reitstall erlebt hatte, hinter mir lassen und mich auf das Neue konzentrieren? Ja, sagte ich zu mir, das kannst du auch! Und wenn ich ehrlich zu mir selbst war, dann war früher weiß Gott nicht alles toll gewesen.

Ein drittes Mal rollte der Transporter von Katies Eltern auf den Hof und brachte die letzten Pferde mit. Das Auto von Herrn Weyer folgte. Der Reitlehrer, Simon und Vivien stiegen aus. Katie und ich rafften uns auf und gingen hin, um zuzusehen, wie Natimo, Heide, Sparks, Indy, Sugar und Twister abgeladen und in den Stall gebracht wurden. Danach versammelten wir uns alle im Hof und bauten die Biertische und Bänke auf, die Herr Friedrich in seinen Hänger geladen hatte.

»Melde gehorsamst: Evakuierung erfolgreich abgeschlossen«, sagte Alex zu seinem Vater, der mittlerweile auch eingetroffen war.

»Ich danke euch allen.« Herr Schäfer ließ sich schwerfällig auf eine Bank sinken und rieb sich mit beiden Händen das Gesicht. »Was für ein Albtraum das alles!«

Ein weiteres Auto rumpelte durch die Baustelle. Erstaunt erkannte ich den Kombi meiner Mutter. Sie parkte neben den anderen Autos und öffnete die Kofferraumklappe.

»Mama!«, rief ich überrascht. »Was machst du denn hier?«

»Ach, ich konnte sowieso nicht mehr schlafen«, erwiderte sie nur und hob einen Korb aus dem Kofferraum. »Da dachte ich, ich koche ein paar Kannen Kaffee für die fleißigen Helfer.«

»Die beste Idee des Jahrhunderts!«, bemerkte Alex und half ihr, Thermoskannen, einen Kasten Wasser, Pappbecher und Servietten auszuladen.

»Sie schickt der Himmel, Frau Steinberg«, sagte Herr Stark. »Kaffee ist jetzt genau das Richtige!«

Nach und nach versammelten sich alle, die in den letzten Stunden dabei geholfen hatten, die Pferde zu retten und hierher zu bringen: Herr Weyer und Vivien, Katies Eltern, Simon, Herr Schäfer, Alex, Gunther, Herr Stark, Herr Friedrich, Jens Wagner, Herr Dittmann und sein Sohn Rainer, Herr Pfeffer und Wojtek. Sogar Draco war noch da und Frau Seifert, die ich bis jetzt gar nicht wahrgenommen hatte. Alle sahen in der sparsamen Beleuchtung des Außenstrahlers völlig erschöpft aus und waren dankbar für Kaffee, Wasser und ein Stück Apfelkuchen, den Mama gestern zufällig gebacken hatte. Keinem war nach Reden zumute. Bisher hatten wir alle einfach nur funktioniert, jetzt, wo es erst mal nichts mehr zu tun gab, wich der Schock. Jedem wurde allmählich klar, was da heute Nacht passiert war und welche Folgen der Brand hatte.

»Und, wie geht es dir?« Mama sah mich prüfend an. Glücklicherweise war sie keine von den überbesorgten Müttern, die einen vor allen Leuten umarmte und küsste. »Was macht die Hand?«

»Alles easy«, beteuerte ich und hob meinen Verband. »Der Tierarzt hat die Wunde vorhin desinfiziert.«

»Alles *easy*? Na ja.« Mama hob die Augenbrauen und musterte mich mit ihrem Röntgenblick, dem nichts entging.

»Wieso?« Ich tat unschuldig.

»Ich denke, du hast vor Aufregung vergessen, mir zu erzählen, dass Katie und du in den Stall geklettert seid, obwohl er schon brannte …«

Na super! Wer hatte ihr das wohl unter die Nase gerieben? Ich sah über Mamas Schulter Katie, die eine Grimasse zog und mit dem Finger auf ihre Mutter deutete. Dragon Mum war also die Petze!

»Ihr habt beide im Zweifel jede Menge Kohlenmonoxid eingeatmet«, sagte Mama. »Wir fahren am besten gleich ins Krankenhaus und …«

»Das muss nicht sein!«, unterbrach ich sie. »Wir sind schon vom Notarzt untersucht worden und haben Sauerstoff gekriegt. Außerdem hat er uns Blut abgenommen.«

Das Letzte, was ich wollte, war, an einem Sonntag sinnlos in der Notaufnahme des Krankenhauses herumzuhocken, nur um zu erfahren, dass alles in Ordnung war.

»Und was ist mit dem Lehrgang?« Ich setzte mich zwischen Katie und Simon.

»Lehrgang? Ihr seid doch stehend k.o.«, stellte Katies Vater fest.

»Das sieht nur so aus«, behauptete Katie. »Wir sind total fit, oder, Lotte?«

»Klar«, sagte ich und gähnte gleichzeitig. »Ich will unbedingt den Lehrgang reiten.«

»Eure Pferde haben eine aufregende Nacht hinter sich«, gab Herr Weyer zu bedenken. »Asset hat ziemlich viel Qualm abgekriegt. Ich würde ihnen heute jeden Stress ersparen. Macht lieber einen kleinen Ausritt.«

»Das würde ich auch raten«, stimmte Dottore Schmidt unserem Reitlehrer zu.

Katie zog ein langes Gesicht und auch ich verspürte eine leichte Enttäuschung.

»Es wird noch andere Lehrgänge geben«, sagte Katies Vater.

»Ja, vielleicht. Aber nicht auf dem Amselhof«, schmollte meine Freundin.

Glück im Unglück

Die Sonne ging auf. Der Himmel war wolkenlos, das Gewitter hatte sich verzogen und die Ereignisse der Nacht schienen auf einmal so unwirklich wie ein schlechter Traum. Im Tageslicht wurde deutlich, dass die neue Reitanlage noch eine Baustelle war. Entsetzt blickte ich mich um. Die Außenanlagen ringsum glichen einer Mondlandschaft. Berge von Sand, Schotter und Steinen türmten sich überall, dazwischen lagen Bretter, Schutt, Unrat und rostiges Metall. Zwar mochten die Stallungen weitgehend fertig sein, aber sonst herrschte ein einziges Chaos. Übermüdet, wie ich war, kämpfte ich mit den Tränen. Wo sollten wir hier denn bloß reiten?

»Wir müssen die Einsteller benachrichtigen«, sagte Herr Weyer in dem Moment. »Am besten berufen wir für heute Abend eine Versammlung ein.«

Der Vorstand war sofort einverstanden.

»Ich kann mich darum kümmern«, bot Vivien an.

»Gründe doch eine WhatsApp-Gruppe und verschick eine Nachricht«, schlug Simon vor.

»Gute Idee.« Vivien nickte und begann, auf ihrem Smartphone herumzutippen. »Was ist mit den Schulreitern? Um neun wäre ja eigentlich die erste Reitstunde.«

»Ich habe nicht alle Telefonnummern in meinem Handy«, erwiderte Herr Weyer. »Und ich fürchte, der Reitstundenplaner ist verbrannt. Ich möchte mir auch gar nicht vorstellen, wie unsere Wohnung und das Büro aussehen, nachdem die Feuerwehr stundenlang Wasser aufs Dach gespritzt hat.« Er rieb sich mit beiden Händen das müde Gesicht und gähnte.

»Ich fahre jetzt zum alten Stall rüber«, sagte Herr Schäfer. »Ich muss mit den Feuerwehrleuten sprechen. Außerdem wird ein Brandsachverständiger kommen.«

»Geht es denn allen Pferden gut?«, erkundigte sich meine Mutter.

»Ja, zum Glück«, nickte Herr Schäfer. »Dank des beherzten Einsatzes von Charlotte und Katharina sind alle gesund und munter.«

»Ein paar Pferde haben leichte Verletzungen und Schrammen davongetragen, aber der Tierarzt meint, das heilt alles schnell wieder ab«, ergänzte Herr Stark.

»Und Farina?«, fragte ich.

»Der geht es auch gut«, sagte Herr Weyer. »Sie ist wohl mit dem Schrecken davongekommen. Bei Cornado ist das Fell ein bisschen versengt, aber das wächst nach.«

»Was ist eigentlich mit dem Sattelzeug passiert?« Vivien blickte von ihrem Smartphone auf.

»Die Sättel und Trensen der Schulpferde konnte die Feuerwehr zum größten Teil noch rausschaffen«, erwiderte Gunther. »Aber alles, was weiter hinten hing, ist wohl leider verbrannt.«

»Mensch, gut, dass wir unser Zeug im Lkw gelassen haben«, flüsterte Katie mir zu.

Die ersten Handwerker kamen zur Arbeit. Sie staunten nicht schlecht, als sie erfuhren, dass die Reitanlage über Nacht bezogen worden war – knapp vier Monate vor dem geplanten Einzugstermin. Natürlich gab es jetzt sehr viel für sie zu tun.

Papa erschien in Begleitung des Bürgermeisters. Sie hatten sich am alten Reitstall getroffen und brachten die Nachricht mit, dass das Feuer zwar weitgehend gelöscht sei, die Feuerwehr aber eine Wache dagelassen habe, falls es noch Glutnester im Heu oder Stroh gäbe, die wieder aufflammen könnten.

»Es sieht ganz danach aus, als ob die Nachbarn die große Eiche, die auf den Stall gestürzt ist und die Stromleitung beschädigt hat, unsachgemäß beschnitten haben«, sagte der Bürgermeister. »Um mehr Platz auf ihrem Grundstück zu haben, wurden wohl fast alle Äste auf der einen Seite abgesägt. Dadurch hat der Baum seine Statik verloren, meint zumindest der Kreisbranddirektor, mit dem wir eben gesprochen haben.«

Katie, Simon und ich schauten noch einmal nach unseren Pferden, dann fuhren wir mit Mama nach Hause. Simon hatte seinen Roller bei uns abgestellt, als er nachts zum Reitstall gekommen war, und Katie hatte ihre Sachen noch bei uns. Mir graute vor dem Anblick der Brandruine und zuerst wollte ich gar nicht hingehen, doch dann siegte meine Neugier und vielleicht auch das, was Katie vorhin als Seelenstärke bezeichnet hatte. Das Erlebnis, im brennenden Stall eingeschlossen zu sein, hatte etwas in mir für immer verändert.

Die Kronberger Straße war noch immer abgesperrt. Ein Polizeiauto stand quer auf der Straße und wies den Autofahrern und Bussen andere Wege. Rings um den Reitplatz auf der Straße standen Neugierige, aber die Feuerwehr hatte nach wie vor das ganze Gelände weiträumig mit rot-weißem Flatterband abgesperrt, auch die Tore zum Reitplatz waren wieder verschlossen. Noch immer qualmte das Dach des Stalles vor sich hin und beißender Brandgeruch hing in der Luft. Von Weitem sah alles fast so aus wie immer, nur bei genauerem Hinsehen bemerkte man die zersprungenen Fenster, das eingesunkene Dach und den Ruß an den Außenmauern. Unser schöner Reitplatz sah aus wie ein Schlachtfeld. Einige der Schulreiter, die ahnungslos zum Reiten gekommen waren, hatten sich am Zaun versammelt und blickten fassungslos zur Reithalle hinüber. Ich erkannte unter ihnen Susanne, Annika und Dani, Cordula, Frau Schlichte und Solveig. Alle wirkten schockiert, gestikulierten und redeten durcheinander.

»Da drüben sind Doro und Dörte«, bemerkte Katie und stieß mich mit dem Ellbogen an. Die beiden hatten uns nun auch erblickt und kamen auf uns zu. Erst jetzt fiel mir auf, dass ich in der ganzen Aufregung nicht ein einziges Mal an Doro gedacht hatte! Ihre Eltern hatten natürlich mitbekommen, was los gewesen war, und waren letzte Nacht auch am Stall gewesen, hatte Mama vorhin erzählt. Eigentlich seltsam, dass sie Doro nicht geweckt hatten.

»Wisst ihr, was hier passiert ist?«, wollte Dörte wissen. »Vivien hat nur geschrieben, dass der Stall gebrannt hat und alle Pferde auf die neue Reitanlage gebracht wurden.«

»Durch den Sturm ist ein Baum auf das Stalldach gefallen und hat eine Stromleitung heruntergerissen«, erwiderte Simon. »Es gab einen Kurzschluss und das Heu hat Feuer gefangen.«

»Was ist mit den Pferden?«, erkundigte sich Frau Uhde, eine Schulreiterin, besorgt.

»Die sind alle in Sicherheit«, beruhigte Simon sie. »Wir haben sie auf die neue Reitanlage gebracht.«

»*Wir?*«, fragte Dani spitz. »Warst du dabei, oder was?«

»Ja, war ich«, antwortete Simon nur.

»Und warum wurden wir nicht schon heute Nacht informiert?«, empörte Doro sich. »Wie kommen die dazu, einfach die Pferde wegzubringen und den Besitzern nicht Bescheid zu geben?«

»Hallo? Der Stall hat lichterloh gebrannt«, erinnerte Simon sie. »Da hatte niemand Zeit, groß Nachrichten zu schreiben! Du musst ja geschlafen haben wie eine Tote, wenn du das Riesentheater mit der Feuerwehr nicht mitgekriegt hast.«

»Ich war auf einer Party, wenn du's genau wissen willst«, erwiderte Doro schnippisch. »Und ich habe da auch übernachtet.«

»Schön für dich«, sagte Simon spöttisch. »Partys sind was Tolles.«

»Das stimmt! Es war total cool!«

Ich bemerkte Doros kurzen Seitenblick, aber es war mir völlig egal, ob sie wirklich auf einer Party gewesen war oder sich das wieder nur ausgedacht hatte. Diese ganzen Befindlichkeiten und Eifersüchteleien erschienen mir vor dem, was letzte Nacht geschehen war, plötzlich profan und total unwichtig. Ich kannte Doro jedoch gut genug, um ihr anzusehen, wie sehr sie sich darüber ärgerte, dass sie den Brand und die Evakuierung der Pferde verpasst hatte.

»Wieso bist *du* überhaupt hier?«, fragte sie Katie nun.

»Ich hab bei Charlotte gepennt«, erwiderte die. »Eigentlich hätten wir ja heute wieder Lehrgang gehabt.«

»Der *Kader*lehrgang!«, bemerkte Dörte geringschätzig.

»Genau der«, sagte Katie scharf. »Hast du irgendein Problem, Dörte?«

»Nee, wieso sollte ich?«, schnappte Dörte.

»Dann halt einfach die Klappe, okay?«

Erst jetzt schien Doro unsere dreckigen Klamotten und verrußten Gesichter zu bemerken und ihr dämmerte wohl der Zusammenhang. Ihre Augen wurden groß, sie blickte zwischen uns hin und her.

»Na, hätte ich mir ja denken können, dass sie *euch* angerufen haben«, zischte sie. Der Neid troff aus jedem Wort, das sie sagte.

»Klar!« Dörte schnaubte. »Herrn Weyers Lieblinge werden natürlich sofort informiert.«

»Hier gibt's eindeutig eine Zwei-Klassen-Gesellschaft«, sagte Dani zu Susanne und Annika. »Echt voll zum Kotzen!«

»Ihr seid so was von bescheuert!«, fuhr Katie wütend auf. »Überhaupt *niemand* hat uns angerufen! Aber wenn Lotte das Feuer nicht zufällig vom Badezimmer aus gesehen hätte und wir nicht sofort rübergelaufen wären und die Feuerwehr alarmiert hätten, dann wären alle Pferde im Stall erstickt oder verbrannt!«

»Hu!«, machte Dani spöttisch. »Da seid ihr jetzt ja die großen Helden!«

»Da hast du wohl recht«, sagte Simon. »Charlotte und Katie haben sich in Lebensgefahr begeben.«

»Boah, Lebensgefahr!« Dörte riss übertrieben die Augen auf und stieß Doro an. »Voll krass!«

»Wieso habt ihr mich nicht angerufen?«, fragte Doro. »Ich hätte helfen können.«

»Ich dachte, du warst auf einer Party«, antwortete Katie kühl. »Außerdem habe ich dir 'ne WhatsApp geschrieben. Zu mehr war leider keine Zeit.«

»Ich hab keine WhatsApp gekriegt«, maulte Doro, ganz so, als ob es unsere Schuld sei, dass sie irgendwo übernachtet hatte und ihre Eltern sie nicht informiert hatten. Noch immer hatten weder sie noch Dörte sich nach ihren Pferden erkundigt.

»Hier! Schau selbst!« Katie hielt Doro genervt ihr Handy hin. »Um 2:50 Uhr hab ich dir geschrieben und es sind zwei graue Häkchen dran. Deine Schuld, wenn du deine Nachrichten nicht liest!«

Ich hatte die Nase voll von diesen blöden Herumzickereien.

»Kommt«, sagte ich zu Simon und Katie. »Lasst uns gehen.«

In dem Moment kam Beate angeradelt.

»Ist das wahr? Der Stall ist abgebrannt?«, fragte sie aufgeregt und besorgt. »Wie geht es Nado? Wo sind die Pferde?«

Sie machte sich ganz offensichtlich mehr Sorgen um den Schimmel, an dem sie eine Reitbeteiligung hatte, als Doro, die Besitzerin.

»So eine blöde Kuh!«, regte Katie sich über Doro auf. »Sie hat nicht mal nach ihrem Pferd gefragt!«

»Eigentlich müsste sie dir die Füße küssen.« Simon war verärgert. »Wenn du nicht gewesen wärst, wäre Nado im Stall verbrannt!«

Ich schauderte bei der Erinnerung an diesen schrecklichen Moment, als ich begriffen hatte, dass mir der Weg aus dem Stall von einer Flammenwand versperrt war.

»Zumindest schuldet sie mir einen Gürtel«, erwiderte ich leichthin und wollte mir nicht anmerken lassen, wie es mir wirklich ging.

»Wieso das?«, fragten Katie und Simon gleichzeitig.

»An Nados Box hing kein Halfter«, erwiderte ich. »Möglicherweise hat ihn deshalb niemand rausgeholt. Ich habe ihm meinen Gürtel um den Hals gebunden, damit ich ihn überhaupt aus der Box führen konnte.«

»Das ist jetzt nicht wahr, oder?« Simon starrte mich entgeistert an. Jeder kannte die wichtige Stallregel, dass an jeder Box ein Halfter und ein Führstrick zu hängen hatten, damit im Notfall ein Pferd schnell aus dem Stall gebracht werden konnte.

»Doch.«

»Das sollte ihr mal jemand sagen«, meinte Simon aufgebracht. »Du hast dein Leben riskiert, weil sie schlampig war.«

»Bitte, sagt gar nichts.« Ich gähnte. »Ich hab keinen Bock auf miese Stimmung im neuen Stall.«

»Darüber reden wir noch mal.« Simon nahm mich in den Arm. Er streichelte mein Gesicht und gab mir einen Kuss. »Es kann nicht sein, dass sie dafür nicht wenigstens einen Anschiss kriegt, nur weil du so gutherzig bist.«

»Mal sehen.«

Simon schwang sich auf seinen Roller und brauste davon, nachdem wir uns für den Nachmittag auf der neuen Reitanlage verabredet hatten. Katie und ich gingen sofort nach oben, duschten und krochen dann in unsere Betten. Ich checkte mein Handy, das ich letzte Nacht auf meinem Nachttisch vergessen hatte, aber es waren keine wichtigen Anrufe oder Nachrichten gekommen. Ich programmierte die Weckfunktion auf vier Uhr und pennte fast auf der Stelle ein.

Fernsehstars!

Das Klingeln meines Handys riss mich gefühlte zehn Minuten später aus dem Tiefschlaf. Eine Mobilnummer, die ich nicht kannte! Wer konnte das sein? Nach einem kurzen Zögern nahm ich das Gespräch entgegen und zuckte erschrocken zusammen, als mir Herr Schäfer, der erste Vorsitzende, aufgeregt ins Ohr dröhnte.

»Charlotte, wo seid ihr, du und Katharina?«, wollte er wissen.

»Bei uns zu Hause«, krächzte ich. »Wieso?«

»Wir haben eine Anfrage von einem Fernsehsender bekommen, der heute noch eine Reportage über den Brand drehen will«, rief Herr Schäfer so laut, als ob ich schwerhörig wäre. »Sie schicken ein Kamerateam her und möchten unbedingt auch mit euch beiden sprechen, weil es so authentisch wie möglich sein soll!«

»Fernsehen? Kamerateam?«, wiederholte ich, beugte mich nach unten und rüttelte an Katies Schulter. »*Wo* sind die?«

»Sie kommen um 16 Uhr an den alten Stall!«

»Wie spät ist es jetzt?«

»Zehn nach zwei.«

Katie hob den Kopf. »Fernsehen?«, flüsterte sie und ich nickte heftig.

»Natürlich müssten eure Eltern einverstanden sein«, brabbelte Herr Schäfer weiter. »Meinst du, ihr könnt das abklären und herkommen?«

»Ja, ich … äh … wir versuchen es«, versprach ich ihm. »Ich melde mich gleich wieder.«

»Was ist denn? Wer war das?«, wollte Katie wissen, und ich erzählte ihr, was Herr Schäfer mir gesagt hatte.

»Echt? Wie geil ist das denn? Klar machen wir das!« Meine Freundin war sofort hellwach. Sie warf die Decke zurück und sprang begeistert auf. »Ich wollte schon immer mal ins Fernsehen! Saucool! Das können wir dann bei YouTube reinstellen und bei Instagram, und ich schwör dir, alle in meiner Schule werden vor Neid platzen!« Sie schnappte sich ihr Handy und rief ihre Mutter an.

Ich ging nach unten. Papa hatte sich auf der Couch im Wohnzimmer für ein Mittagsschläfchen hingelegt, Mama lag im Bett und schlief tief und fest. Kein Wunder, sie hatten die ganze Nacht kein Auge zugetan.

Ich versuchte, sie zu wecken, aber vergeblich.

Als ich zurück in mein Zimmer kam, hörte ich Katie sagen: »… und bring mir das beigefarbene T-Shirt mit dem V-Ausschnitt mit und *unbedingt* die Jeans von *Crazy Girl*, die dunkelblaue mit den Applikationen und den weiß abgesetzten Nähten, du weißt schon! Und meine neuen *Asics*. Ach ja, und mein Glätteisen, das liegt im Bad in …« Sie lauschte einen Moment auf das, was ihre Mutter sagte, und verzog das Gesicht. »Ja. Okay.« Katie ließ das Handy sinken, ballte die Fäuste und stieß einen Schrei aus. »Verdammt! Sie kann mir die Klamotten nicht bringen, weil sie auf der neuen Reitanlage zu tun hat. Was mache ich denn jetzt? Meine Haare sehen voll scheiße aus, wenn ich sie nicht glätte!«

»Du hast echt einen Knall!« Ich musste lachen. »Am besten ziehen wir uns einfach die dreckigen Klamotten von heute Nacht wieder an, dann sind wir *authentisch!*«

»Menno! Jetzt komm ich *ein Mal* in meinem Leben ins Fernsehen und sehe voll kacke aus!«, rief Katie verzweifelt. »Meine Mutter hat übrigens nichts dagegen.«

»Hab ich mir jetzt fast gedacht.« Ich ließ mich auf mein Bett fallen. »Meine Eltern ratzen wie die Murmeltiere. Kein Wunder, ältere Leute stecken so eine Nacht nicht so leicht weg wie unsereins.«

»Wie bitte?« Mama erschien in der offenen Tür. »Wen meintest du gerade bitte schön mit *ältere Leute?*«

»Äh, sorry. War nicht so gemeint.« Ich wurde rot. »Ich dachte, du schläfst.«

»Ältere Leute haben einen leichten Schlaf«, entgegnete Mama. »Also, was ist hier los?«

Ich erzählte ihr von der Anfrage des Fernsehteams und sie hatte nichts dagegen einzuwenden, dass ich vor der Kamera etwas über den Brand erzählte. Rasch antwortete ich Herrn Schäfer und verkündete ihm die frohe Botschaft, dann schrieb ich Simon eine Nachricht.

Wir plünderten meinen Kleiderschrank und fanden auch für Katie Klamotten, mit denen sie einigermaßen zufrieden war.

»Übrigens: Meine Schwester hat ein Glätteisen«, verriet ich Katie. »Das kannst du sicher benutzen!«

Eine Stunde später standen wir im Hof vor dem Stall, dem das Dach fehlte. Simon war auch gekommen und war genauso fassungslos wie wir angesichts der Schäden, die die Explosion der Gasflasche verursacht hatte. Jetzt, im Tageslicht, sah alles weitaus dramatischer aus als letzte Nacht. Die halbe Wand war herausgesprengt worden, überall lagen zerbrochene Backsteine herum. Mit Grausen betrachtete ich die Stelle des Jägerzauns neben dem Tor, in dem Farina festgesteckt hatte. Jedes Detail der gestrigen Nacht hatte sich rasiermesserscharf in mein Gedächtnis eingebrannt.

Die Fernsehleute waren mit einem hellblauen Auto gekommen, auf dessen Seite das Logo des Fernsehsenders prangte, und luden nun schnell und routiniert ihr Equipment aus. Zuerst machten sie ein Interview mit Herrn Schäfer, dann mit Herrn Weyer. Die Feuerwehr genehmigte dem Kameramann, für ein paar Aufnahmen den Stall zu betreten. Weil uns niemand daran hinderte, folgten Katie, Simon und ich ihm einfach. Was ich sah, deprimierte mich zutiefst.

»Oh mein Gott«, murmelte Katie neben mir. »So schlimm hätte ich es mir nicht vorgestellt!«

»Wir beide waren die Letzten, die den Stall so gesehen haben, wie er mal gewesen ist«, entgegnete ich niedergeschmettert.

Die Stallgasse stand knöcheltief unter Wasser, die Wände, die wir erst im letzten Jahr bei einem Arbeitsdienst frisch gestrichen hatten, waren rabenschwarz. Lange verkohlte Fäden hingen von der Decke, es roch so beißend nach Qualm, dass meine Augen sofort wieder tränten. Das Holz der Boxen war teilweise verbrannt, die Gitterstäbe hatten sich in der Hitze des Feuers verbogen. Das alles ertrug ich mit mühsamer Beherrschung, aber der Anblick der angekohlten Namensschilder von Goldi und Tanja, die in den matschigen Ascheberge lagen, brach mir fast das Herz.

»Guckt euch mal die Sattelkammer an«, sagte Simon. »Wahnsinn! Da ist ja nichts mehr übrig, außer dem guten alten Schreibtisch.«

Die Sättel, die nicht mehr hatten gerettet werden können, klebten wie schwarze Klumpen auf den Sattelhaltern. Nur der alte, klapprige Metallschreibtisch hatte erstaunlicherweise dem Feuer standgehalten. Ich war zu schockiert, um Bilder zu machen, dafür fotografierte Katie alles und schickte sofort ein paar Fotos an Elena Weiland und Jürgen Bergmann.

»Damit die das auch glauben«, sagte sie.

Die Redakteurin, eine dürre Frau mit einer Masse dunkler Locken und ziemlich viel Schminke im Gesicht, stellte sich uns als Tülin Korkmaz vor. Sie trug eine knallenge Jeans, eine weiße Tunika und Sandalen an den Füßen, die ihre grün lackierten Fußnägel sehen ließen. Zunächst fragte sie uns ein paar allgemeine Dinge und hielt uns ihr Smartphone hin, um unsere Antworten aufzunehmen. Sie wollte wissen, wie wir heißen und wie alt wir seien, ob wir eigene Pferde hätten, wie lange wir schon hier im Reitstall reiten würden und noch ein paar andere Sachen.

»Das sind Infos, die wir für die Backstory brauchen«, erklärte sie uns. »Wir drehen ein paar Sequenzen mit euch und machen dann die O-Töne, okay?«

Katie und ich hatten keine Ahnung, was Backstory und O-Töne waren, aber es klang ziemlich cool.

Der Kameramann war ein Bär von einem Mann mit einem geflochtenen Hipsterbärtchen und Pferdeschwanz, die schwere Kamera trug er locker auf der Schulter. Kaugummi kauend filmte er uns zwischen den Brennnesseln vor dem Fenster, durch das wir in den Stall geklettert waren, und jenem, aus dem ich später nur knapp den Flammen entronnen war, dann vor der Box von Wondy, am Reitplatz und vor dem Eingang der Reithalle, die von innen genauso dramatisch verrußt war wie der Stall.

»Hab genug drauf für fünf Minuten«, sagte er schließlich zu der Redakteurin.

»Prima! Dann können wir loslegen.« Tülin Korkmaz nickte. »Stellt euch bitte hier vor die Stalltür. Schaut nicht direkt in die Kamera, sondern mich an, okay? Redet so natürlich wie möglich und hampelt nicht herum.«

»Wie?«, fragte Katie leicht enttäuscht. »Werden wir vorher nicht geschminkt?«

»Das habt ihr zwei doch gar nicht nötig.« Die Redakteurin gluckste amüsiert. »Geschminkt wird im Fernsehen übrigens meistens nur, wenn im Studio gedreht wird.«

Frau Korkmaz blickte dem Kameramann über die Schulter und dirigierte uns noch etwas herum. »Ein bisschen nach links, wenn ich bitten darf. *Links!* Äh ... von euch aus rechts, natürlich! So ist's gut! Noch etwas nach vorne ... ja ... prima, so könnt ihr stehen bleiben.«

Der Dritte im Bunde war der Tontechniker. Er hielt eine Angel über uns, an der ein Mikrofon befestigt war.

»Und – bitte!«, sagte der Kameramann.

Es war erstaunlich leicht, der Redakteurin von unseren Erlebnissen zu berichten. Schon nach zwei Sätzen hatte ich die Kamera ausgeblendet und redete genauso, wie ich meiner Familie zu Hause erzählt hätte, was passiert war.

Frau Korkmaz hatte sich ihre Fragen auf einem Zettel notiert und las sie ab. »Ihr habt mit eurer mutigen Aktion nicht nur fünfunddreißig Pferden das Leben gerettet, sondern auch vier Menschen«, sagte sie, und Katie und ich blickten uns verblüfft an. »Habt ihr keine Angst gehabt, in den brennenden Stall zu klettern?«

»Im Stall hatte es ja zuerst noch nicht gebrannt«, sagte ich. »Es war nur alles voller Qualm.«

»Wir haben eigentlich nur an die Pferde gedacht«, ergänzte Katie. »Nicht an die Gefahr. Aber Lotte hat alte Lappen ins Wasser getaucht, die wir uns vor Mund und Nase gebunden haben.«

»Sehr clever!« Tülin Korkmaz nickte und lächelte, während Katie und ich abwechselnd redeten. Nach zehn Minuten war alles im Kasten.

»Äh, welche Menschen haben wir denn gerettet?«, wollte Katie wissen, als sich der Kameramann die Kamera von der Schulter genommen hatte.

»Oben in den Wohnungen haben vier Leute geschlafen, hat man uns erzählt«, erwiderte Frau Korkmaz. »Wenn ihr sie nicht geweckt hättet, hätten sie an den Rauchgasen ersticken können.«

Die Fernsehleute räumten ihre Ausrüstung zusammen und verstauten sie in dem blauen Minibus, dann brachen sie zur neuen Reitanlage auf. Herr Weyer hatte auf uns gewartet und nahm uns mit, Simon fuhr mit seinem Roller. Der Reitlehrer war guter Dinge, denn bei der Besichtigung seiner Wohnung hatte er festgestellt, dass nur Küche und Bad Schaden genommen hatten, die hinteren Zimmer waren jedoch kaum in Mitleidenschaft gezogen worden. Die Wohnungen der beiden Pferdepfleger hingegen waren völlig zerstört. Glücklicherweise waren die Pfleger-Appartements in der neuen Reitanlage schon so gut wie fertig, sodass Herr Pfeffer und Wojtek wenigstens ein Dach über dem Kopf hatten.

»Wo können wir jetzt eigentlich reiten?«, erkundigte sich Katie.

»Momentan leider nur in der Longierhalle auf dem provisorischen Sandboden«, antwortete der Reitlehrer. »Aber Jens hat schon mit dem Bodenlieferanten telefoniert und die Dringlichkeit unserer Lage erklärt. Sie fangen gleich morgen an, dann sollte bis Ende der Woche der Boden in der großen Reithalle fertig sein. Danach ist der Reitplatz dran.«

Wir fuhren durch den Kreisel an der neuen Grundschule und bogen unterhalb des Neubaugebiets ab zur Reitanlage. Links und rechts der geschotterten Straße parkten Autos, denn natürlich wollten alle Pferdebesitzer nach ihren Vierbeinern schauen und sich vergewissern, dass sie die Aufregungen der Nacht unbeschadet überstanden hatten. Ich sah auch Doro, Dörte und das Kleeblatt, die mit Cordula und Merle zusammenstanden und versuchten, nicht zu uns herüberzuschauen.

Das Fernsehteam war hinter uns hergefahren und lud nun wieder das ganze Equipment aus. Der Kameramann drehte noch ein paar Szenen, wie Katie und ich mit Wondy und Asset schmusten, dann schüttelte uns Frau Korkmaz lächelnd die Hände.

»Ihr seid wirklich zwei mutige Mädchen«, sagte sie zum Abschied. »Ich kenne nicht viele Menschen, die in einen brennenden Stall gelaufen wären, um Pferde zu retten, und glaubt mir, ich kenne sehr viele Menschen!«

»Wann wird das eigentlich gesendet?«, fragte Katie neugierig.

»Heute Abend in der Hessenschau ab 19:30 Uhr«, erwiderte Frau Korkmaz. »Und in der Mediathek ist es gleich nach der Sendung abrufbar.«

»Mist!«, meinte Katie, als sie außer Hörweite war. »Bis dahin ist die Einstellerversammlung sicher noch nicht rum!«

Im falschen Chat

Die Einstellerversammlung fand in dem großen Raum zwischen den beiden Reithallen statt. Hier sollte das Reiterstübchen entstehen, doch das Einzige, das hier schon fertig war, war der Fußboden aus pflegeleichten Holzfliesen, die aussahen wie echter Parkettboden. Durch große Fensterscheiben würde man eines Tages links und rechts das Geschehen in beiden Hallen gleichzeitig verfolgen können. Sämtliche Pferdebesitzer waren gekommen, dazu viele Schulreiter und Jugendliche. Sogar der Ehrenvorsitzende Herr Dr. Gregori und Frau Köhler, dank deren großzügiger Spendenzusage die Reitanlage überhaupt nur gebaut werden konnte, waren da, um zu erfahren, was genau passiert war und wie es jetzt weitergehen würde.

Simon half Katies Mutter und Vivien beim Ausschenken von Getränken. An einem der Biertische ganz vorne hatten Jens Wagner und der Vorstand Platz genommen, einige Leute saßen auf den Bänken und Tischen, aber die meisten hatten keinen Sitzplatz gefunden und mussten stehen. Doro, Dörte und das Dreier-Kleeblatt hockten mit Cordula auf einem der Tische, sie kicherten und steckten die Köpfe zusammen, als Katie und ich an ihnen vorbeigingen und uns ein Stück weiter vorne auf den Boden zu Oliver,

Karsten, Beate, Ralf, Bille und Kristina setzten. Simon lehnte neben Merle, Nicole und Alex an einem der Fenster.

Natürlich hatte es sich schon herumgesprochen, dass Katie und ich von einem Fernsehteam interviewt worden waren, und alle waren gespannt auf den Beitrag.

»Danke, dass Sie so zahlreich unserer spontanen Einladung gefolgt sind«, eröffnete Herr Schäfer um Punkt 18:00 Uhr die Versammlung. Er hatte noch keine Zeit gefunden, sich umzuziehen oder zu rasieren. »Die meisten von Ihnen wissen bereits, was passiert ist, für alle anderen schildere ich noch einmal kurz die Situation.« Er räusperte sich und erzählte, wie das Feuer entstanden war.

»Zufällig wurde das Feuer von einer jungen Dame bemerkt, die in der Nähe des Stalles wohnt. Sie und ihre Freundin zögerten nicht, sie alarmierten die Feuerwehr, weckten Herrn Weyer und begannen bis zu deren Eintreffen schon damit, die Pferde aus dem Stall zu befreien, obwohl zu dem Zeitpunkt bereits der Heuboden in Flammen stand und die Stallgasse voller Qualm war. Ohne ihr umsichtiges und mutiges Handeln – das hat uns der Einsatzleiter der Feuerwehr bestätigt – wären zweifellos nicht alle Pferde gerettet worden und höchstwahrscheinlich verdanken unser Reitlehrer Herr Weyer, seine Lebensgefährtin Frau Buchwaldt und unsere Mitarbeiter Herr Pfeffer und Herr Mazurkiewicz diesen beiden ihr Leben.« Seine Stimme bebte, er fuhr sich mit der Hand über die Augen. »Charlotte und Katharina – der Verein und wir alle, die wir hier sitzen und stehen, danken euch aus tiefstem Herzen. Ihr habt euer Leben riskiert, um Menschen und Pferde zu retten. Das war unglaublich mutig von euch. Steht mal auf, bitte!«

Für einen Moment herrschte Totenstille, dann brach ein tosender Applaus los. Unsere Freunde klopften uns auf die Schultern und drängten uns, aufzustehen, obwohl weder Katie noch ich das wollten. Mir war das Ganze total peinlich. Hätte in dieser Situation nicht jeder so gehandelt wie wir? Aber es kam noch schlimmer: Der alte Herr Dr. Gregori, der Ehrenvorsitzende des Reitvereins, erhob sich mühsam von seinem Stuhl und schüttelte uns die Hände, Frau Köhler und Vivien umarmten uns. Ich war heilfroh, als ich mich wieder hinsetzen konnte. Mein Smartphone vibrierte, aber ich wollte jetzt nicht nachschauen, wer mir geschrieben hatte. Kristina, Beate und Bille hatten offensichtlich auch eine Nachricht bekommen, denn sie guckten auf ihre Handys. Sie tuschelten miteinander, dann stieß Bille Katie und mich an.

»Guckt mal in den Stall-Chat«, zischte sie uns empört zu. Katie zückte ihr Smartphone. Sie bekam große Augen und reichte es mir stumm.

Kotz, kotz, kotz! Bald werden L und K heiliggesprochen, hatte Doro geschrieben. *Ich hau gleich ab, is' ja nicht zu ertragen!*

Ich spürte, wie mir das Blut ins Gesicht schoss, und ballte die Hände in hilflosem Zorn. So eine Gemeinheit!

»Ich wette, sie hat den Chat verwechselt!«, flüsterte Katie. »Guck mal! Simon, Merle und die Spitzmaus lesen es auch gerade!«

Wahrscheinlich hatte Katie recht und Doro hatte aus Versehen in unsere *Rettet-den-Reitstall*-Gruppe statt in ihren

DD-Girls-Chat gepostet! Wie peinlich war das denn? Ich konnte nicht zu Doro hingucken. Stattdessen suchte ich Simons Blick. Er sah stinkwütend aus.

»… uns ist es dann in einer beispielhaften gemeinschaftlichen Aktion gelungen, sämtliche Pferde innerhalb von einer Stunde ruhig und zügig zu evakuieren, und abgesehen von kleineren Blessuren, unbeschadet hierher zu transportieren«, fuhr Herr Schäfer unterdessen fort. »Dafür danke ich unserem Team um Herrn Weyer, meinen Vorstandskollegen Rudi Stark und Gunther Kleinemann, dem Ehepaar von Richter, Herrn Friedrich, Simon Orthmann und meinem Sohn Alexander. Ich danke Herrn Dittmann und Herrn Kranz vom Reiterhof St. Georg in Sulzbach für die Soforthilfe und Unterstützung mit Lieferungen von Stroh, Heu, Sägespänen und Futter, dem Tierarzt Dottore Schmidt, der innerhalb von einer Stunde vor Ort war, und natürlich allen Feuerwehrleuten, die dafür gesorgt haben, dass der Schaden an der alten Reitanlage nicht noch größer wurde, als es ohnehin schon der Fall ist.«

Wieder gab es Applaus, aber ich bekam kaum mit, was der zweite Vorsitzende sagte, denn ich kochte innerlich.

»Uuuh! Jetzt hat's Doro auch gemerkt«, flüsterte Katie mir ins Ohr. »Dörte und sie sind aufgestanden und wollen wohl abhauen!«

Auch Simon hatte seinen Platz verlassen, und da sprang ich auf. Dieses boshafte Posting war der Tropfen, der das Fass endgültig zum Überlaufen gebracht hatte! Ich drängte mich durch die Leute und stürzte an Dörte, die an der Tür stehen geblieben war, vorbei nach draußen.

»Doro!«, schrie ich erbost. »Warte!«

Meine ehemals beste Freundin wollte sich feige aus dem Staub machen, aber Simon stellte sich ihr in den Weg.

»Lass mich durch, du Idiot! Ich muss nach Hause«, hörte ich ihre Stimme.

Mit ein paar Schritten war ich bei ihr. Ich zitterte vor Wut – oder war es Enttäuschung?

»Warum schreibst du so etwas?«, schrie ich sie zornig an. »Was habe ich dir denn bloß getan, dass du mich so hasst?«

Doro konnte nicht mehr weglaufen, deshalb blieb sie stehen.

»Ich weiß gar nicht, was du meinst«, entgegnete sie dreist und sah mich mit ausdrucksloser Miene an.

Ich schnappte fassungslos nach Luft. Erst jetzt bemerkte ich, dass mir fast alle Jugendlichen nach draußen gefolgt waren und sich neugierig um uns scharten.

»Vielleicht hast du es nicht gemerkt«, mischte sich Simon ein. »Aber jemand hat dir dein Handy geklaut.«

»Was soll denn das schon wieder?« Doro warf meinem Freund einen verächtlichen Blick zu.

»Von deinem Handy aus wurde etwas im Stall-Chat gepostet«, antwortete Simon gelassen. »Und zwar: *Kotz, kotz, kotz! Bald werden L und K heiliggesprochen. Ich hau gleich ab, is' ja nicht zu ertragen!*«

Doro war das überhaupt nicht peinlich. »Und wenn schon! Was regt ihr euch so auf?« Sie hob das Kinn und verschränkte die Arme vor der Brust, ja, sie wurde nicht einmal rot. »Das war ein Joke, mehr nicht, okay?«

Fast musste ich ihre Unverfrorenheit bewundern. An ihrer Stelle wäre ich wahrscheinlich im Erdboden versunken vor Scham.

»Nein, das ist überhaupt nicht okay!« Ich schaffte es nur mit äußerster Anstrengung, ruhig zu bleiben und nicht zu schreien. Trotz meines Zornes hatte ich weiche Knie und fühlte mich beschissen. »So etwas schreiben Freundinnen nicht, auch nicht als Joke! Das ist einfach nur total mies!«

»Mensch, es war nicht so gemeint! Entschuldigung«, erwiderte Doro kein bisschen reumütig. »Und übrigens nicht nur ich finde es total übertrieben, wie sie euch da feiern!«

Diese Antwort verschlug mir für einen Moment echt die Sprache. Wieso lag mir eigentlich noch immer so viel daran, ob Doro mich mochte oder nicht? Freundschaften zerbrachen eben manchmal. Wenn eine Tür zuging, öffnete sich dafür eine andere. Gab es einen besseren Zeitpunkt als den heutigen Tag – Tag eins auf der neuen Reitanlage – für einen neuen Anfang? Die Freundschaft mit Doro, in die ich ohnehin sehr viel mehr investiert hatte als sie, gehörte der Vergangenheit an. Sie war unwiderruflich vorbei.

Mittlerweile hatte man wohl mitbekommen, dass hier draußen etwas vor sich ging. Herr Weyer kam mit raschen Schritten näher. Seine Miene verhieß nichts Gutes und offenbar hatte er Doros Worte gehört.

»Niemand feiert hier jemanden«, sagte er scharf. »Herr Schäfer hat sich bei Charlotte und Katie dafür bedankt, dass sie fünfunddreißig Pferden das Leben gerettet haben. Und nebenbei auch noch Vivien, Herrn Pfeffer, Wojtek und mir. Das ist ein kleiner Unterschied!«

Doro schwieg trotzig.

»Ich habe deinen Beitrag gelesen«, fuhr Herr Weyer fort. »Zufälligerweise bin ich nämlich auch noch in der Chat-Gruppe. Du solltest dich in Grund und Boden schämen, Dorothee! Charlotte wäre gestern Nacht beinahe nicht mehr aus dem Stall herausgekommen, weil sie von den Flammen eingeschlossen wurde.«

»Ist das etwa meine Schuld?«, erwiderte Doro patzig.

»Allerdings!« Der Reitlehrer war plötzlich ganz rot im Gesicht. Ich hatte ihn noch nie so zornig gesehen. »Letzte Nacht hing an jeder Box ein Halfter mit einem Strick, wie das laut Einstellervertrag Vorschrift ist. Nur an der Box von deinem Pferd hing keines. Cornado war wohl deshalb in seiner Box zurückgeblieben, als bereits alle anderen Pferde draußen waren, denn niemand wusste, womit er ihn rausführen sollte! Charlotte hat deinem Pferd ihren Gürtel um den Hals gelegt. Du kannst dir vielleicht vorstellen, dass Cornado außer sich war vor Panik, und dann gab es nicht einmal ein Halfter, das man ihm anziehen konnte, um ihn in Sicherheit zu bringen!«

Ich beobachtete Doros Gesicht, während Herrn Weyers Standpauke. Für einen Moment sah sie betroffen aus und schluckte, aber dann hob sie wieder trotzig den Kopf.

»Ohne Zweifel wäre Cornado an einer Rauchvergiftung gestorben oder bei lebendigem Leib in seiner Box verbrannt, wenn Charlotte nicht ihr Leben für ihn riskiert hätte!« Herr Weyer war richtig in Rage. »Nur mit viel Glück konnte sie den Flammen durch eines der Fenster entkommen. Sie hätte dir das selbst niemals erzählt, aber ich finde, du solltest das wissen und dich schämen! Ich habe keine

Ahnung, warum du so etwas schreibst, aber lass dir gesagt sein, dass ich ein solch unkameradschaftliches Verhalten, wie du das hier an den Tag legst, in unserem Stall nicht dulde! Wenn das noch mal vorkommt, kannst du für dein Pferd schleunigst einen anderen Stall suchen. Das werde ich auch deinen Eltern sagen. Hast du das verstanden?«

»Bin ja nicht taub«, murmelte Doro kleinlaut.

»Ich habe nicht gefragt, ob du das *gehört* hast, sondern ob du es auch *verstanden* hast«, fuhr der Reitlehrer sie zornig an.

»Ja, ich hab's verstanden«, nuschelte Doro.

»Das, was ich zu Dorothee gesagt habe, gilt für euch alle!« Er sah jeden Einzelnen von uns scharf an. »Wenn mir so ein dummes Gerede noch mal zu Ohren kommt, dann hat das Konsequenzen. Wir haben eine Ausnahmesituation, die für niemanden leicht ist. Jetzt sollten wir alle zusammenhalten und an einem Strang ziehen, statt übereinander zu lästern und herzuziehen. Fragt euch lieber mal, wer von euch genauso mutig gehandelt hätte, wie es Charlotte und Katie gestern Nacht getan haben!« Damit ließ er uns stehen und marschierte zurück zur Versammlung.

Alle standen da wie erstarrt.

»Kommt«, sagte Simon zu Katie und mir, »lasst uns wieder reingehen.«

»Was fällt dem Weyer eigentlich ein?«, hörte ich Dörte schimpfen. »Wir sind hier ja wohl nicht in einer Sekte, wo man keine eigene Meinung haben darf!« Sie wartete vergeblich auf Zustimmung.

»Dann hau doch ab«, riet Oliver ihr wenig freundlich. »Du bist doch sowieso nur am Meckern.«

»Genau«, pflichtete ihm Bille bei. »Geh in einen anderen Stall, wenn es dir hier nicht passt.«

»Das tue ich auch!«, entgegnete Dörte, aber darauf sagte niemand etwas. Alle Jugendlichen, bis auf Doro und Dörte, kehrten ins Reiterstübchen zurück.

Es war zwanzig nach acht, als ich aus dem Auto von Frau von Richter sprang. Katies Mutter hatte mich nach der Einstellerversammlung mit nach Hause genommen. Das war auch etwas, an das ich mich nun gewöhnen musste: Um in den Stall zu kommen, musste ich jetzt quer durch Bad Soden fahren. Im Sommer war das noch ganz okay, aber was würde ich im Winter machen, wenn es dunkel war und regnete oder gar schneite? Aus Gewohnheit warf ich einen Blick über den Gartenzaun hinüber zu Frieses Haus. In Doros Zimmer rührte sich nichts. Ob sie ihren Eltern erzählen würde, was heute vorgefallen war?

Flori riss die Haustür auf, als ich klingelte. »Wir haben dich im Fernsehen gesehen!«, rief er aufgeregt. »Das war echt super! Mama hat's für dich aufgenommen. Komm, du musst es dir angucken!« Er ergriff meinen Arm und zerrte mich durch den Flur.

»Voll cool!«, sagte Cathrin. »Ich hab allen meinen Freundinnen geschrieben, dass sie heute Abend unbedingt die Hessenschau gucken müssen.«

Meine Eltern kamen auch dazu und wir setzten uns vor den Bildschirm.

»Einen Schaden, der in die Hunderttausende geht, richtete Sturmtief Oskar in der Nacht von Samstag auf Sonntag in Bad Soden am Taunus an«, sagte der Moderator. *»Ein Baum*

stürzte auf das Dach eines Pferdestalls und beschädigte dabei eine Stromleitung. Durch einen Kurzschluss kam es zu einem verheerenden Brand, bei dem nur dank des mutigen Eingreifens von zwei Jugendlichen weder Menschen noch Tiere zu Schaden kamen. Allerdings hätte die Sache auch ganz anders ausgehen können ...« Der Beitrag begann mit einer Aufnahme vom Reitstall von der Kronberger Straße aus, man sah Qualm aus dem zerstörten Dach aufsteigen, den zersägten Baum, Feuerwehrleute und Polizei. Dann zeigte die Kamera Herrn Weyer und Herrn Schäfer und auch uns, wie wir vor der Stalltür standen und in den Stall blickten. Eine Stimme erzählte, dass zwei fünfzehnjährige Mädchen fünfunddreißig Pferden und vier Menschen das Leben gerettet hatten.

»*Hier tobte eine Feuerhölle*«, sagte der unsichtbare Sprecher mit dramatischer Stimme, als die Stallgasse mit den verkohlten Boxenwänden und den verbogenen Gitterstäben gezeigt wurde. »*Die Heu- und Strohvorräte waren in Brand geraten, dichter Qualm drang durch die Futterluken nach unten. In der in die Jahre gekommenen Stallanlage, die ohnehin im Herbst aufgegeben werden sollte, gab es nur einen einzigen Ausgang. Fast wäre dieser Stall zur Todesfalle geworden.*«

»Jetzt kommt ihr!«, rief Cathrin und Flori hüpfte begeistert auf der Couch herum. Tatsächlich! Im nächsten Moment erschienen Katie und ich auf dem Bildschirm. Es war ein ziemlich komisches Gefühl, sich selbst im Fernsehen zu sehen, und ich war nervöser als heute Nachmittag bei der Aufzeichnung. Aufgeregt zupfte ich an dem Verband an meiner Hand.

»*Wir wohnen direkt neben dem Reitstall*«, hörte ich mich

sagen und meine Stimme klang ganz fremd und seltsam. Unter meinem Gesicht wurde der Schriftzug »Charlotte Steinberg, 15 Jahre« eingeblendet. »*Ich war nachts aufm Klo, und da habe ich vom Badezimmerfenster aus das Feuer gesehen. Ich habe meine Freundin geweckt und wir sind dann gleich rüber zum Stall gelaufen. Wir dachten, jemand hätte den Brand schon bemerkt, aber das war nicht so. Niemand war da und der Stall war abgeschlossen.*«

»Aber Charlotte!«, sagte Mama kopfschüttelnd. »Wie kannst du denn so etwas sagen? *Ich war nachts aufm Klo!*«

»Aber so war es doch auch!«, verteidigte ich mich. »Was hätte ich denn sonst sagen sollen?«

»Es hätte ja wohl auch gereicht, wenn du gesagt hättest, dass du aufgewacht bist«, erwiderte Mama kopfschüttelnd.

»Warum hast du nicht noch erzählt, ob du Groß oder Klein gemacht hast oder Durchfall hattest?«, grinste Flori.

»Du bist so blöd!«, fauchte ich wütend. Mein Gesicht glühte und plötzlich schämte ich mich. Er hatte leider irgendwie recht. Warum hatte ich das bloß gesagt? Alle Leute würden sich darüber lustig machen.

»Hört auf zu streiten!«, funkte Mama energisch dazwischen.

Flori imitierte pantomimisch jemanden, der auf dem Klo saß und drückte. Ich hätte ihn in diesem Moment erwürgen können!

»*Lotte hat die Feuerwehr angerufen*«, sagte Katie gerade auf dem Bildschirm. »*Dann sind wir um den Stall herumgelaufen und durch ein Fenster reingeklettert. Da war uns klar, dass wir nicht länger warten konnten. Wir mussten sofort damit anfan-*

gen, die Pferde aus dem Stall zu bringen, denn die Stallgasse war schon voller Qualm! Glücklicherweise wusste Lotte, wo der Schlüssel für die Stalltür versteckt war.«

Wir erzählten noch vom nächtlichen Umzug auf die erst halb fertige neue Reitanlage und zwischendurch wurde der Reitstall gezeigt, oder besser gesagt das, was von ihm übrig war. Dazu erzählte der Sprecher, dass ich schon seit drei Jahren im alten Reitstall jede freie Minute verbrachte. Nach uns kam Herr Schäfer ins Bild.

»*In vier Monaten wollten wir ohnehin auf die neu gebaute Reitanlage umziehen*«, sagte er. »*Der alte Stall stammte aus den Fünfzigerjahren, aber glücklicherweise hatte man damals nicht an Beton gespart. Nicht auszudenken, wie die Sache ausgegangen wäre, wenn der Heuboden aus Holz gewesen wäre! Eins steht fest: Ohne das mutige und schnelle Handeln von Charlotte und Katharina wären die meisten unserer Pferde wohl jetzt nicht mehr am Leben.*«

Nun wanderte die Kamera zu Herrn Weyer. Der Reitlehrer sah erschöpft und übernächtigt aus.

»*Wir haben tief und fest geschlafen und nichts davon bemerkt, dass der Stall in Brand geraten war*«, sagte er. »*Tatsächlich sind wir erst von Katharinas Anruf und der Feuerwehr geweckt worden.*«

»*Eine mindestens ebenso große Gefahr wie das Feuer sind Rauchgase, die sich entwickeln und unter Türritzen hindurch in Wohnungen eindringen*«, sagte der grauhaarige Feuerwehrmann, der letzte Nacht das Kommando gehabt hatte. »*Für die vier Personen, die über dem Stall wohnten, wäre wohl jede Hilfe zu spät gekommen, wenn wir eine halbe Stunde später am*

Brandort gewesen wären. Charlotte und Katharina haben sehr viele Leben gerettet. Für meine Kameraden und mich sind die zwei echte Heldinnen.«

Zum Schluss wurden Katie und ich mit Wondy und Asset gezeigt.

Cathrin und Flori bestürmten mich mit Fragen, am liebsten wollten sie sich den Beitrag gleich noch einmal anschauen, aber ich hatte keine Lust dazu. Es deprimierte mich, meinen geliebten Reitstall so zerstört zu sehen. Am Abendbrottisch musste ich meinen Eltern und Geschwistern noch einmal ausführlich berichten, was sich gestern Nacht genau abgespielt hatte. Zwar wussten Papa und Mama mittlerweile, dass Katie und ich Pferde aus dem brennenden Stall geholt hatten, aber ich verschwieg ihnen, in welche Gefahr ich mich begeben hatte, um Nado zu retten. Dafür hätten sie ganz sicher kein Verständnis gehabt. Ich fragte mich mittlerweile selbst, was mich dazu gebracht hatte, so etwas Irrsinniges zu tun. Wäre ich noch einmal zurück in den Stall gelaufen, wenn ich geahnt hätte, dass ich beinahe nicht mehr hinauskommen würde?

Ich war froh, als ich endlich auf mein Zimmer verschwinden konnte. In den vergangenen vierundzwanzig Stunden war so viel passiert, ich musste erst mal in Ruhe über alles nachdenken. Ich telefonierte noch mit Simon, dann las ich die vielen WhatsApp-Nachrichten, die ich zu dem Fernsehbeitrag bekommen hatte. Fast jeder aus dem Stall hatte mir geschrieben – nur Doro nicht.

Aufm Klo

Am nächsten Tag in der Schule wurde ich in der ersten Stunde per Durchsage ins Büro des Direktors bestellt. Er hatte den Fernsehbeitrag am Vorabend gesehen und lobte mich für meinen Mut und meine Courage, bis ich vor Verlegenheit knallrot wurde. Normalerweise war ich niemand, der auffiel oder sich in den Vordergrund drängte. Ich war weder besonders gut in der Schule noch total schlecht und es war ganz angenehm, unter dem Radar der Lehrer zu bleiben, aber plötzlich schien mich jeder zu kennen. Alle Lehrer gratulierten mir, auf dem Schulhof grüßten mich Schülerinnen aus der Oberstufe, die mir sonst keine Beachtung schenkten. Irgendwie fühlte es sich klasse an, auf einmal von allen bemerkt und anerkannt zu werden. Es war der unglaublichste Tag, den ich je in der Schule gehabt hatte, und zwischendurch befürchtete ich sogar, ich würde das alles nur träumen. Mein Hochgefühl hielt sich bis zur Fünf-Minuten-Pause nach der fünften Stunde. Da rief Katie an.

»Lotte!«, sagte sie. »Ich schick dir jetzt einen Link, den ich gerade von einer aus meiner Klasse bekommen habe. Das musst du dir *sofort* angucken. Und dann ruf mich zurück, okay?«

»Äh … ja … klar … okay«, antwortete ich verwirrt. Nur

ein paar Sekunden später bekam ich die Nachricht von Katie mit einem Link zu YouTube. Mit einem unguten Gefühl tippte ich den Link an und mir blieb fast das Herz stehen, als sich das Video öffnete. Es hieß AUFM KLO und irgendjemand hatte aus allem, was Katie und ich gestern in dem Fernsehbeitrag gesagt hatten, eine Art Rap zusammengebastelt.

»Oh nein!«, flüsterte ich entsetzt. Es begann damit, dass ich sagte: *Ich war nachts aufm Klo, Klo, Klo, Klo ... nachts ... nachts ... nachts ... Niemand ... niemand ... niemand war da ... ich war nachts aufm Klo, Klo, Klo! Das Feuer, Feuer, Feuer ... rüber ... rüber zum Stall ...* Dann folgte Katie, die sagte: *Die Feuerwehr! Die Feuerwehr! Lotte hat die Feuerwehr!* Ein Schnitt zu mir: *Aufm Klo, aufm Klo, aufm Klo, Klo, Klo! Feuer! Feuer!* Katie rappte: *Pferde retten, Pferde retten, Pferde, Pferde, Pferde retten! Qualm! Qualm!*

Dazu zuckten unsere Köpfe grotesk hin und her. Es war einfach nur schrecklich und grottenpeinlich, und ich hätte mich dafür ohrfeigen können, so etwas Bescheuertes in eine laufende Kamera gesagt zu haben. Wieso hatte diese blöde Redakteurin das nicht herausgeschnitten? Das Schlimmste an der ganzen Sache war, dass das Video schon über 900 Aufrufe und 334 Likes hatte und bereits 42 Mal geteilt worden war! Ich wusste nur zu gut, wie schnell sich solche Sachen im Netz verbreiten konnten. Mir schossen die Tränen in die Augen. Wer tat bloß so etwas?

Der Gong zur nächsten Stunde ertönte, aber ich blieb draußen im Flur und rief Katie an.

»Oh mein Gott, oh mein Gott!«, flüsterte ich, als ich

die Stimme meiner Freundin hörte. »Was machen wir jetzt nur? Alle werden sich über uns totlachen!« Ich hatte damit gerechnet, dass Katie ebenso außer sich sein würde wie ich, aber das Gegenteil war der Fall.

»Beruhig dich, Lotte!«, sagte meine Freundin. »Wer immer das Video gemacht hat, will doch genau das erreichen! Es kann ja nur von den zwei neidischen Ds kommen.«

»Von *wem*?«

»Na: Doro und Dörte! Wer sonst?«

»Es ist schon über tausend Mal angeguckt worden.«

»Ist doch super!«, sagte Katie. »Wir gehen ganz offensiv damit um und tun so, als würden wir uns darüber freuen.«

»Hä?« Ich traute meinen Ohren nicht. »Ich soll so tun, als würde ich mich darüber freuen, dass ich *Aufm Klo, aufm Klo, Klo, Klo* stammele?«

»Mensch, Lotte! Lass dir nicht anmerken, dass du dich drüber ärgerst«, beschwor Katie mich. »Dann haben die, die das gemacht haben, gewonnen! Man kann es eh nicht mehr stoppen, es geht grad viral im Netz, also werden wir das Beste daraus machen.«

Ich atmete tief durch und zählte innerlich bis drei. »Okay. Was tun wir also?«

»Wir verschicken den Link selbst an jeden, den wir kennen«, schlug sie vor.

»Find ich nicht gut«, antwortete ich. »Lass uns einfach abwarten, was passiert.«

»Auch gut. Ich denk mal, es wird ziemlich schnell was passieren.«

Katie behielt recht. Das peinliche Video verbreitete sich

mit Lichtgeschwindigkeit. Es tauchte bei Instagram, WhatsApp und bei Facebook auf, wurde immer wieder geteilt.

Als ich zusammen mit Cathrin im Schulbus saß, beschwor ich sie, Papa und Mama vorerst nichts von dem Video zu sagen. Ich checkte meinen Insta-Account, auf dem ich nur ganz selten mal aktiv war, und stellte fest, dass ich Hunderte von Kommentaren und neue Follower hatte.

»Es wurde bis jetzt schon über sechstausend Mal angeguckt«, verkündete Cathrin. »Wer hat das denn überhaupt gemacht? Ist ja schon irgendwie cool.«

»Findest du?« Ich schnaubte. »Es ist total peinlich!«

Simon rief mich an. Er hatte das Video gerade auch gesehen, es war Gesprächsthema an seiner Schule und ein paar Schulkameraden hatten ihn darauf angesprochen.

»Du musst es deinen Eltern sagen«, fand Simon, der Vernünftige. »Ehrlich, so was ist kein Spaß mehr, Charlotte! Ihr solltet die Polizei einschalten.«

»Es ist voll eigenartig«, sagte Cathrin neben mir. »Du musst mal die Kommentare lesen!«

Ich beendete das Gespräch mit Simon und versprach, darüber nachzudenken, dann widmete ich mich für den Rest der Busfahrt den Kommentaren auf YouTube. Da ich fest mit Spott und Hohn gerechnet hatte, hatte ich mich innerlich gewappnet, aber seltsamerweise war es ganz anders. Verblüfft stellte ich fest, dass die Leute irgendwie kapierten, dass jemand versuchte, sich mit dem Video über das, was Katie und ich getan hatten, lustig zu machen, und das kam gar nicht gut an. Die vielen Hasskommentare richteten sich nicht etwa gegen uns, sondern gegen denjenigen, der versucht hatte, uns lächerlich zu machen. Katie und ich waren ohne unser Zutun und völlig ohne Absicht zu YouTube-Stars geworden! Ich bekam WhatsApps und Instagram-Kommentare ohne Ende, in denen mir Leute aus der Stufe, aus dem Stall oder irgendwelche komplett Fremden versicherten, wie krass geil und mutig sie unsere Aktion im Reitstall fanden.

Wie auf Wolken schwebte ich vom Bus nach Hause und war überrascht, nicht nur meine Mutter, sondern auch meinen und Katies Vater anzutreffen. Sie saßen mit ernsten Mienen im Esszimmer am Tisch zusammen mit zwei Männern und einer jungen Frau, die sich als Kripobeamte vom Dezernat gegen Internetkriminalität vorstellten. Meine Mutter hatte den Link zum Video von einer ihrer Freundinnen geschickt bekommen und sofort alle Hebel in Bewegung gesetzt, um das Ding irgendwie zu stoppen.

»Ich nehme an, dass du dieses Video bei YouTube bereits gesehen hast«, sagte Papa, nachdem ich ins Esszimmer zitiert worden war und mich an den Tisch gesetzt hatte.

»Ja. Es geht an unserer Schule rum«, erwiderte ich.

»Und nicht nur da«, meinte einer der beiden Kripobeamten. Er war ziemlich jung für einen Kommissar und sah nett aus.

»Aber mich stört das eigentlich gar nicht«, sagte ich. »Ich finde es sogar ziemlich cool.«

»Uns stört das aber und wir finden es kein bisschen cool«, entgegnete Mama humorlos. »Wir fragen uns, wer so etwas herstellt. Und warum.«

»Dazu braucht man ja schon eine gewisse Erfahrung«, ergänzte Katies Vater.

»Nicht unbedingt«, widersprach ich. »Es gibt jede Menge kostenloser Apps, um Videos zu machen und zu schneiden. Ich habe selbst eine auf meinem Smartphone. Das kann jeder.«

»Das stimmt leider«, bestätigte der bärtige Kripomensch, der bisher nur auf seinen Laptop gestarrt hatte, der vor ihm auf dem Tisch stand. Er hatte den YouTube-Beitrag offen. 32.344 Aufrufe – und das seit heute Morgen! Der totale Wahnsinn!

In dem Moment klingelte es an der Haustür. Alissa bellte, ich lief hin, um zu öffnen. Frau von Richter und Katie kamen herein.

»Wir sind Stars«, grinste Katie und klatschte mich ab. »Wie findest du das?«

»Voll cool!« Ich grinste auch.

»Ihr solltet das nicht auf die leichte Schulter nehmen«, mahnte der junge Polizist. »Letztlich ist das nichts anderes als Mobbing. Jemand will euch damit diskreditieren. Dass der Schuss nach hinten losging, konnte der Urheber dieses Videos nicht ahnen.«

»Tja, Pech für ihn«, sagte Katie leichthin, dann schwärmte sie: »Wir könnten einen Song draus machen! Ich sehe uns schon Autogrammstunden geben. Wir lassen T-Shirts mit Fotos von uns drauf drucken und entwickeln unsere eigene Modekollektion. Die Leute kreischen und fallen in Ohnmacht, wenn wir irgendwo auftauchen, und wir verdienen Millionen mit unserem eigenen YouTube-Channel!«

»Schluss mit dem Unsinn, Katharina!«, sagte Herr von Richter streng. »Die Polizei unterstützt uns, denn wir wollen herausfinden, wer das gemacht hat. Das ist kein Streich, sondern dahinter steckt kriminelle Energie und die Absicht, euren Ruf zu schädigen.«

»Es ist leider so gut wie aussichtslos, von YouTube Auskunft über die Identität eines Users zu bekommen«, schaltete sich die junge Polizistin ein. »Erst kürzlich gab es eine Klage deswegen, die bis in die zweite Instanz ging, und selbst da musste YouTube nicht alle Daten herausgeben.«

»*UsuckbitchZ* hat keinen anderen Beitrag hochgeladen«, sagte der Bärtige. »Nur diesen einen.«

Katie und ich sahen uns an und kicherten gleichzeitig los.

»Was gibt es denn da zu lachen?«, wollte Papa wissen. Er war genervt; sein Terminkalender war wahrscheinlich knallvoll und er hatte sicher genauso wenig Zeit wie Katies Vater, sich mit solch idiotischen Dingen zu beschäftigen.

»Äh«, sagte Katie zu dem bärtigen Kripobeamten. »Sie haben den Namen falsch ausgesprochen. Das heißt *You suck, bitches* und bedeutet so viel wie: *Ihr nervt, ihr Schlampen!*«

»Katharina!«, mahnte ihr Vater.

»Sorry, Papa, aber das heißt es«, erwiderte sie. »Fragt sich nur, ob die uns oder sich selbst meinen.«

»Wer – die?«, fragten sieben Erwachsene wie aus einem Mund und starrten uns an.

»Äh … Können wir nicht sagen«, antworteten Katie und ich gleichzeitig.

»Jetzt reicht's aber!« Mama schlug mit der flachen Hand

auf die Tischplatte. »Wir wollen euch helfen und ihr kommt uns so!«

»Also, nicht dass uns jemand hier falsch versteht«, entgegnete Katie. »Es ist total toll, so viel Unterstützung von seinen Eltern zu kriegen. Aber ... wir finden das jetzt echt nicht soooo schlimm ...«

»Ah ja«, sagte der Polizist mit dem Laptop in diesem Moment und nickte zufrieden. »Es ist gelöscht.«

»Wieso das denn?«, rief Katie entrüstet. »Morgen hätten wir vielleicht eine Million Aufrufe gehabt und dann ...«

»Schluss damit! Das ist eine ernste Sache«, unterbrach ihr Vater sie mit scharfer Stimme. »Wer könnte dahinterstecken? Wenn ihr einen Verdacht habt, dann sagt es uns jetzt bitte.«

Katie schob schmollend die Unterlippe vor und verschränkte die Arme vor der Brust. Ihr Traum vom Leben als gefeierter YouTube-Star war schon nach ein paar Stunden wie eine Seifenblase geplatzt.

»Im Stall gibt's ein paar Leute, die ein Problem mit uns haben«, sagte sie schließlich widerwillig. »Wir wissen, dass sie bei WhatsApp eine Gruppe haben, in der sie über uns lästern. Gestern hat eine von ihnen nämlich aus Versehen in unserem Stall-Chat etwas gepostet, so kam es raus.«

»Namen, bitte!« Herr von Richter trommelte ungeduldig mit den Fingerspitzen auf den Tisch und warf einen Blick auf seine Uhr. Alle guckten uns gespannt an.

Ich zögerte. Es war nur eine vage Vermutung, dass Doro hinter dieser Sache steckte. War sie wirklich zu so etwas fähig? Wenn ich jetzt, in Gegenwart der Polizisten, ihren

Namen nannte, dann brach ich wahrscheinlich etwas los, was unabsehbare Konsequenzen haben konnte, und danach würde sie mich zweifellos wirklich hassen. Konnte ich damit leben? Sie wohnte neben uns, ihr Pferd stand im selben Stall wie meins ... Es würde das unwiderrufliche Ende einer Freundschaft sein, die für mich zehn Jahre lang so selbstverständlich gewesen war wie Atmen.

»Charlotte«, sagte mein Vater nun. »Geht es um Doro?«

Ich biss mir auf die Lippen und nickte achselzuckend. Das Hochgefühl, das mich den ganzen Vormittag über erfüllt hatte, verschwand.

»Und um Dörte Sitzky«, ergänzte Katie. Für einen Moment herrschte Schweigen in der Runde.

»Was für ein Problem haben die beiden denn mit euch?«, erkundigte sich die Polizistin freundlich.

»Sie sind neidisch«, erwiderte Katie. »Lotte und ich haben bessere Pferde als sie, wir haben mehr Erfolg auf Turnieren, sind beste Freundinnen. Außerdem hat Lotte einen Freund und sie nicht. Und jetzt kommt noch die Sache mit dem Reitstallbrand dazu, dass ausgerechnet *wir* die Pferde gerettet haben und dabei waren, als sie auf die neue Reitanlage gebracht wurden, und dann auch noch im Fernsehen waren – das stinkt denen alles total.«

»Aber das sind doch keine Gründe, einen solchen Film im Internet zu verbreiten«, fand mein Vater.

»Leider doch«, entgegnete die Polizistin, die die Chefin der beiden anderen zu sein schien. »Das klingt für mich nach destruktivem Neid. So etwas begegnet uns leider sehr häufig, gerade unter Jugendlichen. Nicht selten führt diese

Missgunst zu bösartigem Verhalten mit dem Ziel, der beneideten Person Schaden zuzufügen. Oft kommt es zu Sachbeschädigungen, Mobbing, übler Nachrede.« Sie wandte sich an Katie und mich. »Traut ihr den beiden Mädchen zu, diesen Film gemacht und verbreitet zu haben?«

»Ich weiß nicht«, sagte ich unbehaglich.

»Schon möglich«, antwortete Katie gleichzeitig. »Sie hassen uns.«

»Hass ist ein ziemlich starkes Wort«, wandte Katies Mutter ein. Wie auch meine Eltern wollte sie wohl nicht wahrhaben, wozu fünfzehnjährige Mädchen fähig waren. Erwachsene konnten manchmal erstaunlich naiv sein, obwohl sie ja auch selbst irgendwann mal jung gewesen waren.

»Ach ja? Und was sagst du dazu?« Katie zückte ihr Smartphone, rief den Stall-Chat auf und scrollte, bis sie Doros Posting fand, das eigentlich nicht für die Allgemeinheit bestimmt gewesen war, und hielt es ihrer Mutter hin. »Das hat sie geschrieben, nachdem Herr Schäfer uns auf der Einstellerversammlung gelobt hat. Du warst doch selbst da und hast gesehen, wie sie dann plötzlich rausgerannt ist, als sie kapiert hat, dass sie einen Fehler gemacht hat!«

»Ach, jetzt verstehe ich auch, warum Herr Weyer so wütend war«, sagte Frau von Richter und schüttelte den Kopf.

Meine Eltern waren richtig betroffen, das sah ich ihnen an. Sie hatten mich vor sechs Wochen dazu überredet, meinen Streit mit Doro beizulegen und sie mit in den Urlaub zu nehmen, weil Doros Eltern, die mit meinen befreundet waren, sie darum gebeten hatten. Es hatte weder Papa und Mama noch Frieses interessiert, was tatsächlich zwischen

Doro und mir vorgefallen war, weil es ihnen nicht in den Kram passte, dass wir uns nicht mehr verstanden. Ich hatte gelernt, dass Eltern dazu neigten, die Probleme und Gefühle ihrer Kinder nicht wirklich ernst zu nehmen, und wahrscheinlich begriffen Papa und Mama erst jetzt, wie tief der Riss zwischen Doro und mir tatsächlich gewesen war.

»Wir werden mit den jungen Damen sprechen«, sagte der eine Polizist, klappte seinen Laptop zu und wandte sich an unsere Eltern. »Ich rate Ihnen, auf jeden Fall Anzeige gegen unbekannt zu erstatten. Das ist kein Kavaliersdelikt und auch kein dummer Streich, was da passiert ist. Und es hätte ganz anders ausgehen können. Übrigens ist dieser Film mit der Löschung bei YouTube nicht aus der Welt. Das Internet vergisst leider nichts, das sollte Ihnen allen klar sein.«

»Tschakka!«, flüsterte Katie mir ins Ohr. »Unsere Karriere ist doch noch nicht am Ende.«

Die drei Kriminalpolizisten notierten sich die Namen, dann verabschiedeten sie sich. Auch Papa und Herr von Richter brachen auf, nachdem sie Katie und mir eingeschärft hatten, vor allen Dingen im Stall mit niemandem über dieses Video zu sprechen und jeden Kommentar dazu einfach zu ignorieren.

»Die Polizei hat jetzt die Sache in die Hand genommen«, sagte Papa. »Und wir werden Anzeige erstatten. Ihr mischt euch da nicht mehr ein, okay?«

Ich nickte, aber Katie gab nicht so schnell auf. »Und was sollen wir machen, wenn uns jemand zu der Sache mit dem Brand im Stall interviewen will?«, begann sie listig. »Dann könnten wir doch …«

190

»Es gibt keine Interviews und keine weiteren Fernsehauftritte«, schnitt ihr Vater ihr das Wort ab. »Ihr tut genau das, was Herr Dr. Steinberg gerade gesagt hat.«

»Aber das bezog sich doch nur auf das Video!«

»Falls jemand an euch herantritt und ein Interview mit euch machen möchte, dann verweist ihr ihn an eure Eltern, ganz einfach«, sagte Papa.

»Okay.« Katie zuckte die Schultern und nickte wenig begeistert.

Unsere Eltern gingen hinaus in den Flur und sprachen noch einen Moment miteinander.

»Eltern!«, schnaubte meine Freundin. »Sie meinen es ja nur gut, ich weiß, aber manchmal nervt es einfach, wenn sie einem *helfen* wollen.«

Ich war ganz ihrer Meinung. Es wäre mir am liebsten gewesen, wenn Papa und Mama überhaupt nichts von diesem Video erfahren hätten. Dabei ging es mir nicht um Ruhm und Interviews, sondern darum, dass es mir unangenehm war, wenn die Polizisten jetzt zu Doro und Dörte und deren Eltern marschierten. Immerhin bestand die Möglichkeit, dass sie es gar nicht gewesen waren, wobei mir sonst niemand einfiel, der so etwas tun würde.

»Willst du mit uns in den Stall fahren, Lotte?«, bot mir Frau von Richter an.

»Danke«, lehnte ich höflich ab. »Ich komme nach dem Mittagessen mit dem Roller rüber.«

»Dann bis gleich.« Katie umarmte mich zum Abschied. »Kopf hoch, Lotte! Die können uns alle mal.«

Ich grinste schwach.

Wieso war ich nicht wie sie? Ihr schien es nichts auszumachen, wenn jemand neidisch auf sie war oder sie nicht mochte! Mich hingegen machte so etwas fertig. Warum war es mir bloß so wichtig, gemocht zu werden? Es war genauso wie damals, als herausgekommen war, dass Inga meinen Sattel beschädigt und die Wahlen zum Jugendvorstand manipuliert hatte. Nein, es war noch viel, viel schlimmer, denn ich hatte Doro gemocht und ihr vertraut, sie war meine allerbeste Freundin gewesen. Die Erkenntnis, dass ein Mensch, der wie ein Teil von mir selbst gewesen war, mich derart hasste, erschütterte mich zutiefst. Die Worte von Herrn Kessler kamen mir wieder in den Sinn. »Man kann einem Menschen nur vor die Stirn gucken«, hatte er damals gesagt, als ich weinend bei Won Da Pie in der Box gesessen hatte. »Leider werden dir in deinem Leben immer wieder Leute begegnen, die dich enttäuschen. Es wird immer jemanden geben, der dir das, was du hast, neidet.«

Leider hatte er recht gehabt.

Keine Kontrolle

Nach ein paar Tagen war das Video kein Thema mehr, weder in der Schule noch im Stall. Ich hatte mich an Papas Bitte gehalten und außer mit Katie und Simon mit niemandem mehr darüber gesprochen. Tatsächlich hatte es jede Menge Anfragen von Journalisten, Radio- und Fernsehsendern gegeben, die Katie und mich interviewen und in Sendungen einladen wollten, aber das hatten unsere Eltern alles im Keim erstickt. Von der Polizei hatten wir nichts mehr gehört, und Doro ging uns komplett aus dem Weg. Bei WhatsApp hatte sie mich gesperrt, bei Instagram und Facebook entfreundet. Im Stall tauchte sie nur ganz selten auf und geritten war sie auf der neuen Reitanlage noch gar nicht, stattdessen kümmerte Beate sich jeden Tag um Nado.

Die Situation war also dieselbe wie vor den Sommerferien und unserer erzwungenen Versöhnung und ich empfand das als Erleichterung.

Die Stallgemeinschaft hatte sich bereits eine Woche nach dem Umzug erheblich dezimiert, denn nachdem sie festgestellt hatten, wie unkomfortabel es noch auf der neuen Reitanlage war, hatten Frenzels und die Besitzer von Natimo, Amigo, Heide und Festina das Angebot von Herrn

Kranz angenommen und waren für die Dauer der Bauarbeiten auf den Reiterhof St. Georg nach Sulzbach gezogen.

»Deserteure!«, schnaubte Alex verächtlich, als Frenzels mit dem Hänger, in dem Quick und Savoy standen, davonfuhren.

»Wir kommen bald wieder zurück«, rief Jutta und winkte uns zum Abschied aus dem Autofenster zu. »Nicht traurig sein!«

»Sind wir bestimmt nicht«, sagte Nicole trocken.

»Ich kann sie verstehen«, sagte Herr Weyer. »Es ist ja wirklich gerade nicht sehr einladend hier.«

»Meinen Sie, die kommen zurück?«, fragte ich.

»Keine Ahnung.« Der Reitlehrer zuckte mit den Schultern. »Aber falls nicht, wäre es auch nicht schlimm. Wir haben bereits mehr Anfragen als freie Boxen.«

Zwar legten die Handwerker Sonderschichten ein, trotzdem – oder vielleicht gerade deshalb – herrschte das blanke Chaos. Überall wurde gesägt, gehämmert und gebohrt, Lkws und Bagger fuhren mit lautem Getöse umher und die Handwerker, die von Pferden keine Ahnung hatten, tauchten plötzlich wie aus dem Nichts auf, ließen Gegenstände fallen, polterten mit ihrem Werkzeug herum, riefen sich laut Anweisungen zu und krochen auf den Stalldächern herum. Zum Bewegen der Pferde gab es vorerst nur die Longierhalle, in der man aber nicht richtig reiten konnte. In den Reithallen fehlten noch die Banden und die Böden. Reitstunden waren unter diesen Umständen unmöglich, deshalb wurden die Koppeln provisorisch eingezäunt und die Schulpferde erhielten tagsüber Sonderurlaub, bis alles fertig war. Glücklicherweise war das Wetter gut, deshalb ging es morgens um sieben raus auf die Weide und erst am späten Nachmittag, wenn die Handwerker Feierabend machten, kamen sie zurück in ihre Boxen. Manche der Schulpferde waren seit Jahren nicht mehr auf einer Koppel gewesen und es war herrlich zu sehen, wie sehr sie es genossen. Das Kleeblatt, ein paar erwachsene Schulreiter, aber auch Oliver und Karsten kamen jeden Tag, um die Schulpferde und die Quarter Horses zu putzen oder zu longieren.

Won Da Pie fühlte sich pudelwohl. Seine Box war beinahe doppelt so groß wie die im alten Stall und er schien es zu mögen, seinen Kopf über die Halbtür zu strecken und den Arbeitern zuzuschauen.

»Wie sieht's aus, Männer?«, wandte sich Alex an uns, als das Auto der Frenzels samt Pferdehänger hinter den Sandbergen auf dem zukünftigen Reitplatz verschwunden war. »Wer hat Lust, mit ins Gelände zu reiten?«

»Gute Idee«, stimmte Nicole zu. »Ich bin dabei.«

»Ich auch«, sagte Katie. »Asset braucht dringend etwas mehr Bewegung als nur an der Longe.«

Wir waren längst an Alex' Marotte gewöhnt, dass er uns als »Männer« ansprach, selbst wenn außer ihm kein einziger Angehöriger des männlichen Geschlechts anwesend war.

»Äh, wie lange willst du denn ungefähr ausreiten?«, wollte ich wissen. Ich hatte meiner Mutter versprochen, gegen fünf zu Hause zu sein, jetzt war es kurz nach drei.

Alex schürzte die Lippen und zog die Augenbrauen hoch.

»Ungefähr sechs bis sieben Stunden«, erwiderte er sarkastisch. »Und zwar nur im gestreckten Galopp! Hast du ein Problem damit, Steinberg?«

»Ach, das ist mir ein bisschen zu kurz, was meinst du, Katie?«, antwortete ich schlagfertig. »Vielleicht reiten wir lieber alleine.«

Katie grinste.

»Oho! Was sind denn das für Töne?«, rief Alex laut und stemmte die Hände in die Seiten. Früher hatte ich mich vor ihm zu Tode geängstigt, aber heute machten mir seine Sprüche nichts mehr aus.

Eine Viertelstunde später ritten wir einen betonierten Feldweg entlang, der zwischen den Koppeln und Maisfeldern hindurch in ein weites Tal führte, und ich bereute meine große Klappe und die Entscheidung mit auszureiten schon nach den ersten hundert Metern. Ich war oft mit Won Da Pie in den Eichwald geritten, sogar alleine, obwohl ich das eigentlich nicht durfte, aber er war immer ganz brav gewesen. Jetzt stellte ich jedoch fest, dass es ein himmelweiter Unterschied war, ob man im Wald oder durch weite Felder und Wiesen ritt! Mein Pferd, das mangels Möglichkeiten seit über einer Woche nicht mehr richtig geritten worden war, kaute heftig am Gebiss und hob unternehmungslustig den Kopf. Ich konnte spüren, wie sich seine Muskeln unter mir bei jedem Schritt in Sprungfedern verwandelten. Am liebsten wäre ich wieder umgekehrt, aber das traute ich mich nicht.

Alex, der behauptet hatte, er kenne die Umgebung dank GoogleMaps wie seine Westentasche, ritt vorneweg. Der

Himmel war blau und wolkenlos, aber es war längst nicht mehr so heiß wie in den letzten Wochen. Ein kühler Wind wirbelte den Staub auf und raschelte im Mais. Nach ein paar Hundert Metern kam uns ein riesiger Traktor entgegen und mein Herz fing prompt an zu klopfen. Wondy kannte nur den schäbigen alten Traktor aus dem Reitstall, im Gelände war uns noch nie einer begegnet, und erst recht nicht ein solches Riesenmonster mit Anhänger!

»Landmaschine voraus!«, rief Alex, der in den Sommerferien zum Segeln gewesen war, uns über die Schulter zu. »Alle Mann hart steuerbord halten.«

»Was hat er gesagt?«, fragte Katie, die hinter mir ritt.

»Nach rechts!«, erwiderte ich.

Ich reihte mich hinter Nicole und ihrer Stute an dritter Stelle ein und hoffte inständig, dass Natascha cool bleiben würde. Doch der Rappstute war das grüne Ungetüm, das ziemlich flott auf uns zuwalzte, auch nicht ganz geheuer, sie begann nervös zu tänzeln. Auf der rechten Seite des Feldweges erstreckte sich ein Maisfeld wie eine massive grüne Wand, links verhinderte der Elektrozaun der provisorischen Koppeln ein Ausweichen.

»Gaaaanz ruhig«, sagte ich zu meinem Pferd und versuchte, die Zügel nicht zu kurz zu nehmen, denn Wondy interpretierte kurze Zügel im Gelände grundsätzlich als ein Signal dafür, dass irgendetwas passieren würde. Alex wedelte herrisch mit der Hand, um den Fahrer des Traktors dazu zu veranlassen, das Tempo zu drosseln, aber der Bauer dachte gar nicht daran, sondern donnerte mit unverminderter Geschwindigkeit auf uns zu. Als der Traktor mit einem Anhänger an uns vorbeiratterte, machte Natascha einen jähen Satz nach rechts in den übermannshohen Mais und Won Da Pie drehte sich daraufhin so schnell um seine eigene Achse, dass ich einen Steigbügel verlor und um ein Haar aus dem Sattel geschleudert wurde. Im Reflex griff ich in seine Mähne, mein Blick streifte das gleichgültige Gesicht des Traktorfahrers, der nicht einmal zu uns herübersah, dieser rücksichtslose Idiot!

Ich atmete schon auf, doch in diesem Moment nahmen Liesbeth, Goldi und Tanja den rasselnden Anhänger zum Anlass, um wie die Beknackten auf der Koppel jenseits des Wegs herumzurasen. Sie galoppierten mit donnernden Hufen auf den Zaun zu, stoppten nur ein paar Meter von uns entfernt, um dann bockend wieder loszustürmen. Das gab Won Da Pie den Rest! Er versuchte zu steigen, dann wollte er sich an Natascha vorbeidrängeln. Die Stute legte die Ohren an und quiekte ungehalten. Ich gab meinem Pferd ein paar nachdrückliche Paraden, doch das nützte nichts, Wondy wurde immer aufsässiger. Seine Hufe trappelten auf dem Beton, er vollführte ein Riesentheater und mir brach der Angstschweiß aus allen Poren.

»Steinberg!«, brüllte Alex. »Bring deinen Esel unter Kontrolle, sonst kannst du nach Hause reiten.«

»Ich versuch's ja!«, knirschte ich mit zusammengebissenen Zähnen, halb ängstlich, halb zornig. Katie brachte Asset neben mich, aber statt einen beruhigenden Einfluss auf mein Pferd zu haben, ließ Katies Fuchswallach sich von Wondys Spinnerei anstecken und hüpfte abwechselnd vorne und hinten hoch wie ein Schaukelpferd.

»Herrgott noch mal!«, fluchte Alex. »Ich wollte einen gemütlichen Ausritt machen und jetzt veranstaltet ihr hier so einen Zirkus!«

»Glaubst du etwa, das machen wir absichtlich?«, schrie ich zurück.

Nur nicht runterfallen, schoss es mir gleichzeitig durch den Kopf. Keine hundert Meter weiter führte die vierspurige Bundesstraße entlang. Nicht auszudenken, was passierte, wenn Wondy mich nun abwarf und losrannte! Ich angelte nach dem Steigbügel und erwischte ihn glücklicherweise. Katie gelang es, Asset zu beruhigen, und auch Won Da Pie fiel in Schritt, aber er fühlte sich an wie ein Fass mit Dynamit, bei dem die Lunte brennt. Ich war kurz davor, abzusitzen und mein Pferd zum Stall zurückzuführen, aber ich wusste aus Erfahrung, dass ich Wondy bedeutend besser vom Sattel aus unter Kontrolle hatte.

Alex bog nach links ab und wir ritten auf die Brücke zu, unter der wir hindurchreiten mussten, um das schönste Ausreitgelände zu erreichen. Die einzige Alternative war eine weitere Brücke etwa einen Kilometer entfernt, über die man die B8 überqueren konnte.

Mit schweißnassen Händen umklammerte ich die Zügel und betete stumm, dass nicht gerade ein Lkw über die Brücke donnerte, wenn wir darunter herritten. Mein Gebet wurde erhört, wir kamen unbeschadet auf der anderen Seite an und vor uns erstreckte sich ein weites, hügeliges Tal mit Wiesen, Feldern und kleinen Wäldchen. In der Ferne lagen die Bergkämme des Taunus, zu unserer Rechten lag ein Waldstück.

»Wir reiten hier links runter Richtung Liederbach, Männer«, verkündete Alex. »Da unten gibt es einen Wiesenweg parallel zum Bach, auf dem wir traben und galoppieren können.«

Ob ich diesen Weg je erreichen würde, war fraglich, denn Wondy hatte beschlossen, sich richtig danebenzubenehmen. Auf dem Betonweg scheute er vor einer Mutter mit Kinderwagen, zwei Nordic-Walkerinnen und einer Frau mit einem asthmatisch keuchenden Beagle, als ob er so etwas noch nie gesehen hätte. Eine Gruppe älterer Spaziergänger brachte er dazu, vom Weg in den Graben zu flüchten, was uns – insbesondere mir – eine Menge Beschimpfungen und Drohungen einbrachte. Mit jeder Faser meines Herzens wünschte ich mich in unseren kleinen alten Reitstall und in den vertrauten Eichwald zurück.

»Geht's?«, fragte Katie mich besorgt.

»Ich hoffe es«, erwiderte ich mit zitternder Stimme. Wenn in diesem Augenblick der Pferdehändler Nötzli aufgetaucht wäre, dann hätte ich ihm Won Da Pie auf der Stelle geschenkt!

»So, Leute, da wären wir. Der Weg ist ungefähr einen Kilometer lang«, sagte Alex. »Wir traben ganz ruhig an. Keiner überholt mich! Wenn sich die Pferde gut benehmen, können wir in den Galopp übergehen, okay?«

Wir nickten. Zügel kürzer fassen, antraben. Plötzlich flogen schnatternd zwei Rebhühner auf. Und da explodierte mein Pferd unter mir.

Der hinterhältige Dämon namens Angst

Das Nächste, an das ich mich später erinnerte, war das Gebrüll von Alex aus weiter Ferne und das absolut schreckliche, hilflose Gefühl, keinerlei Kontrolle mehr über ein durchgehendes Pferd zu haben. Won Da Pie raste einfach los, er reagierte auf keine Parade, kein Ziehen am Zügel, auf rein gar nichts!

»Reit eine Volte, Steinberg!«, hörte ich Alex schreien. »EINE VOLTE! Verdammt! Sofort!«

Ich zerrte Wondy mit aller Kraft im Maul, aber er donnerte unbeeindruckt weiter und beschleunigte immer mehr. Der Wind pfiff mir in den Ohren und trieb mir die Tränen in die Augen. Noch nie in meinem Leben war ich so schnell geritten, nicht einmal auf Le Zaza, dem Rennpferd, am Strand von Noirmoutier!

Ich hatte keinen blassen Schimmer, wie lang ein Kilometer bei diesem Wahnsinnstempo war, ich wusste nicht, wo und wie dieser Weg endete, ich durfte nur unter gar keinen Umständen runterfallen! Mein Blickwinkel verengte sich, ich nahm nichts mehr wahr außer dem Weg, der aus zwei Furchen und einem Streifen Gras in der Mitte bestand, und sich vor mir so rasend schnell abspulte wie die Fahrbahn bei einem Formel-Eins-Rennen. Ich merkte, wie mir die

Kraft ausging. Lange würde ich mich nicht mehr halten können.

Da vorne war der Weg zu Ende! Oh nein, oh nein! Was sollte ich bloß machen? Wondys Hufe klapperten kurz auf Beton, ich nahm den erschrockenen Blick eines Joggers wahr, dann klang der Hufschlag wieder dumpf. Wir jagten quer über eine Wiese mit Obstbäumen. Äste und Zweige peitschten mir schmerzhaft ins Gesicht, dann preschte Wondy durch ein Kornfeld und einen Abhang hoch. Hier ging meinem Pferd endlich die Puste aus, es verlangsamte das Tempo und fiel schließlich erst in Trab und dann in den Schritt. Ich rutschte aus dem Sattel und sackte in mich zusammen wie ein nasser Lappen.

»Bleib stehen!«, schrie ich Wondy atemlos an und riss unsanft an den Zügeln. »Wie kannst du so etwas machen? Ich hasse dich!«

Mein Pferd blickte mich aus flackernden, weiß umringten Augen an. Sein kastanienbraunes Fell war dunkel vor Schweiß und schaumbedeckt, seine Flanken pumpten, die Nüstern waren weit aufgerissen und blutrot, aber ich verspürte nicht den Hauch von Mitleid. Mit Beinen, die so weich wie Gummi waren, lief ich los, stapfte schluchzend und keuchend den Abhang hinunter und zog Wondy hinter mir her. Der Schreck war mir in die Glieder gefahren, doch viel schlimmer noch war die Erkenntnis, dass ich mich auf einmal wieder genauso fühlte wie früher vor einer Reitstunde auf Hanko. Die Angst, die ich besiegt zu haben geglaubt hatte, war wieder da – noch stärker und schrecklicher als je zuvor. Innerhalb von drei Minuten hatte ich das Vertrauen in mein Pferd und in meine reiterlichen Fähigkeiten vollkommen verloren! Das Gefühl der Machtlosigkeit, das ich vorhin verspürt hatte, war das Schlimmste gewesen, was ich jemals erlebt hatte. Es war pures Glück, dass ich nicht heruntergefallen oder sogar mitsamt Wondy gestürzt war.

Auf der Obstwiese kamen mir Alex, Nicole und Katie entgegengetrabt, wohl in der Befürchtung, meinen zerschmetterten Körper irgendwo im Gras zu finden.

»Oh, Lotte, dir ist nichts passiert!«, rief Katie erleichtert.

»Gott sei Dank!« Nicole, sonst immer kühl und gleichgültig, war richtig besorgt um mich. »Wahnsinn, wie der durchgegangen ist. Den hätte niemand mehr halten können!«

Nur Alex zeigte kein Mitgefühl oder Verständnis. »Hab ich nicht laut und deutlich ›Keiner überholt mich‹ gesagt?«, raunzte er mich an. »Wieso bist du keine Volte geritten? Und was sollte überhaupt dieses lebensmüde Tempo?« Falls er sich wegen mir Sorgen gemacht haben sollte, so konnte er das ziemlich gut verbergen.

»Wondy hat sich vor den Rebhühnern erschreckt und ist durchgegangen. Ich *konnte* keine Volte reiten!«, blaffte ich zornig zurück. »Meinst du, ich hab das aus Spaß gemacht? Ich hatte null Kontrolle mehr!«

»Hast du dich verletzt?«, wollte Nicole wissen. »Bist du runtergefallen?«

»Nein.« Ich führte den schnaufenden Won Da Pie an ihnen vorbei.

»Komm schon, Steinberg, steig wieder auf!«, forderte Alex mich auf. »Wir reiten zurück.«

»Ich steige heute hundertprozentig nicht mehr auf dieses Pferd«, entgegnete ich, ohne mich umzudrehen.

»Wenn man vom Pferd gefallen ist, ist es das Beste, sofort wieder aufzusitzen«, belehrte mich Nicole unnötigerweise.

»Ich bin nicht vom Pferd gefallen«, erwiderte ich heftig. »Mein Pferd ist mit mir durchgegangen und ich dachte, mein letztes Stündlein hätte geschlagen, verdammt!«

»Dann setz dich auf Asset«, bot Katie mir an. »Ich nehme Wondy.«

»Vielen Dank, mir langt's für heute.« Ich schüttelte den Kopf. »Ich habe dem Tod ins Auge geschaut! Lieber gehe ich zu Fuß bis Bagdad Süd.«

Mit meinem Pferd am Zügel marschierte ich stumm hinter den dreien her, die auch kein Wort mehr sprachen. Die Stimmung war hinüber, aber das war mir egal. Won Da Pie war jetzt lammfromm und machte selbst keinen Mucks mehr, als ein weiterer Traktor an uns vorbeituckerte.

Ich hatte schon nach einer knappen Woche auf der neuen Reitanlage die Nase gestrichen voll von diesem traktorverseuchten Gelände und schwor mir, so bald nicht wieder auszureiten. Auf dem Heimweg, der für mich sehr lang wurde, leistete ich innerlich Abbitte bei Frenzels und den anderen, die es vorgezogen hatten, für die Dauer der Bauarbeiten in einen anderen Stall zu ziehen. Wahrscheinlich wäre das heute überhaupt nicht passiert, hätte ich Wondy ganz normal reiten können und wäre er ausgelastet gewesen. Die Schuld lag bei mir, nicht bei meinem Pferd. Hätte ich ihn vor dem Ausritt wenigstens ablongiert, dann … aber, ach, alle Hättes und Wäres und Wenns nützten nichts mehr, es war passiert, und dadurch war der hinterhältige Dämon namens Angst in meinem Innern wieder zum Leben erwacht.

Erst als wir zurück im Stall waren und ich Won Da Pie abgesattelt und in seine Box gebracht hatte, bemerkte ich, dass ich mein Smartphone verloren hatte. Auch das noch! Wahrscheinlich war es bei dem wahnsinnigen Galopp aus der Seitentasche meiner Weste gefallen und lag jetzt irgendwo im Gras. Meine Mutter würde mir den Kopf abreißen, wenn das Telefon weg war, und ganz sicher würde ich so schnell kein Neues bekommen. Andererseits würde ich auch Ärger kriegen, wenn ich zu spät nach Hause kam, denn ich hatte versprochen, pünktlich zum Abendbrot zu Hause zu sein. Ich erzählte Katie von meinem Dilemma.

»Man muss Prioritäten setzen und das Handy geht eindeutig vor«, meinte sie sofort. »Ruf deine Mum von meinem Handy aus an und sag ihr Bescheid, dass wir das Ding suchen gehen.«

»Nee.« Ich schüttelte den Kopf. »Sie will dann sicher wissen, wie es mir aus der Jackentasche fallen konnte. Meine Eltern dürfen auf gar keinen Fall erfahren, was da vorhin passiert ist.«

Stürze und riskante Situationen verschwieg ich zu Hause wohlweislich, denn ich fürchtete immer, Papa und Mama würden mir verbieten, ins Gelände zu reiten oder zu springen, wenn sie begriffen, wie gefährlich das Reiten doch sein konnte.

»Ich gucke mal vorne an den Koppeln«, sagte ich zu

Katie. »Vielleicht habe ich es ja dort schon verloren, als der Traktor kam.«

Wir liefen also den Betonweg entlang, die Blicke auf den Boden geheftet, als uns Susanne, Annika und Dani mit Liesbeth, Goldi und Tanja entgegenkamen. Obwohl sie mittlerweile ein eigenes Pferd hatten, kümmerten sie sich weiterhin um die Schulpferde.

»Was macht ihr denn da?«, erkundigte sich Annika neugierig.

»Wir suchen mein Handy«, antwortete ich. »Ich glaube, ich hab's vorhin beim Ausritt verloren.«

»Oh Mist!« Susanne riss die Augen auf. »Wartet, wir bringen nur schnell die Pferde rein, dann helfen wir suchen.«

»Danke, das ist nett von euch.« Ich zwang mich zu einem Lächeln, obwohl mir eher nach Heulen zumute war.

»Wir könnten die Strecke, die ihr geritten seid, mit unseren Rollern abfahren!«, schlug Dani vor und hinderte Tanja daran, das Gras am Straßenrand zu fressen. »Was denkt ihr?«

»Gute Idee!«, fand Katie.

»Das wäre echt super«, stimmte auch ich mit einem Anflug von Erleichterung zu.

Das Kleeblatt hatte früher nicht unbedingt zu meinen besten Freunden gehört, aber seit dem Umzug auf die neue Reitanlage war es anders geworden. Die Ausnahmesituation auf der neuen Anlage, die Schwierigkeiten, Provisorien und die Sorge um unsere Pferde hatten uns alle geeint und zu einer echten Gemeinschaft zusammengeschweißt, in der es keine Rivalitäten und Eifersüchteleien mehr gab wie früher. Seit Dörte mit ihrem Pferd ausgezogen war und Doro nur noch selten auftauchte, war es richtig schön geworden. Oft saßen wir abends noch zusammen, aßen Pizza und schmiedeten Pläne für die Zukunft.

Zehn Minuten später kehrten die drei auf ihren Rollern zurück, Katie und ich schwangen uns hinter Annika und Dani und schon brausten wir den Weg entlang und unter der Unterführung durch in das Tal. Allein dafür, dass ich ohne Helm auf einem Moped hockte, weil ich vergessen hatte, meinen Helm zu holen, würde ich wohl den Ärger des Jahrhunderts kriegen! Aber das war mir im Moment ziemlich egal.

An der Weggabelung, an der wir mit den Pferden vorhin nach links abgebogen waren, berieten wir uns kurz.

»Wir sollten uns trennen«, meinte Katie. »Dann können wir die Strecke von beiden Seiten absuchen, das geht schneller.«

Susanne, Annika und Katie nahmen den Weg Richtung Liederbach, Dani und ich brausten geradeaus weiter, bis wir zum Hang oberhalb der Obstwiese gelangten, an der es mir gelungen war, Wondy anzuhalten und abzusitzen. Dort hielten wir an und stiegen vom Roller. Dani setzte den Helm ab und fuhr sich mit den Fingern durch ihr kurz geschnittenes dunkles Haar.

»Wie ist das eigentlich passiert?«, erkundigte sie sich, als wir zu dem Abhang stapften, an dem ich Wondy endlich hatte bremsen können.

»Wondy war heute total aufgedreht«, erklärte ich. »Nachdem wir einem Traktor begegnet sind, hat er sich überhaupt nicht mehr beruhigt. Und als wir dann galoppieren wollten, ist er durchgegangen. Ich konnte ihn nicht mehr anhalten.«

»Oh Gott! Das ist mir mal auf dem Platz passiert, als Liesbeth noch ganz neu war.« Dani nickte mitfühlend. »Echt ein total ätzendes Gefühl!«

»Allerdings«, bestätigte ich und fühlte mich gleich ein bisschen besser. Andere hatten also schon ähnliche Erfahrungen wie ich gemacht und trotzdem den Mut nicht verloren.

»Weißt du was?«, sagte Dani nun. »Ich ruf einfach auf deinem Handy an. Vielleicht hören wir es ja klingeln.«

Eine halbe Stunde lang suchten wir jeden Zentimeter der Wiese ab – vergeblich.

Wir folgten der Spur abgeknickter Halme durch das Weizenfeld, doch weder dort noch unter den Obstbäumen fanden wir mein Handy. Die anderen hatten sich schon bis zur Hälfte des Weges am Bach vorgearbeitet, bisher ebenfalls ohne Erfolg. Meine anfängliche Zuversicht sank, als Dani und ich den Betonweg überquerten und am Wiesenweg weitersuchten. Ein Kilometer war elend lang, vor allen Dingen, wenn man ihn zu Fuß ging und dabei im kniehohen Gras nach einem vergleichsweise winzigen Gegenstand suchte. Immer wieder tippte Dani auf Wahlwiederholung und wir blieben lauschend stehen. Ich versuchte mich daran zu erinnern, ob ich gemerkt hatte, dass das Handy aus meiner Tasche gefallen war. Plötzlich kamen mir Zweifel. Hatte ich es überhaupt mitgenommen? Vielleicht lag es ja friedlich bei mir zu Hause und wir verschwendeten unsere Zeit.

»Das hat keinen Sinn«, sagte ich entmutigt. »Wir finden das Ding nie und ich …«

»Sei mal still!«, unterbrach Dani mich. »Hör doch mal!«

»Das ist es!« Mein Herz machte einen Satz, als ich nun ganz leise die Titelmelodie von *Black Beauty* hörte, die ich als Klingelton eingestellt hatte. Ich kroch auf allen vieren durch das Gras, und schließlich fand ich das Smartphone ein ganzes Stück weit entfernt vom Weg auf der Wiese. Voller Erleichterung stellte ich fest, dass es wohl dank seiner Plastikhülle intakt und unbeschädigt war. Dani grinste zufrieden, und ich fiel ihr überglücklich um den Hals, dann rief ich Katie an, um ihr mitzuteilen, dass sie die Suche einstellen und zurück zum Stall fahren konnten.

Durch die Sache mit dem verlorenen Handy verspätete ich mich natürlich. Es war schon Viertel vor sieben, als ich Phils Roller in die Garage schob und den Helm abnahm. Gerade als ich die Haustür aufschließen wollte, klingelte mein Handy. *Anonym*, stand auf dem Display, trotzdem nahm ich das Gespräch an.

»Hallo?«, sagte eine raue, männliche Stimme, die ich nicht kannte. »Ist da … äh … Charlotte … äh … Steinberg?«

»Ja«, antwortete ich. »Wer ist denn …?«

»Halt's Maul und hör zu«, zischte der Anrufer unhöflich und sein Tonfall erweckte unwillkürlich ein flaues, leeres Gefühl in mir. »Isch warn' disch, okay, aber nur ein Mal: Hör auf, so einen Scheiß zu erzählen, sonst kriegste Ärger, ja? Und zwar rischtisch Ärger. Isch weiß, wo du wohnst. Und vielleicht passiert deim Gaul was. Oder deiner Familie. Oder dir selbst. Ey, und wenn isch du wäre, würd' isch mit keim über das hier quatschen, kapiert? Halt einfach die Klappe!«

Bevor ich irgendetwas sagen konnte, brach das Gespräch ab. Ich stand wie gelähmt da und begriff nicht wirklich, was da gerade passiert war. Meine Hände zitterten so stark, dass ich nur mit Mühe den Haustürschlüssel ins Schloss brachte. Alissa begrüßte mich schwanzwedelnd, mechanisch streichelte ich ihren Kopf. Mama erschien im Flur.

»Du bist eine Stunde zu spät«, sagte sie spitz. »Warum kannst du dich nicht an Zeiten halten, die wir ausmachen?«

»Ja. Entschuldigung«, murmelte ich und starrte auf mein Handy, das mir plötzlich wie eine giftige, gefährliche Spinne vorkam.

»Wie siehst du denn aus? Bist du vom Pferd gefallen?« Mama musterte mich.

»Nein«, antwortete ich. »Nein, alles in Ordnung.«

»Dann wasch dir die Hände und komm an den Tisch.«

»Okay.«

Ich zog die Reitstiefel aus und wankte ins Gäste-WC. Das war ein anonymer Anruf gewesen! Jemand hatte mir gedroht! Aber – warum? *Hör auf, so einen Scheiß zu erzählen!* Was hatte ich denn erzählt? Eine Gänsehaut rieselte mir über den Rücken, mein Herzschlag vibrierte bis in meine Fingerspitzen. *Vielleicht passiert deim Gaul was. Oder deiner Familie.* Oh Gott, was sollte ich bloß tun? *Und wenn isch du wäre, würd' isch mit keim über das hier quatschen, kapiert?* Wie unter Schock wusch ich mir die Hände. Aus dem Spiegel starrte mir ein bleiches Gespenst entgegen.

»Charlotte!«, rief Mama ungeduldig. »Wir warten auf dich!«

»Ich komme!«, schrie ich zurück. Ich presste meine glühende Stirn gegen das kühle Glas des Spiegels. Das Blut pochte mir in den Schläfen. Mein Magen krampfte sich zusammen, ich begann am ganzen Körper zu zittern und musste mich am Waschbecken festhalten. Erst dieser Horror-Ausritt mit Wondy, dann verlor ich mein Handy und jetzt – *das!* Die fremde, gemeine Stimme hallte in meinem Kopf wider wie ein Echo. Das, was sie gesagt hatte, stürzte mich in einen schwarzen Abgrund der Angst und Hilflosigkeit. Ich war froh, als das Abendessen endlich vorbei war und ich mich auf mein Zimmer verdrücken konnte. Simon hatte zweimal versucht mich anzurufen und ich rief ihn zurück, aber diesmal ging er nicht dran, deshalb schrieb ich ihm eine WhatsApp und bat ihn, noch einmal vorbeizukommen. Ich wollte ihm von dem anonymen Anruf nicht am Telefon, sondern persönlich erzählen.

Voll krass, weisstu!

»Du musst das auf jeden Fall deinen Eltern sagen!« Simon blickte mich besorgt an. Er war sofort gekommen, nachdem er meine Nachricht gelesen hatte, und hatte Katie mitgebracht, die noch im Stall gewesen war und auf ihre Mutter warten musste. Wir saßen zu dritt in meinem Zimmer und hielten Kriegsrat. Ihre Anwesenheit beruhigte mich und die Panik, die ich vorhin empfunden hatte, verflüchtigte sich. Übrig blieb ein ungutes Gefühl in meinem Innern, wie vor einer wichtigen Arbeit, wenn man nicht genau weiß, was drankommen wird. Hätte ich wenigstens gewusst, was der Anrufer gemeint hatte, dann hätte ich vielleicht eher damit umgehen können.

»Wirklich, Lotte!«, sagte Simon eindringlich. »Das ist kein Spaß mehr, sondern eine richtige Drohung.«

»Ich weiß! Aber der Typ hat extra gesagt, dass ich mit niemandem darüber sprechen soll«, erwiderte ich trübsinnig. »Eigentlich darf ich nicht mal dir oder Katie davon erzählen! Oh Mann, ich fühle mich so … so hilflos! Ich zerbreche mir schon die ganze Zeit darüber den Kopf, wer das bloß gewesen sein kann. Was soll ich denn für einen ›Scheiß‹ erzählt haben?«

»Hm.« Simon kaute nachdenklich auf seiner Unterlippe.

»Eigentlich kann es doch nur mit diesem Video zu tun haben.«

»Das war auch das Erste, was mir eingefallen ist«, sagte ich.

»Mir auch!« Katie saß auf dem Boden und hatte die Arme um ihre Knie geschlungen. »Dabei haben wir unseren Eltern und der Polizei zuerst gar nicht gesagt, wen wir verdächtigen.«

»Mein Vater kam sofort auf Doro«, sagte ich. »Und dann hat Katie noch Dörtes Namen genannt.«

»Ich wette, die haben beide Besuch von der Kripo gekriegt.« Katie grinste. »Nicht dass mir das leidtäte!«

»Aber ich kann mir nicht vorstellen, dass mich eine von denen anonym anrufen und bedrohen lassen würde!« Ich schüttelte den Kopf.

»Ich leider schon«, antwortete Simon. »Ich halte Doro mittlerweile für zu allem fähig. Sie ist krank vor Eifersucht, auf alles, was du hast und tust! Und dann hat der Weyer ihr auch noch vor allen Leuten gesagt, was Sache ist. Jeder weiß jetzt, dass sie kilometertief in deiner Schuld steht. Und Menschen hassen es, wenn sie in der Schuld von jemandem stehen und sich nicht revanchieren können. Gerade dann, wenn sie sowieso schon Minderwertigkeitskomplexe haben.«

»Doro hat doch keine Minderwertigkeitskomplexe«, rief ich. Ich konnte mir, abgesehen von Katie, kaum ein Mädchen vorstellen, das selbstbewusster war als sie!

»Und was für welche!« Simon, der neben mir auf meinem Bett saß, nahm mich in die Arme. »Du bist manchmal echt ein bisschen … hm … naiv, meine Süße. Vor allen Dingen denkst du immer, andere Leute wären genauso arglos und hilfsbereit wie du.«

»Simon hat völlig recht.« Katie nickte. »Mein Vater hat mal einem Kumpel Geld geliehen, als der knapp bei Kasse war. Der Typ hat sich voll schwergetan, die Kohle zurückzuzahlen. Ist aber trotzdem mit fetten Autos durch die Gegend gebraust und hat Luxusurlaube mit der ganzen Familie auf den Malediven gemacht. Und als mein Vater ihn mal höflich daran erinnert hat, dass er ihm noch was schuldet, da hat er doch glatt gesagt: *Was willst du denn, du hast doch genug Geld!* Das hat meinen Vater so geärgert, dass er die Sache einem Anwalt übergeben hat. Und seitdem ist die Freundschaft beendet. Oder meine Mom, die hat immer jedem geholfen. Hinter ihrem Rücken haben sie dann über meine Mutter abgelästert, voll mies. Leute sind nicht gerne dankbar, vor allen Dingen dann nicht, wenn sie glauben, sie wären vom Schicksal benachteiligt. Aber die meisten sind einfach zu bequem oder zu feige und kriegen ihren Hintern nicht hoch.«

»Trotzdem …« Ich seufzte wieder. Alles in meinem Innern wehrte sich dagegen, Doro mit diesem Anruf in Verbindung zu bringen.

»In eurer Freundschaft war Doro immer die große Macherin, die bestimmt hat, wo es langging«, fuhr Katie fort. »Du hast alles mitgemacht, warst immer ein bisschen schlechter als sie beim Reiten und eigentlich keine Konkurrenz für sie. Aber plötzlich ist alles anders geworden: Du hast ein Superpferd, reitest auf Turnieren und gewinnst auch noch! Die Meisterschaften in Wiesbaden, die hast in erster Linie du mit Wondy gewonnen, das wissen alle. Und dann hast du einen Freund – und sie nicht! Du gibst Longenstunden – und sie nicht! Du rettest Cody und wir finden zusammen eine Lösung, mit der sie nichts zu tun hat. Bei alldem bleibst du ganz normal und freundlich, sodass dich eigentlich niemand hassen kann. Das ärgert die noch viel mehr!«

»Und dann seid ihr auf einmal auch noch die großen Helden, die die Pferde gerettet haben«, ergänzte Simon. »Ihr seid im Fernsehen, die Zeitungen schreiben über euch. Jeder bewundert euch. Überleg doch mal, wie du dich an Doros Stelle fühlen würdest!«

»Ich würde mich für sie freuen«, antwortete ich.

»Ja, das glaube ich dir sogar.« Simon verdrehte die Augen und seufzte. »So bist du eben. Aber Doro ist nicht so. Und Dörte schon gar nicht!«

»Und was soll ich jetzt machen?«, fragte ich meine Freunde mit einem Anflug von Verbitterung. »Aufhören zu reiten? Arrogant werden? Damit angeben, wie mutig ich bin?«

»Quatsch!«, sagte Katie energisch und kam mir in dem Moment genauso vor wie ihre Mutter. »Wir finden raus, wer dich angerufen hat, und dann gibt's für den Typen richtig fett Ärger!«

»Und wie willst du das anstellen?«

»Als Erstes musst du überlegen, ob du die Stimme vielleicht schon mal irgendwo gehört hast.« Katie setzte sich in den Schneidersitz, ihre Augen funkelten. »Wie hat der Typ geredet? Hat er seine Stimme verstellt? War es überhaupt ein Junge?«

»Hm.« Ich rief mir ins Gedächtnis, was er gesagt und wie

er gesprochen hatte. »Nein, der hat seine Stimme nicht verstellt. Ich bin mir auch ziemlich sicher, dass ich den nicht kenne. Irgendwie klang er ... ähm ... primitiv.«

»Primitiv? Wie meinst du das?«, fragte Simon.

»Na ja, ihr wisst schon.« Ich sprach mit einer tiefen Stimme weiter: »Ey, Alder, bissu dumm oder was? Isch weiß, wo dein Haus wohnt, isch schwör! Voll krass, weisstu! Aber scheiß mir egal!«

Katie und Simon starrten mich für einen Moment ungläubig an, dann mussten sie grinsen.

»Woher kannst du so reden?« Katie schüttelte den Kopf. »Ist ja geil!«

»Ich kann mir genau vorstellen, was du meinst.« Simon gab mir einen Kuss auf die Wange. »Genial!«

»Also so hat der Typ ungefähr geredet«, sagte ich. »Und ich kenne hundertpro niemanden, der so spricht. Außerdem hat es irgendwie so geklungen, als ob er meinen Namen ablesen würde. Er hat voll rumgestottert!«

»Er wollte sichergehen, dass er die Richtige dran hat«, meinte Simon.

»Aber so was passt überhaupt nicht zu so einem.« Katie legte nachdenklich die Stirn in Falten. »Interessant ist, dass er angeblich weiß, wo du wohnst, und dass du ein Pferd hast. Von Cody scheint er also nichts zu wissen.«

»Was gegen Doro spricht«, bemerkte ich.

Wir diskutierten darüber, wer außer Doro noch einen Grund haben könnte, mir mitzuteilen, dass ich »keinen Scheiß erzählen« sollte und warum Katie nicht auch bedroht worden war.

»Vielleicht ruft er dich ja noch an«, sagte ich.

»Glaube ich nicht.« Simon schüttelte den Kopf. »Dahinter steckt etwas Persönliches. Verletzte Eitelkeit.«

»Bist du etwa Psychologe?«, neckte Katie ihn.

»Nein, aber ein genauer Beobachter«, erwiderte Simon.

»Ich werde auf keinen Fall meinen Eltern davon erzählen«, beschloss ich. »Immer, wenn die Erwachsenen sich in irgendetwas einmischen, gibt's Probleme.«

»Stimmt!« Katie grinste. »Wir könnten schon YouTube-Stars mit Millionen Followern sein und fette Werbeverträge unterschreiben, wenn unsere Alten nicht so spießig gewesen wären.«

Es klopfte an der Tür, Katie verstummte. Es war aber nur Cathrin, die ihren Kopf hereinstreckte.

»Hey, Katie«, sagte sie. »Hallo, Simon!«

»Was gibt's?«, fragte ich meine Schwester.

»Nichts.« Cathrin musterte mich. »Du warst nur eben beim Essen so komisch.«

»Na ja …« Ich zögerte, aber dann entschied ich, meine Schwester einzuweihen. Ob ich jetzt mit zwei oder mit drei Leuten darüber redete, spielte nun auch keine Rolle mehr, und ich wusste, dass sie die Klappe halten konnte. »Ich habe vorhin einen anonymen Anruf gekriegt.«

»Einen Drohanruf«, flüsterte Katie. »Mach am besten mal die Tür zu.«

»Einen Drohanruf?«, wiederholte Cathrin ungläubig und schloss die Tür hinter sich. »Wer sollte dich denn bedrohen?«

»Tja, das fragen wir uns auch«, sagte Simon. Cathrin setzte sich neben Katie auf den Fußboden und lauschte aufmerksam, als wir ihr die Geschichte abwechselnd erzählten.

»Da kann doch nur Doro dahinterstecken.« Cathrin war fest davon überzeugt. »Oder diese Assi-Tussi, mit der sie rumzieht.«

»Wer?«, fragten Katie und ich gleichzeitig.

»So eine Dünne mit knallrot gefärbten Haaren und lauter Piercings im Gesicht«, erwiderte meine Schwester. »Ich hab die beiden zusammen mit zwei Jungs vorhin erst auf einer Bank unten im Kurpark sitzen sehen.«

Dürr und rot gefärbte Haare?

»Kann das nicht die sein, die von Nado runtergeflogen ist?«, überlegte Simon.

»Huhu-Josie?«, rief ich erstaunt. Hatte Doro mir nicht erst vor ein paar Wochen im Urlaub auf Noirmoutier erzählt, dass sie mit Josie nichts mehr zu tun haben wollte?

»Diese Rothaarige und die zwei Typen sahen auf jeden Fall aus wie Original-Propheten«, grinste Cathrin.

Ich verstand und verzog das Gesicht zu einem kurzen Grinsen, wurde aber sofort wieder ernst. »Wann war das ungefähr?«, erkundigte ich mich.

»So gegen halb sechs, ungefähr«, erinnerte Cathrin sich. »Ich hatte bis um halb fünf Tanzen, dann habe ich den Bus verpasst und musste den um zehn nach fünf nehmen.«

War das des Rätsels Lösung? Hatte einer von den Typen, mit denen Doro und Josie auf der Bank gesessen hatten, mit unterdrückter Nummer bei mir angerufen? Es würde irgendwie passen … Ich war um Viertel vor sieben zu Hause gewesen und hatte den Anruf bekommen, als ich gerade zur Tür reingekommen war.

»Klar, so muss es gewesen sein!«, sagte Katie bestimmt, als ich meine Vermutung äußerte. »So eine miese Nummer!«

»Es gibt echt nichts Gemeineres, als anonyme Anrufe oder Briefe.« Meine Schwester war ehrlich empört. »Das ist so was von link und feige!«

»Und was soll ich jetzt machen?«, fragte ich in die Runde.

»Erzähl es deinen Eltern«, schlug Simon vor. »Und am besten auch der Polizei. Das kann man nicht einfach auf sich beruhen lassen.«

Katie bekam eine WhatsApp. Ihre Mutter war auf dem Weg, um sie abzuholen. Auch Simon stand auf. Ich begleitete die beiden hinunter zur Haustür, und erst als sie gegangen waren, fiel mir ein, dass ich Simon gar nicht von meinem Horror-Ausritt mit Won Da Pie erzählt hatte.

»Und?« Cathrin erschien hinter mir auf der Treppe. »Willst du es Papa und Mama erzählen?«

Meine Eltern waren mit dem Hund spazieren gegangen und noch nicht zurück.

»Nein, ich glaube nicht«, erwiderte ich und seufzte. Das Unbehagen war wieder da. »Was, wenn Doro gar nichts damit zu tun hat?«

Was ist nur mit Wondy los?

In den nächsten Tagen geschah nichts. Ich bekam keinen weiteren Anruf und bemerkte nur, dass Doro mich weiterhin bei WhatsApp gesperrt hatte. Papa und Mama hatte ich nichts von dem anonymen Anruf erzählt und mich damit an die Anweisung des Typen gehalten, obwohl ich wusste, es war irgendwie feige. Auch wenn Katie und Simon das nicht für richtig hielten, drängten sie mich nicht.

Die Angst wurde mein ständiger Begleiter. Tagsüber konnte ich das alles zwar gut verdrängen, aber nachts schlief ich schlecht und wurde von Albträumen gequält. Was, wenn diese Typen, die Cathrin mit Doro und Josie gesehen hatten, wirklich hinter dem anonymen Anruf steckten und ihre Drohung wahr machten? Wondy und Cody waren auf der neuen Reitanlage nicht sicher, es gab noch keinen Zaun und eigentlich konnte jeder, der sich ein bisschen auskannte, direkt zu ihren Boxen gehen. Ach, wenn sie doch noch im alten Reitstall stünden, dann hätte ich zu jeder Zeit schnell rüberlaufen und mich vergewissern können, dass es ihnen gutging! Ich lag stundenlang wach und grübelte, was ich machen könnte. Einfach so tun, als sei nichts geschehen? Doro ansprechen? Vielleicht doch mit meinen Eltern reden?

Am Samstagnachmittag sollte zum ersten Mal eine Springstunde auf dem nagelneuen Springplatz stattfinden, der am Tag zuvor fertig geworden war. Herr Weyer und Vivien waren bereits auf dem Platz geritten und begeistert von dem Spezialboden, der viel mehr federte als der einfache Sand. Der neue Platz war fast doppelt so groß wie der alte in der Kronberger Straße, er hatte eine Beregnungsanlage und war von einem weißen Zaun umgeben, der mich an Bilder von Vollblutgestüten in Kentucky erinnerte. Allerdings wirkte alles irgendwie kahl und leer, denn es gab keine Bäume und auch keine Naturhindernisse wie auf unserem alten Reitplatz.

Seit dem katastrophalen Ausritt vor zwei Tagen hatte ich Won Da Pie nicht mehr geritten, sondern nur longiert, und mein Mut sank, als er mich schon beim Hufeauskratzen in der Box frech in den Rücken zwickte und später beim Putzen und Satteln nicht stillstehen wollte und herumkasperte. Er öffnete das Maul nicht, als ich ihn auftrensen wollte, legte er stur die Ohren an und hob den Kopf wie eine Giraffe. Am liebsten hätte ich die Springstunde abgesagt und wäre stattdessen mit ihm wieder in die Longierhalle gegangen, aber wir hatten ohnehin schon zehn Tage verloren und mussten unbedingt für die Kreismeisterschaften in Oberursel am übernächsten Wochenende trainieren. Vielleicht würde es Wondy ja guttun, wenn er auf dem großen Platz ausgiebig galoppieren und springen konnte.

Beate und Merle waren in der Stunde vor uns geritten, zusammen mit Dani auf Tanja und Susanne auf Goldi. Mit der Fertigstellung des Reitplatzes war auch das faule Nichtstun für die Schulpferde vorbei. Karsten und Oliver hatten eine Reitstunde auf Indy und Sparky gehabt und wollten sich nun die Springstunde anschauen.

Katie, Simon und Ralf saßen schon auf und warteten auf mich, als ich mit Wondy aus dem Stall kam. Beim Nachgurten erwischte er mich mit den Zähnen am Ellbogen und ich musste mich beherrschen, um ihm keine zu knallen, denn es tat verdammt weh. Mein Pferd benahm sich noch viel schlechter als damals, als er gerade aus Frankreich gekommen war. Ich setzte den Fuß in den Steigbügel und prompt ging er rückwärts. Hilflos hüpfte ich hinter ihm her über den halben Hof.

»Jetzt bleib doch mal stehen!«, zischte ich, aber Wondy dachte gar nicht daran. Jedes Mal, wenn ich nur das Bein hob, um den Fuß in den Bügel zu stellen, wich er aus. Schließlich stieg Simon von Schtari ab und hielt Wondy fest, damit ich in den Sattel kam. Ich zitterte innerlich wie früher, wenn ich auf Hanko oder Farina reiten musste. Nichts war mehr da von der Selbstverständlichkeit und dem Vertrauen, mit dem ich Wondy in den letzten Monaten geritten hatte. Ich hatte plötzlich Angst vor ihm, und das spürte er.

Wir ritten im Schritt durch die Baustelle, überquerten den Betonweg und erreichten den Reitplatz, auf dem bereits ein Parcours aufgebaut war. Won Da Pie tänzelte, hob den Kopf und schnaubte, und ich hatte Mühe, ihn im Schritt zu halten. Alex war bereits mit seinem Fuchs Arcardi da, er wollte ebenfalls die Springstunde reiten.

Es war ein warmer, sonniger Nachmittag und auf dem Weg, der zwischen Reitanlage und Reitplatz entlangführte, waren jede Menge Spaziergänger, Jogger und Fahrradfahrer unterwegs. Wir waren gerade auf den Reitplatz geritten, als ein paar kleine Kinder mit Rollern und Kettcars angerast kamen und dazu noch laut kreischten. Won Da Pie schlug einen Haken, er ging vorne und hinten hoch, keilte aus und bohrte den Kopf nach unten. Verzweifelt presste ich die Knie zusammen und versuchte, nicht aus dem Gleichgewicht zu geraten. Aufrecht sitzen, nicht nach vorne fallen! Bein lang lassen, nicht die Absätze hochziehen!

»Hooo-la«, flüsterte ich Won Da Pie zu. »Beruhig dich doch!«

Die Kinder hatten die Sandhaufen neben dem Platz entdeckt und begannen nun darauf herumzutoben und sich gegenseitig mit Sand zu bewerfen. Ihre Mütter standen daneben und guckten zu, wie ich darum kämpfte, nicht vom Pferd zu fallen.

»Können Sie Ihren Kindern wohl bitte mal sagen, dass sie damit aufhören?«, rief Katie der Müttergruppe zu.

»Wieso denn?«, erwiderte die eine. »Unsere Kinder können ja wohl spielen, wo sie wollen!«

»Aber wir haben jetzt Springstunde und unsere Pferde finden das nicht so toll, wenn hier gespielt und rumgeschrien wird. Vielleicht können Sie wiederkommen, wenn die Springstunde vorbei ist.«

»Willst du uns etwa vorschreiben, wann und wo unsere Kinder spielen dürfen?«, zickte die eine Mutter Katie an und fügte etwas leiser hinzu: »Du arrogante Reitertussi!«

»Genau! Wir kommen *immer* hierher«, sagte eine andere Mutter spitz. »Der Weg gehört ja wohl nicht euch!«

Alex, der die letzten Worte gehört hatte, lenkte Arcardi dicht an die Umzäunung.

»Der Sand und das Grundstück, auf dem er liegt, aber schon!«, mischte er sich in die Diskussion ein. »Pfeifen Sie auf der Stelle Ihre Brut zurück, sonst hat das ein juristisches Nachspiel.«

»Ach ja? Etwa, weil die Kinder in dem Sand spielen? Da lachen doch die Hühner«, rief eine der Mütter spöttisch.

»Nein, Gnädigste, wegen Hausfriedensbruch und unerlaubten Betretens einer Baustelle«, erwiderte Alex, der zukünftige Staatsanwalt, großspurig. Er war ganz in seinem Element. »Also, weg mit den Blagen, aber zügig!«

»Was fällt Ihnen ein?«, regte sich die dritte Mutter auf. »Wie kommen Sie dazu, unsere Kinder zu beleidigen?«

»Da Ihre Sprösslinge des Lesens nicht mächtig sind, sollten Sie als gesetzliche Vertreterin mal die Glubscher aufsperren«, sagte Alex von oben herab. »Da vorne steht ein Schild, gelb mit schwarzer Schrift, damit man es gut sehen kann. Und auf diesem Schild steht: *Unbefugten ist das Betreten der Baustelle verboten. Eltern haften für ihre Kinder.* Verstehen Sie das? Beherrschen Sie unsere Sprache?«

Die Mutter schnappte wütend nach Luft, gab sich aber geschlagen.

Mir war es mittlerweile gelungen, Wondy etwas zu beruhigen. Ich ließ ihn am anderen Ende des Reitplatzes auf dem Zirkel traben. Simon und Katie hielten sich mit ihren Pferden in meiner Nähe. Herr Weyer kam dazu, die

Springstunde begann. Zunächst ging alles gut. Doch in dem Moment, als ich Wondy angaloppieren ließ, sauste plötzlich aus dem Nichts etwas auf uns zu. Eine Drohne schoss mit hellem Surren heran und blieb über uns in der Luft stehen.

Won Da Pie erschrak und vollführte im Bruchteil einer Sekunde eine 180-Grad-Kehre, die ich unmöglich aussitzen konnte. Die Fliehkraft, unterstützt von einem wilden Bocksprung, schleuderte mich aus dem Sattel, ich krachte mit voller Wucht gegen die Umzäunung, pflügte mit dem Gesicht durch den Sand und blieb benommen liegen. Der heftige Aufprall hatte mir für einen Moment den Atem geraubt. Ich drehte mich auf die Seite und wischte mir den Dreck aus den Augen. Won Da Pies Bocksprünge hätten einem Rodeopferd alle Ehre gemacht. Dann begann er um den Platz zu rasen und dabei auszukeilen wie ein Wahnsinniger.

»Charlotte! Hast du dich verletzt?« Herr Weyer kam erschrocken angelaufen und ging neben mir in die Hocke.

»Ich … ich glaub nicht«, flüsterte ich und spuckte etwas Sand aus. »Wondy … ich muss ihn einfangen!«

»Das machen wir schon«, sagte der Reitlehrer. »Kannst du aufstehen?«

»Ja, das geht schon.«

Herr Weyer half mir vorsichtig auf die Beine und unter der Umzäunung hindurch. Ich musste mich an den Zaun lehnen, weil meine Beine weich wie Pudding waren. Aber wenigstens schien nichts gebrochen zu sein.

Oliver, Karsten und Herr Weyer versuchten, mein Pferd

einzufangen. Jens Wagner und das Kleeblatt eilten dem Reitlehrer zu Hilfe, aber Wondy wich ihnen geschickt aus, sprang sogar über das eine oder andere kleine Hindernis. Meine Mitreiter standen mit ihren Pferden in der Mitte des Platzes und ich hoffte, dass sich Asset, Arcardi, Schtari und Abendschwärmie nicht noch von meinem Pferd anstecken lassen würden, oder dass Wondy auf die Idee kam, über die Umzäunung zu springen und wegzulaufen. Vorne, an der Straße, sammelten sich die Gaffer. Die Mütter hatten ihre Kinder zu sich gerufen und glotzten blöd.

»Den sticht wohl der Hafer!«, rief Alex verärgert, als Wondy im Vorbeirennen Arcardis Hinterhand streifte. »Erst geht der Esel im Gelände ab wie eine Rakete und jetzt das Theater hier!«

Daran hatte ich auch schon gedacht, aber das konnte nicht sein, denn Wondy bekam keinen Hafer. Auf seinem Futterplan standen morgens und abends anderthalb Schaufeln Kraftfutter und mittags eine Schaufel Müsli mit einem Becher Mineralfutter, das war alles. Ich hatte bereits Herrn Pfeffer und Wojtek gefragt und sie hatten mir bestätigt, dass sie ihm nur das fütterten, was er immer bekommen hatte.

Allmählich keimte in mir der Verdacht, dass es vielleicht doch einen Zusammenhang zwischen Won Da Pies verändertem Verhalten und dem nahe gelegenen Umspannwerk gab. Cordula hatte damals beim ersten Treffen des Jugendvorstands vor der Versammlung im *Café Merci* sofort Bedenken geäußert, als Simon die Lage des Grundstücks beschrieben hatte, auf dem die neue Reitanlage gebaut werden sollte. Sie hatte vor Elektrosmog gewarnt, aber wir hatten nur über sie gelacht und ihre Besorgnis kleingeredet. Genauso wenig hatten wir uns darüber Gedanken gemacht, dass es in der Nähe ein Neubaugebiet gab, in dem über fünfzig Doppel- und Einzelhäuser gebaut worden waren und dass der Weg, der zwischen Reitanlage und Springplatz lag, der Zugang zum Naherholungsgebiet war und eifrig von sehr vielen Menschen benutzt wurde. Außerdem führte direkt hinter den Reithallen die vierspurige B8 entlang, auf der die Autofahrer ohne Tempolimit unterwegs waren. Ja, es war wahrhaftig alles andere als eine ruhige, idyllische Lage und möglicherweise regte mein sensibles Pferd das alles auf.

Endlich ging Won Da Pie die Puste aus. Er blieb stehen, den Kopf hoch erhoben, den Schweif aufgestellt und die Nüstern weit gebläht. Herr Weyer ging zu ihm hin und er ließ sich problemlos am Zügel nehmen.

»Willst du dich wieder draufsetzen?«, fragte er mich, aber ich schüttelte den Kopf. Mir war die Lust aufs Reiten für heute vergangen. Daraufhin schwang sich Herr Weyer, der bisher gar nicht gewusst hatte, welche Probleme ich mit meinem Pferd hatte, in den Sattel. Ich humpelte um den Platz herum und ließ mich auf die Bank sinken, die vorne neben dem Einritt stand.

Simon hielt vor mir an und wollte besorgt wissen, wie es mir ging.

»Alles gut«, winkte ich ab. »Das gibt wieder mal ein paar blaue Flecken, aber sonst ist nichts passiert.«

»Drohnen gehören echt verboten«, sagte er mehr erschrocken als wütend.

»Hat jemand gesehen, wo dieses Ding hergekommen ist?«, wollte Alex wissen.

»Von da drüben!«, sagte Dani und wies in Richtung der Neubausiedlung. »Oliver und Karsten versuchen, die beiden Typen zu erwischen!«

Ich sah, dass die Jungs quer über das Stoppelfeld rannten. Auf einem Hügel aus Bauschutt standen zwei Gestalten, die nun eilig die Flucht ergriffen. Warum hatten sie das getan? Sie hatten die Drohne nur über mir fliegen lassen. War das ein Zufall oder … Ich wollte den Gedanken nicht zu Ende denken, aber die Stimme des anonymen Anrufers ertönte wie ein Echo in meinem Kopf. *Und vielleicht passiert deim Gaul was. Oder deiner Familie. Oder dir selbst.* Die Angst kroch eisig durch jede Ader meines Körpers. Das war ganz sicher kein Zufall gewesen!

»Das kann ja heiter werden, wenn das schon so anfängt«, sagte Katie gerade.

»Wahrscheinlich sind das Leute, die etwas gegen den Bau der Reitanlage haben«, vermutete Ralf. »Es gibt doch echt überall Idioten!«

»Ha!« Alex grinste grimmig. »Auf solche Individuen warte ich nur! Wir werden sie alle verklagen. Und wenn wir bis vors Bundesverfassungsgericht gehen, mit einer Musterklage!«

»Unsinn! Hier wird niemand verklagt« Herr Weyer ließ Wondy antraben. »Bald ist der Zaun um den Reitplatz fertig und der neue Weg vorne am Kreisel asphaltiert. Dann ist diese Straße nicht mehr öffentlich und hier herrscht Ruhe. Also, jetzt kommt mal wieder runter. Arbeitet eure Pferde im Trab und im Galopp. Wenn ihr sie genug aufgewärmt habt, könnt ihr aus dem Trab über das kleine Kreuz kommen!«

Ein Zaun, dachte ich deprimiert, würde keine Drohne abhalten. Schweigend verfolgte ich die Springstunde von der Bank aus. Wondy benahm sich mustergültig. Brav wie ein altes Schulpferd zockelte er um den Platz, als ob er kein Wässerchen trüben könnte.

Katies Mutter kam mit Cody am Halfter von ihrem täglichen Spaziergang zurück und wollte von mir wissen, was passiert sei, als sie mich auf der Bank und den Reitlehrer auf meinem Pferd sitzen sah.

»Ich weiß nicht, was mit Wondy in letzter Zeit los ist«, schloss ich meinen Bericht und seufzte deprimiert. »Vielleicht hat es ja doch was mit dem Umspannwerk zu tun.«

»Das glaube ich nicht«, erwiderte Frau von Richter nachdenklich. »Das ist fast einen Kilometer weit entfernt und Pferde reagieren höchstens auf Hochspannungsleitungen, die direkt über einen Stall führen. Ich finde, das klingt nach zu viel Hafer.«

»Aber er kriegt gar keinen!« Ich schüttelte den Kopf und streichelte Codys weiche Nase. »Ich habe schon mit Herrn Pfeffer und Wojtek gesprochen.«

Der schöne Falbe stand ganz ruhig da. Er war nie so aufgeregt und wild wie Wondy. Und er war auch mein Pferd. Mit ihm würde ich sicherlich nicht in solch schreckliche Situationen geraten. Der Gedanke an Herrn Nötzli blitzte in meinem Hinterkopf auf. Vielleicht wäre es das Beste … ach nein! Es würde wieder gut werden, ganz sicher. Wondy würde sich an die neue Umgebung gewöhnen und hoffentlich bald wieder so werden, wie er gewesen war. Oliver und Karsten kehrten zurück und präsentierten stolz die Drohne, die mich zu Fall gebracht hatte.

»Als die Typen gesehen haben, dass wir auf sie zukamen, wurden sie total hektisch«, erzählte Karsten. »Tja, und dann ist ihnen das gute Teil abgestürzt.«

»Sie sind abgehauen«, ergänzte Oliver. »Sind gerannt wie die Hasen. Im Neubaugebiet sind sie in ein dunkles Auto gesprungen, leider haben wir das Kennzeichen nicht sehen können.«

»Jetzt können sie mal schön ›Bitte, bitte‹ sagen, wenn sie ihre Drohne zurückhaben wollen.« Karsten grinste. »Und dann erzählen wir ihnen, dass es nicht nett ist, Pferde damit zu erschrecken.«

Frau von Richter betrachtete die Drohne, die aussah wie ein Hubschrauber mit vier Rotoren.

»Diese Dinger gehören wirklich verboten«, sagte sie.

Sie alle glaubten, es sei ein Zufall gewesen, aber mir war klar, dass dieser Drohnenangriff einzig und allein mir gegolten hatte. Irgendetwas Böses war gegen mich im Gange und ich hatte keine Ahnung, ob es wirklich meine ehemals beste Freundin war, die dahintersteckte.

»Willst du dich noch mal draufsetzen?« Herr Weyer parierte vor mir durch. Er hatte viele Sprünge mit Won Da Pie gemacht und war zweimal den ganzen Parcours gesprungen.

»Ach, heute lieber nicht mehr«, lehnte ich ab. »Mir tut alles weh.«

»Du weißt doch, dass es am besten ist, sich sofort wieder aufs Pferd zu setzen, wenn man runtergefallen ist.«

»Ja, ich weiß. Aber ... ich will nicht«, erwiderte ich mutlos.

Der Reitlehrer drängte mich nicht weiter. Er saß ab, klopfte Won Da Pie den Hals und reichte mir die Zügel. Die anderen ritten Schritt und beschlossen, noch eine kurze Runde ins Gelände zu gehen. Zu gerne wäre ich mitgekommen, aber ich traute mich nicht. Ich hatte komplett das Vertrauen zu meinem Pferd verloren. Und während ich Wondy absattelte und in seine Box brachte, fragte ich mich, ob ich es jemals wiederbekommen würde.

Die Bedrohung

Zu Hause verlor ich kein Wort über meinen Sturz. Ich hatte den Reitplatzsand so gründlich wie möglich aus meinen Klamotten gebürstet und hoffte, dass Mama mich nicht genau ansehen würde. Aber gerade als ich schnell die Treppe hochhuschen wollte, kam sie aus der Küche.

»Charlotte, könntest du wohl bitte mit Alissa spazieren gehen?«, bat Mama mich. »Ich bringe Flori zu Moritz und Cathrin zur Chorprobe, und Papa und ich müssen um sechs für zwei, drei Stündchen nach Eppstein zu einem Konzert.«

Ich zögerte. Simon und Katie waren genau wie ich davon überzeugt, dass der Angriff mit der Drohne mir gegolten hatte und der anonyme Anrufer seine Drohung damit untermauern wollte. Aber wieso? Er konnte unmöglich wissen, dass ich mit Simon, Katie und Cathrin gesprochen hatte. Sicherheitshalber war Simon auf dem Weg durch die Stadt neben mir hergefahren und hatte mich bis nach Hause begleitet. War ich in Gefahr, wenn ich alleine das Haus verließ? Mit unserem großen schwarzen Hund als Begleitung würde mir wohl nichts passieren. Alissa würde niemals zulassen, dass mir ein Fremder zu nahe kam.

»Ja, klar. Mache ich«, antwortete ich deshalb.

Ich zog mich um, dann legte ich Alissa das Halsband

an, steckte den Haustürschlüssel ein und lief los. Allerdings vermied ich, an Frieses Haus und am Reitstall vorbeizugehen, deshalb schlenderte ich die Straße hinunter, bog links ab und durchquerte den neuen Kurpark mit seinen weiten Rasenflächen. Hier traf man immer auf andere Hunde und vielleicht spielte Alissa ja mit einem, dann sparte ich meinen schmerzenden Muskeln und Knochen einen großen Spaziergang. Tatsächlich trafen wir Paul, einen Golden-Retriever-Rüden, den Alissa gut kannte. Während die Hunde miteinander herumtobten, quatschte ich ein bisschen mit dem dünnen dunkelhaarigen Mädchen, das mit Paul unterwegs war. Nach ein paar Minuten sprang Paul in den Springbrunnen und Alissa machte es ihm sofort nach.

»Das macht er jedes Mal«, sagte das Mädchen und lachte. »Sogar im Winter! Aber bald ist's damit vorbei, wir ziehen nämlich hoch auf die Wilhelmshöhe, in das Neubaugebiet.«

»Da kann man aber auch gut spazieren gehen«, erwiderte ich. »Meine Pferde stehen auf der neuen Reitanlage da oben und wir sind schon ins Gelände geritten.«

»Du hast Pferde?«, rief das Mädchen überrascht. »Das ist ja cool! Ich habe auch eins, das steht momentan noch in Liederbach auf dem Lindenhof. Aber meine Eltern haben beim Reitverein Bad Soden wegen einer Box nachgefragt. Wäre ziemlich cool, wenn wir eine kriegen würden, denn dann wohne ich quasi neben meinem Pferd und kann abends immer noch mal schnell hingehen!«

»Hm.« Ich seufzte mit einem Anflug von Wehmut. »Das ist echt toll. Früher konnte ich das auch, wir wohnen ja gleich neben dem alten Reitstall. Aber jetzt muss ich leider durch die ganze Stadt fahren.«

Das Mädchen musterte mich. »Hey! Sag bloß, du bist die, die die Pferde hier aus dem Stall gerettet hat! Klar, ich hab dieses Video bei YouTube gesehen!«

»Ja, stimmt«, erwiderte ich und grinste schief. »Das bin ich.«

»Voll krass!« Sie riss die Augen auf. »Ich heiße übrigens Severine. Aber alle nennen mich Rina.«

»Ich heiße Charlotte.«

»Weiß ich doch!« Sie grinste. »Wahnsinn, dass ihr euch in den brennenden Stall reingetraut habt!«

Unsere Hunde hatten sich ausgetobt und wir beschlossen, gemeinsam noch eine Runde durch den Wald zu gehen. Wir sprachen über unsere Pferde und Rina erzählte, dass sie an ihrem Pferd, einem neunjährigen Hannoveraner namens St. Patrick, zuerst nur eine Reitbeteiligung gehabt, es dann aber im letzten Jahr gekauft hatte. Auf dem Lindenhof sei alles ziemlich heruntergekommen und es gab nur eine Reithalle, in der sich im Winter alles drängte. Dann wollte sie alles über Won Da Pie und Cody und die neue Reitanlage wissen.

»Es wird sicherlich spitze, wenn erst alles fertig ist«, sagte ich. »Momentan ist es halt noch etwas chaotisch. Wenigstens kann man mittlerweile auf dem Platz und in den Reithallen reiten.«

»Ich komme dich mal besuchen«, versprach Rina und wir tauschten unsere Telefonnummern aus. Dann quatschten wir über unsere Schulen und es stellte sich heraus, dass

Rina auf der AES in Schwalbach in einer Stufe mit Doro und bis vor den Sommerferien sogar in ihrer Klasse gewesen war.

»Früher haben wir uns voll gut verstanden, aber seitdem letztes Jahr eine Neue bei uns in die Klasse gekommen ist, hängt sie nur noch mit der zusammen.« Rina verzog das Gesicht. »Sie hat sich total verändert.«

»Du meinst diese Josie, oder?«, fragte ich.

»Genau! Kennst du die auch?«

Ich zögerte kurz, aber dann erzählte ich ihr die Geschichte von der misslungenen Longenstunde.

»Doro war früher meine beste Freundin, wir wohnen ja auch nebeneinander. Aber wegen dieser Sache mit Huhu-Josie haben wir uns richtig verkracht«, schloss ich.

»Huhu-Josie!«, grinste Rina und schnaubte dann verächtlich. »Das passt. Die ist so beknackt! Sie hat noch einen Bruder, Jason, der ist genauso blöd. Ich habe mit denen und ihrer komischen Clique nichts zu tun.«

Ich spitzte die Ohren. Josie hatte einen Bruder!

»Die hängen jeden Nachmittag am Bahnhof oder im alten Kurpark ab, trinken Bier und rauchen. Puh, das ist nicht mein Ding.« Rina schüttelte den Kopf. »Erst vor ein paar Tagen war wegen denen die Polizei in der Schule.«

»Echt? Weißt du warum?«

»Keine Ahnung.« Rina zuckte die Schultern. »Aber es ist nicht das erste Mal, dass sie Ärger haben. Der Schlimmste von denen, so ein ätzender Typ namens Mike, übrigens Josies Freund, ist kurz vor Ende des letzten Schuljahres von der Schule geflogen. Angeblich, weil er Leute erpresst hat.

Ich weiß von ein paar Mitschülern, denen er die Handys geklaut hat und dann Lösegeld dafür haben wollte. Die meisten haben bezahlt, weil sie Schiss vor ihm hatten. Aber irgendjemand ist zum Direktor gegangen und dann hat Mike mächtig Ärger gekriegt.«

Ich schauderte und dachte an die Stimme des anonymen Anrufers.

Mike war der Freund von Josie. Josie war Doros neue beste Freundin. Konnte es dieser Mike gewesen sein, der mich angerufen hatte, weil Doro wegen uns Besuch von der Polizei bekommen hatte?

Wir hatten wieder den Kurpark erreicht, verabredeten uns für nächste Woche nachmittags im neuen Stall und trennten uns auf Höhe des Springbrunnens, weil Rina in die andere Richtung musste. Ich nahm Alissa an die Leine, steckte meine Kopfhörerstecker in die Ohren und durchsuchte meine Playlists nach einem bestimmten Lied von Ed Sheeran.

Das, was Rina über Doro und ihre Clique erzählt hatte, passte genau zu dem, was Frau Friese Mama vor den Sommerferien gesagt hatte. Doros neue Freunde waren ihren Eltern nicht geheuer und jetzt war mir völlig klar, warum das so war. In den Ferien hatte Doro allerdings nicht ein einziges Mal mit mir über Josie und ihre Clique gesprochen. Sie hatte sie mit keinem Wort erwähnt, und ich konnte nicht sagen, ob sie heimlich mit Josie geschrieben hatte oder nicht. Es war schon ziemlich seltsam, diese Heimlichtuerei! Katie war auch auf einer anderen Schule als ich, trotzdem redeten wir oft über das, was bei uns in den Schulen los war, ich kannte die Leute, mit denen sie zu tun hatte, wenigstens vom Namen her. Doro hingegen hatte nie darüber gesprochen. Sie lebte zwei völlig verschiedenen Leben: vormittags das in der Schule und nachmittags das im Reitstall.

Ich war so in Gedanken versunken, dass ich das Auto, das mir im Schritttempo folgte, zuerst gar nicht bemerkte. Erst als Alissa stehen blieb und nach dem Auto schaute, blickte auch ich auf. Ein eisiger Schreck jagte durch meinen Körper und fuhr mir in den Magen. In dem Auto saßen zwei Typen mit Sonnenbrillen. Sie hatten die Fenster heruntergelassen und starrten mich mit ausdruckslosen Mienen an.

Mein Herz hämmerte gegen meine Rippen. Mein Mund war staubtrocken, meine Handflächen ganz feucht. Ich tastete nach meinem Smartphone, schaltete die Musik aus und ging mit schnellen Schritten, den Blick auf den Boden geheftet, weiter. Es waren nur noch knapp fünfzig Meter bis zu uns nach Hause, vielleicht schaffte ich es. Doch plötzlich beschleunigte das Auto, fuhr auf den Bürgersteig und versperrte mir den Weg. Ich blieb stehen und wich zurück. Alissa stellte ihr Nackenfell auf, ein dumpfes Knurren drang aus ihrer Kehle.

»Hey!«, sprach mich der Kerl mit der Basecap, der auf dem Beifahrersitz saß, an.

»Was wollt ihr von mir?«, fragte ich mit fester Stimme, obwohl ich am ganzen Leib bebte. »Lasst mich in Ruhe!«

»Denk dran, Klappe halten – kapiert?«, erwiderte er. »Wenn du mit irgendwem quatschst, bist du dran! Haste das gecheckt?«

Sein Arm hing lässig aus dem Fenster, wahrscheinlich kam er sich total cool vor.

»Weißt Bescheid, ja?« Jetzt zeigte er drohend mit dem Zeigefinger auf mich, aber das hätte er besser nicht getan! Alissa schien meine Angst zu spüren. Sie hatte einen ausgeprägten Beschützerinstinkt, ein Erbe ihrer Bouvier-de-Flandres-Mutter. Mit furchterregendem Knurren sprang sie am Auto hoch. Ich hörte ihren Kiefer zuschnappen und ihre Krallen kratzten über den Lack. Der Typ hatte schnell reagiert, sonst hätte sie seinen Arm erwischt.

»Drecksköter«, fluchte er erschrocken. »Also, Tussi, Maul halten, sonst schmeißen wir mal 'ne Frikadelle mit Füllung bei euch über'n Zaun! Dann beißt der räudige Flohsack keinen mehr!«

Ich zog Alissa zurück. Meine Beine zitterten und in meinem Kopf herrschte ein wildes Durcheinander. Was sollte ich tun? Wieso kam denn ausgerechnet jetzt niemand die Straße entlang?

Da hatte ich eine Idee! Ich zog mein Handy hervor, tippte auf die Kamera-App und wandte mich zu dem Auto um. Bevor der Typ am Steuer kapierte, dass ich ihn und seinen Kumpel fotografierte, hatte ich schon drei Bilder gemacht. Wäre Alissa nicht gewesen, so wären sie vielleicht ausgestiegen, um mir mein Handy abzunehmen, aber plötzlich hatten sie es sehr eilig. Der Fahrer trat so heftig aufs Gaspedal, dass die Reifen durchdrehten und das Heck des Autos ausbrach. Er schrammte mit dem Vorderreifen am Bordstein entlang, dann brausten sie die Straße hoch, aber mir gelang trotzdem noch ein Foto, das das Auto von hinten samt Kennzeichen zeigte, bevor sie mit quietschenden Reifen um die Ecke bogen. Damit hatten sie wohl nicht gerechnet!

Ich atmete ein paarmal tief durch, dann rannte ich die letzten Meter bis zu unserem Tor. Nicht dass die Kerle vielleicht ein zweites Mal durch die Straße fuhren. Ich war heilfroh, als ich das Tor hinter mir schloss und in Sicherheit war. Dankbar umarmte ich unseren Hund. Wer weiß, was die Typen gemacht hätten, wenn sie nicht bei mir gewesen wäre!

»Danke, Lissi!«, flüsterte ich in das zottige schwarze Fell. »Du bist kein räudiger Flohsack, sondern ein Superhund! Danke!«

Irgendwann musste ich meinen Eltern alles erzählen. Alissa durfte in den nächsten Tagen auf keinen Fall alleine im Garten sein, falls dieser Typ seine Drohung wahrmachte.

Kriegsrat!

»Du warst aber lange unterwegs.« Mama kam die Treppe runter, Papa folgte ihr. Sie waren beide schon zum Weggehen umgezogen und hatten es eilig. Kein guter Zeitpunkt, ihnen von den Typen im Auto zu erzählen.

»Ich hab ein Mädchen getroffen, das ihr Pferd auch zu uns in den Stall stellen will«, erwiderte ich deshalb nur.

»Im Kühlschrank steht eine Schüssel mit Kartoffelsalat.« Mama nahm ihre Jacke von der Garderobe. »Dazu kannst du dir ein paar Würstchen warm machen. Falls was ist, ruf an, okay?«

»Ja, okay.«

Ich wartete, bis meine Eltern weggefahren waren, dann rief ich zuerst Simon und dann Katie an. Beide waren sofort bereit, zu mir zu kommen.

»Zeit, um Maßnahmen zu ergreifen«, meinte Katie energisch. »Wir sollten Kriegsrat halten! «

Ich informierte Karsten und Oliver, die auch kommen wollten. Cathrin kam von der Chorprobe zurück und so saßen wir eine halbe Stunde später zu siebt bei uns im Esszimmer und aßen Kartoffelsalat und Würstchen. Ich erzählte Cathrin von dem Vorfall mit der Drohne und meinem Sturz vom Pferd, Oliver und Karsten erfuhren von dem anonymen Drohanruf, dann berichtete ich von meinem Gespräch mit Rina, von den Typen, die mich mit dem Auto verfolgt hatten, und zeigte die Fotos, die ich von den Kerlen gemacht hatte. Ich hatte das Foto Rina geschickt und sie hatte mir nur Sekunden später geantwortet, dass es sich bei dem Fahrer um diesen Mike handelte, und der Typ auf dem Beifahrersitz war Jason, Jodies Bruder.

»Das sind die beiden mit der Drohne!«, sagte Oliver prompt.

»Und es ist das Auto, mit dem sie weggefahren sind«, ergänzte Karsten. »Das erkenne ich schon an dem fetten Eintracht-Aufkleber auf der Heckscheibe!«

»Genau die zwei habe ich zusammen mit Doro und der Rothaarigen auf der Bank im Kurpark sitzen sehen!«, rief Cathrin aufgeregt.

»Ich weiß, wer sie sind und wie sie heißen«, sagte ich.

»Das passt alles zusammen.« Simon war ernstlich besorgt. »Doro hat ihrer Clique erzählt, dass die Polizei bei ihr war wegen des Videos. Daraufhin kam der anonyme Anruf mit der Drohung. Das ist für mich ein klares Schuldeingeständnis. Und das mit der Drohne heute Nachmittag war ein gezielter Angriff auf dich. Du musst jetzt mit deinen Eltern reden. Das ist echt eine Angelegenheit für die Polizei.«

»Auf jeden Fall!« Das fanden auch Oliver und Karsten.

»Meine Eltern werden voll das Fass aufmachen.« Ich seufzte. Noch immer wehrte sich etwas in meinem Innern dagegen zu glauben, dass Doro wirklich zu so etwas fähig sein konnte.

»Zu recht!«, fand Simon. »Ich mache mir Sorgen um dich!«

»Ich mir auch«, sagte Katie und streichelte meinen Arm.

Ja, die machte ich mir allerdings auch. Keine Nacht konnte ich mehr schlafen. Aber ich sorgte mich auch um meine Pferde, unseren Hund und meine Familie, die alle in Gefahr waren.

»Und wenn die nicht damit aufhören?«, gab ich zu bedenken. »Ich soll doch einfach nur nichts mehr sagen. Außerdem kann ich nichts beweisen, wenn die alles abstreiten, und dann wird es schlimmer sein als vorher!«

»Es gibt die Drohne als Beweis!«, wandte Oliver ein.

»Und du hast die Fotos«, sagte Karsten.

»Wenn die Polizei konkrete Namen bekommt, kommt sie vielleicht auch in der Sache mit dem Video weiter«, meinte Katie.

»Das, was da abläuft, ist eine ganz miese Erpressung«, sagte Simon grimmig. »Es kann nicht sein, dass du dich erpressen lässt!«

»Glaubt ihr denn, dass Doro hinter all dem steckt?«, fragte ich meine Freunde.

»Ganz sicher.« Simon nickte. »Woher sollten die Typen sonst all die Informationen haben?«

Für eine Weile herrschte Schweigen und ich wägte in Gedanken meine Möglichkeiten ab. Wollte ich weiterhin in ständiger Angst leben und nachts von Albträumen aus dem Schlaf gerissen werden? Nein, das konnte ich auf Dauer nicht ertragen.

»Ihr habt recht«, sagte ich schließlich. »Ich erzähle es heute Abend noch meinen Eltern.«

»Ich bleibe hier, bis sie zurück sind«, versprach Simon mir.
»Ich auch«, sagte Katie. »Wir beschützen dich.«
»Danke«, flüsterte ich und kämpfte gegen die Tränen. Ich war nicht allein. Ich musste keine Angst haben.

Als Papa und Mama um kurz nach neun gut gelaunt nach Hause kamen, waren sie erstaunt, Simon, Katie, Cathrin und mich am Esszimmertisch anzutreffen.
»Was macht ihr denn für ernste Gesichter?«, fragte Mama. »Ist etwas passiert?«
Ich atmete tief durch. »Wir müssen euch etwas erzählen«, sagte ich dann entschlossen.
»Na, dann hole ich mir noch schnell ein Bier.« Papa verschwand in der Küche, kehrte mit einer Flasche und einem Glas zurück und setzte sich zu uns an den Tisch. »Dann schießt mal los.«
»Also ... vor drei Tagen, kurz vor dem Abendessen, habe ich einen anonymen Anruf gekriegt«, begann ich.
»Du hast *was?*« Meine Mutter hob ungläubig die Augenbrauen. Mein Vater, der gerade das Glas zum Trinken angesetzt hatte, ließ es wieder sinken.
»Da war so ein Typ dran und er hat gesagt, ich solle nicht so einen Scheiß reden und dass ich einen Riesenärger kriege, wenn ich jemandem von dem Anruf erzähle«, erwiderte ich. »Er hat mir gedroht, meinen Pferden, meiner Familie oder mir würde etwas passieren, wenn ich nicht den Mund halte.«
»Großer Gott, Charlotte!« Mama starrte mich schockiert an.

»Wieso hast du uns denn nichts davon gesagt?«, fragte Papa.

»Irgendwie gab es keine passende Gelegenheit. Aber ich habe Cathrin, Simon und Katie alles erzählt.«

»Und ich habe, als ich vom Tanzen kam, Doro gesehen, wie sie mit dieser Josie und zwei Typen auf einer Bank am Bahnhof gesessen hat«, sagte meine Schwester.

»Deshalb vermuten wir, dass Doro etwas mit dem Anruf zu tun haben könnte«, übernahm Simon.

»Um was geht es denn überhaupt? Was sollst du erzählt haben?« Mama war ganz blass geworden.

»Wir glauben, dass es um die Sache mit dem Video geht, weil ihr uns gezwungen habt, der Polizei die Namen von Doro und Dörte zu sagen, obwohl wir das gar nicht wollten«, erwiderte ich.

»Wir haben euch doch nicht gezwungen!«, sagte Papa.

»Klar! Katie und ich wollten keine Namen nennen und das lieber unter uns klären.«

»Also …« Meiner Mutter fehlten die Worte, was ziemlich selten der Fall war. Sie schüttelte nur hilflos den Kopf.

Katie berichtete von der Sache mit der Drohne am Nachmittag, dann fuhr ich fort mit meiner Begegnung mit Rina und den Typen im Auto. Ich präsentierte meinen Eltern die Fotos und nannte die Namen der beiden Typen.

»Dieser Mike ist der Freund von Josie und die wiederum ist Doros neue beste Freundin. Mike ist von der Schule geflogen, weil er Leute beklaut, bedroht und erpresst hat. Ich kann es zwar nicht beweisen, aber ich glaube, dass er es war, der bei mir angerufen hat. Und Josies Bruder hat mir gedroht, dass er Alissa vergiftet, wenn ich jemandem davon erzähle.«

»Wie bitte?« Meine Eltern wurden immer fassungsloser.

»Das sind die reinsten Mafia-Methoden!«, sagte Papa empört. »Ich rufe sofort die Polizei an.«

»Papa! Bitte tu das nicht!«, beschwor ich meinen Vater. »Ich habe Angst, dass diese Typen uns oder Wondy oder Cody etwas antun! Das ist die Sache nicht wert!«

»Du kannst dich doch nicht bedrohen und einschüchtern lassen! Wo kommen wir denn da hin?«

»Ist mir egal!« Ich schüttelte heftig den Kopf, die Tränen sprangen mir in die Augen. Diese schreckliche Drohung, die beiden Sonnenbrillen-Kerle im Auto und dazu noch die Probleme mit Wondy waren einfach zu viel für mich. »Wenn ihr zur Polizei geht, dann mache ich keinen Schritt mehr aus dem Haus!«

Simon drückte meine Hand.

»Ach, Lotte!« Mama strich mir über die Haare. »Ich verstehe dich ja! Aber es ist keine Lösung, einfach nichts zu tun. Wenn man sich einmal erpressen lässt, dann wird das vielleicht wieder passieren.«

»Trotzdem!«, schluchzte ich. »Ich hab Angst! Doro hat so einen Hass auf mich und sie kennt diese Typen und Wondy und Cody sind nicht sicher und ihr auch nicht, und wenn was passiert, dann bin ich an allem schuld, das kann ich nicht ertragen!«

Meine Eltern wirkten plötzlich hilflos.

»Ich rufe Stefan und Bettina an«, sagte mein Vater entschlossen und stand auf. »Das will ich auf der Stelle klären!«

Wir blieben schweigend zurück, hörten ihn telefonieren.

»Können wir nicht ein Haus auf der Wilhelmshöhe kaufen und hier wegziehen? Ich will nicht mehr neben Doro wohnen!« Meine Stimme klang kläglich. Ich fühlte mich wie ein Opfer und ich hasste das Gefühl der Hilflosigkeit und des Ausgeliefertseins.

»Weglaufen ist keine Lösung«, sagte Mama.

Zehn Minuten später waren Doros Eltern da. Katie, Cathrin und ich erzählten abwechselnd die ganze Geschichte und sie lauschten uns mit wachsendem Entsetzen. Herr Friese war erst am Abend von einer längeren Geschäftsreise zurückgekehrt und hatte offenbar keine Ahnung, was sich in seiner Abwesenheit abgespielt hatte.

»Josie? Wer ist das denn?«, wollte er wissen.

»Ein Mädchen aus ihrer Stufe«, erklärte Doros Mutter.

»Ich habe sie nur ein Mal gesehen«, sagte ich. »Ich kenne sie überhaupt nicht.«

»Und was war das für ein Anruf, den du bekommen hast?«, wollte Doros Vater wissen, der auch von diesem Video bei YouTube noch nichts gehört hatte. Wahrscheinlich hatte seine Frau ihm auch den Besuch der Kripo verschwiegen. »Wie kommst du darauf, dass Dorothee damit zu tun haben könnte?«

Ich gab ihm die WhatsApp zu lesen, die sie aus Versehen im Reitstall-Chat gepostet hatte, und erzählte, was bei der Einstellerversammlung vorgefallen war.

»Das ist ja unfassbar!«, stieß er hervor.

»Vorhin ist Charlotte von zwei Kerlen im Auto verfolgt worden«, sagte Simon. »Zeig ihnen die Fotos!«

Ich gehorchte. Mein Handy machte die Runde.

»Oh!«, entfuhr es Doros Mutter.

»Kennst du diese Jungen etwa?«, fragte Herr Friese ungläubig.

»Der auf dem Beifahrersitz ist Josies Bruder«, räumte Frau Friese unsicher ein. »Er ist eigentlich ein ganz höflicher Junge.«

»Das sagen die Bekannten von Mördern und Terroristen auch oft«, antwortete ihr Mann ironisch.

»Er hat mir gedroht, dass er Alissa vergiftet, wenn ich jemandem davon erzähle«, sagte ich. »Der am Steuer ist dieser Mike. Er ist von der AES geflogen, weil er Leute erpresst und bedroht hat.«

»Da hat sich unsere Tochter ja feine Freunde ausgesucht!« Herr Friese war außer sich.

Einen Moment lang sagte niemand etwas.

»Wir haben Doro den Umgang mit dieser Josie streng verboten«, sagte Frau Friese in die Stille. »Das Mädchen hat einen schlechten Einfluss auf Doro. Aber die beiden sehen sich nun einmal täglich in der Schule.«

»Du machst dir etwas vor, Bettina! Das liegt nicht an einer Josie oder wem auch immer«, widersprach Herr Friese ihr aufgebracht. »Dorothees Verhalten ist völlig inakzeptabel! Beleidigende Videos herstellen und verbreiten, im Kurpark mit irgendwelchen Leuten herumhängen, Alkohol trinken und rauchen, uns und die Polizei belügen – wo soll denn das noch hinführen? Sie steht kurz vor dem Rauswurf aus dem Reitverein, weil sie sich auch dort danebenbenommen hat! Wenn herauskommt, dass sie tatsächlich hinter einem anonymen Drohanruf an Charlotte steckt, dann ist der Ofen aus!«

»Aber Stefan!« Frau Friese klang besorgt. »Sie ist unsere Tochter. Wir können sie doch nicht …«

»Es hilft ihr nicht, wenn wir immer alles für sie in Ordnung bringen«, fiel Herr Friese seiner Frau ins Wort. »Ich bin maßlos enttäuscht von ihr! Sie ist fast sechzehn Jahre alt. Wenn sie jetzt nicht lernt zu akzeptieren, dass andere auch mal besser sind als sie und nicht immer alles nach ihrer Pfeife tanzt, dann lernt sie es nie mehr. Und wenn sie den Umgang mit diesen Leuten nicht *sofort* unterlässt, kommt sie ins Internat. Meine Geduld ist am Ende!« Er war ganz rot im Gesicht.

»Als ich Dorothee bei euch in Frankreich abgeholt habe, hat sie mir unter Tränen geschworen, dass sie sich bessern will«, sagte er zu meinen Eltern. »Und ein paar Wochen später dann so etwas! Wo ist sie heute Abend überhaupt?«

Die letzte Frage galt seiner Frau.

»Sie übernachtet bei Dörte«, antwortete sie, aber es klang nicht wirklich überzeugt.

»Ruf bitte dort an und erkundige dich, ob sie tatsächlich dort ist«, sagte Herr Friese.

»Es tut mir sehr leid, aber diese Angelegenheit können wir nicht ohne Polizei lösen«, sagte Papa nun zu unseren Nachbarn, mit denen sie gut befreundet waren. »Ich hoffe, Ihr habt dafür Verständnis, aber ich kann nicht zulassen, dass eines unserer Kinder von solchen Typen bedroht wird!«

Zumindest Doros Vater hatte dafür vollstes Verständnis.

Wahrscheinlich war er insgeheim sogar froh, dass Papa die Sache in die Hand nahm. Er entschuldigte sich bei mir für Doros Verhalten, dann gingen sie.

Eine halbe Stunde später kamen zwei Beamte von der Kripo, den Beziehungen meines Vaters sei Dank, obwohl es Samstagabend war. Wir erzählten die Geschichte ein viertes Mal an diesem Tag, ich zeigte ihnen die Fotos. Die Polizisten notierten sich Namen, Daten und Uhrzeiten, veranlassten via Smartphone eine Halterabfrage und wussten innerhalb weniger Minuten, dass das Auto auf einen Rüdiger Naumann in Schwalbach, den Vater von Mike, zugelassen war. Mike Naumann war den Beamten nicht unbekannt.

»Wir kümmern uns darum«, versprachen die Kriminalpolizisten. »Der junge Mann bekommt jetzt gleich einen Besuch von uns, und das Fräulein von nebenan spätestens morgen früh.«

Sie versicherten mir, dass ich absolut richtig gehandelt hätte, dann waren Simon, Katie, Cathrin und ich entlassen.

Die Stunde der Wahrheit

Simon fuhr nach Hause, Katie durfte bei uns übernachten. Ich war froh, dass sie da war, trotzdem schlief ich schlecht. Es war kurz nach Mitternacht, als ich Motorengeräusche vernahm. Ein Auto hielt an. Autotüren schlugen zu. Ich hörte Stimmen und zuckte zusammen, als ich Doros Stimme erkannte. Was machte sie um kurz vor Mitternacht auf der Straße?

»Was ist denn da los?« Katie war auch aufgewacht.

»Keine Ahnung.«

Wir schlüpften aus unseren Betten, huschten zum Fenster und spähten durch die Ritzen der Rollladen hinaus. Vor Frieses Haus stand ein Polizeiauto mit geöffneten Türen. Die Außenbeleuchtung tauchte Frieses Einfahrt in taghelles Licht. Ein Polizist hielt Doro am Arm fest und versuchte sie von unserem Haus wegzuziehen, aber sie wehrte sich und schrie wütend herum. Ihr Vater sprach mit dem anderen Polizeibeamten, ihre Mutter versuchte, Doro zu besänftigen. Auch Doros ältere Geschwister waren draußen. Was war wohl passiert? Wieso war die Polizei da? In den Häusern gegenüber gingen Lichter an. Doros Theater weckte alle Nachbarn auf. Meine Handflächen waren ganz feucht, ich fröstelte, obwohl es gar nicht kalt war.

Zuerst konnte ich nicht verstehen, was sie schrie, doch dann begriff ich, dass es an mich gerichtet war.

»Komm raus und sag denen, dass das nicht stimmt, Lotte!«, brüllte sie. »Wie kannst du so was behaupten?«

Mich überkam ein heißer Zorn. Ich hatte überhaupt nichts falsch gemacht – wieso ließ ich mir das gefallen? Es war eindeutig an der Zeit, mich von dieser eigenartigen Macht, die Doro immer über mich gehabt hatte, ein für alle Male zu befreien. Entschlossen zog ich mich an.

»Was hast du vor?«, wollte Katie wissen.

»Der sag ich jetzt Bescheid«, knurrte ich zornig. »Die spinnt wohl!«

»Warte, ich komme mit!« Katie zog sich auch an, dann liefen wir nach unten. Meine Eltern waren noch wach.

»Charlotte! Katie!« Mama nahm gerade ihre Jacke vom Haken. »Geht zurück in dein Zimmer!«

»Lass *uns* das regeln«, sagte Papa.

»Nein«, entgegnete ich wütend. »Das lasse ich mir nicht länger gefallen! Immer habe ich nachgegeben, aber damit ist jetzt Schluss!« Ich öffnete die Haustür und marschierte an meinen Eltern vorbei, die keinen Versuch machten, mich aufzuhalten, mir aber zusammen mit Katie folgten. Doro weigerte sich noch immer, ins Haus zu gehen, diskutierte stattdessen mit den Polizisten. Es war Frieses sichtlich peinlich, wie ihre Tochter sie vor allen Nachbarn blamierte.

»Sie war überhaupt nicht bei diesem Mädchen«, hörte ich Herrn Friese zu meinen Eltern sagen. »Die Polizei hat sie am Bahnhof in Schwalbach aufgegriffen, zusammen mit anderen Jugendlichen.«

Ich ging an ihm vorbei.

»Doro!«, rief ich und sie fuhr herum. Sie sah schrecklich aus! Ihr Gesicht war fleckig vom Weinen, die Haare waren zerzaust und ihre Augen verquollen. »Was soll ich behauptet haben, was nicht stimmt?«

»Ich kann überhaupt nichts dafür, dass dieses beknackte Video im Internet gelandet ist!«, schrie sie mich an. »Ich lass mich von dir nicht fertigmachen! Wie kommst du dazu, meinen Eltern und der Polizei so einen Mist zu erzählen? Weißt du, was ich wegen dir jetzt für einen Stress hab?«

»Ich habe einen anonymen Anruf bekommen«, erwiderte ich in normaler Lautstärke, aber nicht weniger wütend als sie. »Vorhin bin ich von Josies Freund und ihrem Bruder bedroht worden, außerdem haben sie Wondy bei der Springstunde mit einer Drohne zum Durchgehen gebracht.« Ich blieb direkt vor dem Mädchen stehen, das ich einmal für eine Freundin gehalten hatte, und musterte es. Mir drehte sich fast der Magen um, so stark stank sie nach Alkohol und Zigarettenrauch, genau wie an dem Abend auf Noirmoutier, als Papa sie aus dem *Café Noir* geholt hatte. Das war nicht mehr die Doro, mit der ich aufgewachsen war und der ich alle meine Geheimnisse erzählt hatte. Vor mir stand eine Fremde.

»Leute, die ich nicht kenne, drohen damit, unseren Hund zu vergiften! Du schreibst gemeine Sachen über Katie und mich und lästerst mit Dörte über uns ab. Und dann höre ich, dass du diese Typen, die mich bedrohen, von der Schule kennst und immer mit ihnen abhängst. Was würdest *du* denn an meiner Stelle glauben?«

»Ich habe keine Ahnung, von was du überhaupt redest!«, sagte Doro trotzig.

»Du weißt ganz genau, von was ich rede«, entgegnete ich scharf. »Ich habe geglaubt, was du mir geschrieben hast. *Bitte glaub nicht, ich hätte dir was vorgespielt, du bist der allerallerwichtigste Mensch in meinem Leben. Ich werde dir alles erzählen, auch die Sachen, die grottenpeinlich sind ...* Aber jetzt glaub ich dir gar nichts mehr! Du bist auf Noirmoutier ausgerastet wegen Cody, und jetzt, weil ich bei den Meisterschaften die Beste war! Und dann bist du auch noch eifersüchtig, weil Katie und ich die Pferde vor dem Feuer gerettet haben!«

Doros Unterlippe begann zu zittern, in ihren Augen sammelten sich Tränen.

»Ich bin überhaupt nicht eifersüchtig!«, behauptete sie, aber im selben Moment liefen ihr Tränen übers Gesicht und straften ihre Aussage Lügen.

»Mensch, Doro! Was ist denn nur los mit dir? Was habe ich dir getan?« Ich streckte die Hand nach ihr aus und legte sie ihr auf den Arm, aber sie schüttelte sie ab. »Warum sagst du nicht einfach die Wahrheit? Hast du Angst, dass Josie dann nicht mehr mit dir redet?«

»Du hast ja keine blasse Ahnung«, flüsterte sie mit weit aufgerissenen Augen. »Ihr habt alle keine Ahnung, was da abgeht und was passiert, wenn ich nicht ...« Sie brach mitten im Satz ab, schluchzte auf, dann wandte sie sich um und rannte ins Haus.

»Komm, Katie, wir müssen mit ihr reden«, sagte ich entschlossen.

Meine Freundin nickte und wir folgten Doro. Ich kannte

mich bei Frieses so gut aus wie bei uns, schließlich war ich früher oft genug hier gewesen. Schnurstracks ging ich zu Doros Zimmer und klopfte an die geschlossene Tür.

»Lasst mich alle in Ruhe!«, rief Doro von drinnen.

»Wir sind's. Lotte und Katie!«, erwiderte ich.

Eine Weile herrschte Stille, dann ertönte Doros Stimme: »Kommt rein.«

Wir betraten ihr Zimmer und schlossen hinter uns die Tür. Doro lag auf ihrem Bett, das Gesicht im Kopfkissen vergraben und schluchzte.

»Doro.« Ich setzte mich auf die Bettkante und berührte ihre zuckende Schulter. »Was ist denn eigentlich los?«

»Ihr könnt das nicht verstehen, du und Katie«, erwiderte sie dumpf. »Auf euren Schulen gibt es solche Leute nicht.«

»Was für Leute?«, wollte ich wissen.

»Solche wie ... wie Josie und ihre Brüder.« Doro blickte mich nicht an. »Entweder, du machst, was sie sagen, oder du hast ein Problem.«

»Aber ich dachte, Josie wäre deine Freundin!«

»*Freundin!*« Doro spuckte das Wort aus, als ob es eklig schmecken würde. Endlich richtete sie sich auf. »Das hab ich am Anfang auch gedacht. Aber sie ... ach, ich kann euch das nicht erzählen!«

»Erpresst sie auch Leute – so wie Mike?«, fragte ich.

»Woher weißt du das?« Doro sah mich erschrocken an. »Das mit Mike, meine ich?«

Ich zuckte nur die Schultern.

Doro seufzte, putzte sich die Nase und fuhr sich über die Augen.

»Wenn meine Eltern das alles erfahren, dann lande ich im Internat«, flüsterte sie deprimiert. »Ich fand Josie am Anfang echt cool, aber dann ... dann ... Oh Gott, ich bin in das Ganze irgendwie reingerutscht und jetzt hab ich keine Ahnung, wie ich da wieder rauskomme!«

»Wieso hast du uns denn nie davon erzählt?«, wollte ich wissen.

»Es ist ... ich ... ich konnte nicht«, antwortete Doro. »Ich kam mir so ... so schlecht vor, verglichen mit euch. Wenn ich euch gesehen habe, beim Reiten und auf Turnieren und wie euch alles gelingt, was ihr tut, da habe ich mich wie die totale Loserin gefühlt. Auf Noirmoutier, da war ich zuerst voll happy, weil ich das alles irgendwie verdrängt habe, aber dann hab ich eine WhatsApp nach der anderen von Josie gekriegt. Sie hat mich voll unter Druck gesetzt, weil sie wollte, dass ich zurückkomme.«

»Das war, als wir gerade Cody gekauft hatten, oder?« Ich erinnerte mich daran, wie Doro sich ohne ersichtlichen Grund ganz plötzlich komplett verändert hatte.

»Ja.« Sie nickte niedergeschlagen. »Als ich kapiert habe, dass ich da nicht mehr rauskomme, hab ich irgendwie voll den Hass auf euch gekriegt. Ja, ich bin echt neidisch geworden, ich geb's zu!«

»Du redest um den heißen Brei herum«, mischte Katie sich ein. »Komm doch mal auf den Punkt. Um was geht's jetzt eigentlich?«

Doro zögerte, kämpfte mit sich. »Ich hab ein paarmal mitgeholfen, Sachen zu klauen«, sagte sie schließlich, ohne uns anzugucken.

»Wie – mitgeholfen?« Ich kapierte nichts. »Warum denn?«

»Josies Brüder und dieser Mike sind voll die üblen Typen«, erzählte Doro. »Die gehen in irgendwelche Läden und klauen wie die Raben, hauptsächlich Klamotten oder Handys. Und die Sachen verticken sie dann. Na ja, und Josie und ich lenken halt die Verkäufer ab. Zuerst habe ich mir nicht viel dabei gedacht, aber dann ... dann mussten wir einmal Schmiere stehen, als die nachts in so ein Lagerhaus eingestiegen sind, und das fand ich nicht mehr lustig. Ich wollte nicht mehr mitmachen, aber ... ich komme aus der Nummer einfach nicht mehr raus.« Sie begann wieder zu schluchzen.

»Du musst das deinen Eltern erzählen und zur Polizei gehen«, sagte Katie nüchtern.

»Niemals!«, widersprach Doro heftig. »Du siehst doch, was die schon abziehen, nur weil ich *gesagt* habe, dass ich nicht mehr mitmachen will!«

»Was tun die denn?«, fragte Katie.

»Na, die ganzen Sachen mit dem Video, dem Drohanruf bei Lotte und das mit der Drohne!« Doro sah plötzlich regelrecht verzweifelt aus. »Linus, das ist Josies ältester Bruder, hat mir gedroht, dass sie die Menschen, die ich am liebsten mag, fertigmachen, wenn ich nicht weiter mitmache oder etwas sage. Und Josie weiß ja, dass Lotte und ich schon ewig Freundinnen sind!«

Mir wurde plötzlich kalt. Ich hätte damit leben können, wenn Doro und Josie und vielleicht noch ihr Bruder und dieser Mike dahintergesteckt hätten, aber vor Verbrechertypen, die nachts in Lagerhäuser einbrachen, hatte ich echt Angst.

Katie und ich wechselten einen beklommenen Blick.

»Seit wann machst du das schon?«, fragte ich Doro.

»Zum ersten Mal hab ich's an dem Abend gemacht, wo ich euch erzählt habe, ich wäre mit Josie ins Kino gegangen«, gestand sie. »Da waren wir im Einkaufszentrum und ich habe die Verkäufer in einer Drogerie abgelenkt.«

»Wie viel kriegst du dafür?«, erkundigte sich Katie.

»Kommt immer drauf an, was dabei rausspringt.« Doro verzog das Gesicht. »Manchmal fünfzig Euro, manchmal mehr.«

Frieses würden wahrhaftig austicken, wenn sie das erfuhren! Ich war zwar auch immer dafür, Probleme ohne Eltern zu lösen, aber das hier war eindeutig ein paar Nummern zu groß für uns alle.

»Ehrlich, Doro«, sagte Katie. »Wir sind alle in Gefahr, wenn du das nicht der Polizei sagst und die diese Typen schnappen und in den Knast bringen.«

»Ich weiß.« Doro ließ den Kopf hängen. »Und das macht mich ganz wahnsinnig! Ich hab schon überlegt, ob ich nicht einfach abhauen soll.«

»Wo willst du denn hin?« Katie schüttelte den Kopf. »Nee, echt, du musst da jetzt durch, bevor noch etwas richtig Schlimmes passiert. Lotte hätte sich heute schon das Genick brechen können!«

»Es tut mir so leid, Lotte«, flüsterte Doro und blickte mich an. »Ich hab mich extra mit Dörte und sogar mit Inga getroffen und ganz schlecht über euch geredet und gemeine WhatsApps über euch geschrieben, damit Josie und die anderen denken, dass ihr mir nichts mehr bedeutet. Inga glaubt echt, sie wäre wieder meine Freundin, sie ist deswegen sogar auf unsere Schule gekommen! ... Vielleicht reicht das ja, damit sie aufhören!«

»Das glaube ich nicht.« Katie schüttelte den Kopf. »Du müsstest ja immer so weitermachen.«

Doro sackte in sich zusammen. »Was soll ich denn bloß tun?«, fragte sie verzweifelt.

»Rede mit deinen Eltern«, sagte Katie. »Dann geh mit ihnen zur Polizei, wechsle die Schule und ...«

Es klopfte an der Tür, Katie verstummte. Herr Friese steckte den Kopf zur Tür herein.

»Los!«, forderte Katie Doro auf, bevor ihr Vater etwas sagen konnte. »Erzähl es ihm! Jetzt!«

»Was denn?«, fragte Herr Friese. »Was sollst du mir erzählen?«

Doro zögerte. Aber dann sprang sie vom Bett, rannte zu ihrem Vater und warf sich schluchzend in seine Arme.

Später saßen wir in Frieses Küche um den großen Tisch herum: Doro, Katie und ich, Frieses, Lars und Anne, ihre älteren Geschwister, Papa und Mama, und Doro gestand ihren fassungslosen Eltern weinend die ganze schlimme Wahrheit.

Ich hörte nur zu, aber plötzlich machte alles für mich einen Sinn und erklärte Doros verändertes Verhalten. Ihre Eifersucht war ihrer Hilflosigkeit entsprungen, weil sie gemerkt hatte, dass sie nichts mehr im Griff hatte und sich nicht mehr von Josie und ihren Brüdern befreien konnte. Als sie sich schließlich geweigert hatte, weiterhin mitzumachen, war Josie auf die Idee mit dem Video gekommen. Doro hatte so getan, als ob sie das lustig fände, aber diese Josie hatte ihr nicht geglaubt, stattdessen hatte sie Mike überredet, den anonymen Anruf bei mir zu machen. Und dann war sie auch noch auf die Idee mit der Drohne gekommen.

»Aber warum hast du uns denn nie etwas darüber gesagt?«, fragte Herr Friese, der genauso hilflos wirkte wie Doros Mutter. »Wir hätten dir doch geholfen!«

»Ich hab mich nicht getraut«, gab Doro zu. »Ich dachte, ich kriege das irgendwie alleine hin.«

Sie saß da wie ein Häufchen Elend und mir wurde klar, dass sie wohl zum ersten Mal restlos die Wahrheit gesagt hatte. *Es gibt ein paar Sachen, die ich dir einfach nicht erzählen konnte, weil sie so grottenpeinlich für mich sind*, hatte sie mir in dem Brief, den Katie mir mit nach Noirmoutier gebracht hatte, geschrieben. Das waren diese »Sachen«, und sie waren weitaus mehr als nur peinlich.

Eine ganze Weile sagte niemand etwas. Es war Papa, der das Schweigen brach.

»Du musst das gleich morgen früh der Polizei erzählen«, sagte er zu Doro. »Du wirst dich für deine Mittäterschaft höchstwahrscheinlich vor dem Jugendgericht verantworten müssen, aber mit einem umfassenden Geständnis kann ein guter Anwalt Straffreiheit oder eine Bewährungsstrafe nach Jugendrecht heraushandeln.«

»Muss ich nicht ins Gefängnis?« Doros Stimme zitterte.

»Das glaube ich nicht«, erwiderte Papa. »Wenn du wirklich alles erzählst und nichts weglässt.«

»Es tut mir alles so leid«, flüsterte Doro. »Ich wünschte, ich könnte das wieder rückgängig machen. Ich wollte doch nicht, dass Lotte etwas passiert!«

»Im Leben trifft man oft falsche Entscheidungen«, entgegnete Papa. »Manchmal sind sie unbedeutend, manchmal aber auch nicht. Doch man muss zu dem, was man getan hat, stehen und versuchen, den Fehler wiedergutzumachen. Und vor allen Dingen sollte man daraus lernen.«

Es war fast halb vier, als Papa und Mama aufstanden, um nach Hause zu gehen. Doro umarmte erst Katie, dann mich.

»Ich kann dir gar nicht sagen, wie leid mir alles tut«, flüsterte sie weinend. »Schon unser Streit damals, nach dieser Longenstunde mit Josie tut mir leid. Sie wollte ständig von mir wissen, wen ich mehr mag – sie oder dich! Ich hab mich so schlecht benommen, ich schäme mich total. Kannst du mir das jemals verzeihen?«

»Ja«, sagte ich und merkte, dass es wirklich so war. Ich war wahnsinnig erleichtert, weil ich jetzt endlich verstand, was mit Doro los gewesen war und warum sie sich so verändert hatte. »Ja, das kann ich. Wir sind doch Freundinnen. Wir alle drei. Und wir gehen durch dick und dünn.«

»Ja.« Doro lächelte zittrig und umarmte mit ihrem anderen Arm Katie. »Durch dick und dünn.« Dann brach sie wieder in Tränen aus.

»Ich hab keine Ahnung, was jetzt mit Nado passiert!«

»Wir werden uns um ihn kümmern«, versprach Katie. »Mach dir darum keine Sorgen, okay?«

»Okay«, flüsterte Doro. »Okay. Danke. Ich danke euch so sehr.«

Wer würde so etwas tun?

Am nächsten Tag ging Doro mit ihren Eltern zur Polizei und packte über die Bande aus. Nur ein paar Stunden später wurden Josies ältere Brüder und dieser Mike festgenommen. Die Polizei wusste von Doro, wo die Bande die geklauten Sachen lagerte, und öffnete die Garage, die sich in einer anonymen Garagenanlage befand. Das Beweismaterial, das sie dort fanden, reichte aus, damit der Staatsanwalt Anklage wegen räuberischen Diebstahls in mindestens zweiundzwanzig Fällen gegen die drei jungen Männer, aber auch gegen den 16-jährigen Jason, Josie und Doro als Mittäter erhob. Dank der WhatsApp-Chats auf Doros Handy konnte genau nachvollzogen werden, wann und wo die Diebstähle stattgefunden hatten. Mike, Jason und Josie hatten zugegeben, dass sie das Video von Katie und mir nicht nur hergestellt, sondern auch bei YouTube hochgeladen hatten. Außerdem war Mike der anonyme Anrufer und hatte zusammen mit Jason die Drohne auf Won Da Pie und mich losgelassen. Ich war froh, jetzt die Wahrheit zu kennen und keine Angst mehr haben zu müssen. Zu Doros Sicherheit und in Absprache mit der Staatsanwaltschaft hatten ihre Eltern sie an einen unbekannten Ort gebracht, den sie niemandem verrieten, außer vielleicht den zuständigen Polizisten. Ich vermutete, dass sie in einem Internat war, denn schließlich musste sie irgendwo zur Schule gehen.

»Ist ja krass!«, sagte Katie, als ich ihr ein paar Tage später die ganze Geschichte, die ich von meinem Vater erfahren hatte, erzählte. »Und wann kommt sie wieder?«

»So bald wohl nicht«, antwortete ich. »Aber vielleicht darf sie uns irgendwann schreiben, wenn etwas Gras über die Sache gewachsen ist.«

Frieses hatten mit Herrn Weyer und dem Vorstand des Reitvereins gesprochen und Cornado würde erst mal dableiben. Beate würde sich um ihn kümmern, und falls sie mal nicht konnte, wollte Katie den Schimmel reiten.

Wir saßen im Reiterstübchen, das heute Abend feierlich eröffnet werden sollte. Katies Mutter war der Meinung, dass die Stallgemeinschaft das Reiterstübchen dringender brauchte als einen Parkplatz oder schöne Außenanlagen. Der Vorstand fand das auch und hatte ihr freie Hand bei der Gestaltung des Raumes gelassen. In den letzten vierzehn Tage hatte Katies Mutter die Handwerker angetrieben und gemeinsam mit Frau Köhler selbst von früh morgens bis spät abends Hand angelegt und das Ergebnis war fantastisch: Im Hof vor dem Reiterstübchen gruppierten sich gemütliche Loungemöbel unter großen, weißen Sonnenschirmen, ringsherum standen kleine Buchsbäume, Orangenbäumchen und Oleander in Terrakottakübeln. Über der Tür war eine Leuchtreklame angebracht worden, auf der in geschwungenen Lettern *Casino* zu lesen war. Frau von Richter hatte sich dazu entschlossen, den Namen zu übernehmen, weil er eine schöne Tradition im Verein hatte. Im Innern erinnerte nichts mehr an den schlichten Raum mit weißen Wänden. Tapeten, die wie echtes Mauerwerk aussahen, sorgten für eine heimelige Atmosphäre, an der dem Eingang gegenüberliegenden Seite gab es eine Bar mit einem u-förmig geschwungenen Tresen, an dem Barhocker standen. Tische mit bequem aussehenden Lederstühlen verteilten sich vor den Fenstern, die noch zugeklebt waren, damit man von draußen nicht hereinschauen konnte. Im vorderen Teil des Raumes führten drei Stufen auf ein Podest mit einem umlaufenden Geländer, auf dem weitere drei Tische mit Stühlen Platz fanden. An der einzigen Wand hingen gerahmte Fotografien aus dem Vereinsarchiv, die Vereinsstandarte, die Tafel mit den Namen der Vereinsmeister seit 1954 und in einer beleuchteten Wandvertiefung stand der Wanderpokal, den wir in Wiesbaden gewonnen hatten.

Frau von Richter hatte uns stolz die große moderne Küche, die man durch eine Tür hinter der Bar betrat, gezeigt. Mehrere Kühlschränke, ein Backofen, eine Mikrowelle, ein professioneller Küchenherd, Schränke und Arbeitsflächen, Spülbecken und zwei Spülmaschinen.

Kein Vergleich zu der mickrigen düsteren Kaschemme im Keller unter dem *Casino*, in der nur eine 25-Watt-Funzel an der Decke gehangen und ein altertümlicher Boiler für Warmwasser gesorgt hatte.

Draußen vor der Lounge hielt ein Auto an. Frau Köhler öffnete die Fahrertür und Gipsy, ihr Jack-Russel-Terrier, schlüpfte schnell nach draußen und schoss an uns vorbei ins *Casino*.

»Die Köhler ist voll aufgeblüht. Guck sie dir an«, raunte Katie mir zu. »Ich wette, sie ist im Nachhinein ganz schön froh, dass der Bergner sie damals im Wald über den Haufen gerannt hat. Sonst würde sie sich noch immer in ihrem Palast vor sich hin langweilen.«

Katie konnte manchmal ziemlich respektlos sein, aber sie brachte es auf den Punkt. Tatsächlich hatte Frau Köhler sich völlig verändert in den letzten Monaten. Statt Oma-Kleidung, orthopädischen Gesundheitstretern und Perlenkette trug sie jetzt ganz lässig Jeans, T-Shirt und weiße Sneaker.

Wir versprachen Katies Mutter, pünktlich um 18 Uhr zur Stelle zu sein, um zu helfen, und gingen hinüber in den Stall.

Annika führte Wamina, die hübsche Fuchsstute mit der breiten Blesse, vier weißen Fesseln und sanften Augen schon zur Halle. Susanne, Dani und sie wechselten sich mit dem Reiten immer ab. Auch Beate war bereits da und kratzte Nado die Hufe aus. Won Da Pie wieherte laut, als er meine Stimme hörte, und bockte in seiner Box herum. Sein wilder Blick jagte mir Angst ein.

»Ich glaube, ich longiere ihn besser«, sagte ich zu Katie. »Ich hab echt keinen Bock, schon wieder im Dreck zu landen.«

Gestern hatte er mich abgeworfen, als ich in der Reithalle geritten war, obwohl ich ihn vorher eine halbe Stunde ablongiert hatte. Es war mir ein Rätsel, was mit meinem Pferd los war. Hatte es etwas mit dem Feuer zu tun, dass er sich so verändert hatte? Oder war es tatsächlich nur die neue Umgebung, die ihn so verrückt machte? Als er damals von Frankreich gekommen war, war er zwar auch sehr lebhaft gewesen, aber nicht derart aufgedreht und schreckhaft wie jetzt.

»Lass mich ihn reiten«, bot Katie mir an. »Du reitest Asset.«

»Ich weiß nicht.« Ich sah meine Freundin zweifelnd an. »Und wenn du runterfliegst?«

»Ich fliege nicht runter«, erwiderte Katie voller Überzeugung. »Ehrlich, Lotte, mach dir keine Sorgen. Ich weiß, was ich tue. Schtari war früher noch viel schlimmer drauf. Und Midnight Man, das eine Pony, das ich mal hatte, war ein richtiges Mistvieh.«

»Ich fühl mich wie ein elender Angsthase«, entgegnete ich. »Und vielleicht kann ich Wondy nie mehr reiten!«

»Quatsch! Er hat gerade nur eine Rüpel-Phase«, sagte Katie. »Das geht wieder vorbei. Na los. Mach Asset fertig. Ich krieg das hin.«

Tatsächlich ließ sie sich nicht von Wondy einschüchtern. Sie betrat die Box, legte ihm ein Halfter an und band ihn drinnen an. Dort putzte und sattelte sie ihn auch.

Ich putzte Asset in der Nachbarbox und hätte heulen können. Längst hatte es sich im Stall herumgesprochen, welche Probleme ich mit meinem Pferd hatte, und jeder hatte irgendeinen guten Rat parat, aber nichts half. War es vielleicht doch das Beste, ihn an einen besseren Reiter als mich zu verkaufen? Ich hatte ja immerhin noch Cody und bald würde auch Gento herkommen.

Um kurz vor vier führten wir unsere Pferde hinüber in die große Reithalle. Die Bauarbeiter, die den ganzen Tag an der Tribüne auf der langen Seite geschraubt und gehämmert hatten, packten gerade zusammen und machten Feierabend. Herr Weyer betrat die Bahn und schloss die Bandentür hinter sich.

»Hast du ihn vorher ablongiert?«, erkundigte er sich bei Katie, als er sah, dass sie im Begriff war, Wondy zu reiten.

»Nö. Geht auch so«, behauptete meine Freundin und schwang sich furchtlos in den Sattel. Gestern war der braune Wallach mit mir in der Sekunde losgebuckelt, in der ich den rechten Fuß in den Steigbügel gesteckt hatte. Er versuchte dasselbe jetzt auch mit Katie, doch sie war darauf vorbereitet und hielt den linken Zügel so kurz, dass er nicht losbocken konnte.

»Eins zu null für mich«, grinste sie, und ich fragte mich, wie ein Mensch so unerschrocken sein konnte. Wahrscheinlich war das der Grund, weshalb ich ganz sicher niemals eine erfolgreiche Springreiterin werden würde: Ich hatte einfach zu viel Fantasie und malte mir aus, was alles passieren und schiefgehen könnte. Katie dachte gar nicht darüber nach, ob es irgendwo rutschig war oder Löcher im Boden sein könnten, sie ritt einfach los und wollte gewinnen.

Asset ging gelassen im Schritt am hingegebenen Zügel, und mir schoss der Gedanke durch den Kopf, wie schön es wäre, solch ein ausgeglichenes, braves Pferd zu besitzen. Jeder Ritt auf Wondy war aufregend, denn ihm saß immer der Schalk im Nacken und man wusste nie so wirklich, wie er gerade drauf war. Ich hatte den Fuchswallach bisher nur ein paarmal ganz kurz geritten, aber noch nie eine ganze Reitstunde lang. Sein Trab war nicht so schwungvoll wie der von Wondy, dafür aber weicher und besser zu sitzen. Er ging ganz leicht durchs Genick und reagierte auf die feinsten Hilfen. Aus dem Augenwinkel beobachtete ich Katie mit Wondy, der nur auf eine Gelegenheit zu lauern schien, um in die Luft zu gehen.

»Ruhiger, Katie!«, sagte der Reitlehrer. »Reite ihn auf gebogener Linie! Gib ihm keine Möglichkeit, loszurennen.«

Annika zischte an mir vorbei. Wamina ging mit viel Aufrichtung und warf beim Traben auf beeindruckende Weise die Vorderbeine in die Luft, wie ein Grand-Prix-Dressurpferd, und Annika ließ die Fuchsstute immer wieder durch die ganze Bahn oder die Länge der Bahn wechseln, dabei betrachtete sie sich mit einem zufriedenen Lächeln in den Spiegeln. Herr Weyer war indes überhaupt nicht zufrieden mit dem, was er sah.

»Merkst du denn nicht, dass sie vorne nur strampelt und von hinten überhaupt nicht untertritt? Sie gibt ihren Rücken kein bisschen her«, rief er Annika zu. »Du musst viel ruhiger reiten und sie mehr über den Rücken arbeiten. Das ist doch noch ein junges Pferd, und offenbar wurde es nur auf Show geritten, aber nicht reell ausgebildet.«

Annika funkelte den Reitlehrer verärgert an. »Sie hat Dressurpferde-L gewonnen«, verteidigte sie ihr Pferd. »Mehrfach!«

»Wenn das so ist, dann waren die Richter wohl blind«, entgegnete Herr Weyer trocken. »In Dressurpferdeprüfungen will man keine zusammengezogenen Pferde sehen, die eng in den Ganaschen sind und den Rücken nicht hergeben!«

»Und was soll ich bitte schön machen?«, fragte Annika schnippisch.

»Zuerst einmal solltest du aufhören, dauernd im Pseudo-Mitteltrab geradeaus zu reiten. Das kann dein Pferd noch gar nicht«, erwiderte Herr Weyer. »Denk an die Ausbildungsskala des Pferdes: Zuerst kommt der Takt, dann die Losgelassenheit, die Anlehnung, der Schwung! Erst, wenn das Pferd all das kann, folgt das Geraderichten und danach die höchste Stufe, die Versammlung. Reite Zirkel, gebogene Linien, große Volten, viele Handwechsel und Übergänge vom Trab zum Schritt und umgekehrt. Du musst an ihrer Durchlässigkeit arbeiten!«

Ich trabte an Katie vorbei. Es war ein komisches Gefühl, mein Pferd unter jemand anderem zu sehen.

»Und? Geht's?«, fragte ich.

»Alles easy«, erwiderte sie und zwinkerte mir zu. »Und bei dir?«

»Asset ist super!«, schwärmte ich und das stimmte auch. Selten hatte ich mich auf Anhieb auf einem Pferd so wohlgefühlt wie auf dem Kohlfuchswallach.

Als es schließlich ans Galoppieren ging, sah Won Da Pie seine Chance und fing prompt an zu bocken. Aber Katie war von seinen Mätzchen nicht beeindruckt, ganz im Gegenteil! Sie stellte sich in die Bügel, als ob sie in den leichten Sitz gehen wollte, und ließ ihn unter sich buckeln. Die ganze lange Seite hüpfte er wie eine Heuschrecke, dann warf er sich nach rechts und gleich darauf wieder nach links. Dieses Manöver reichte üblicherweise, damit ich durch die Luft segelte und wie ein nasser Sack auf dem Boden aufschlug, aber Katie saß beneidenswert fest im Sattel.

»Achtung, Leute! Macht mal den Hufschlag frei!«, sagte sie nur und wir parierten unsere Pferde zum Schritt durch. Katie spornte Won Da Pie zu einem schnelleren Galopp an. Nach ein paar Runden wurde er sichtlich lockerer, begann am Gebiss zu kauen und der irre Ausdruck in seinen Augen verschwand.

Nach der Reitstunde bedankte ich mich tausendmal bei meiner Freundin.

»Nicht der Rede wert«, lächelte sie. »Hat voll Spaß gemacht.«

Sie brachte Won Da Pie in seine Box, ich versorgte Asset. Da hörte ich plötzlich einen Schrei.

»Oh nein, so ein Mist!«, rief Katie.

»Was ist passiert?«, fragte ich erschrocken, denn ich befürchtete sofort, dass Wondy ihr vielleicht auf den Fuß getreten war oder sie gebissen hatte. Doch nichts davon war der Fall.

»Mir ist ein Ohrstecker rausgefallen!«, sagte meine Freundin. »Und das war ausgerechnet einer von meiner Mom! Den muss ich wiederfinden, sonst killt sie mich!«

»Warte! Ich helf dir suchen!« Ich holte mein Pferd aus seiner Box und band es auf der Stallgasse an. Auf allen vieren krochen wir durchs Stroh.

»Ah! Ich hab ihn!«, rief ich und hielt den winzigen glitzernden Ohrstecker hoch.

»Super. Danke!« Katie steckte ihn sich gleich wieder ins Ohrläppchen, obwohl er vorher im Pferdemist gelegen hatte.

Sie war echt total schmerzfrei, und ich dachte nicht zum

ersten Mal, wie sehr ich mich von Anfang an, als sie mit den weißen Uggs im Stall aufgetaucht war, in ihr geirrt hatte.

»Hast du nicht vorhin noch gesagt, Wondy bekäme keinen Hafer?«, fragte Katie.

»Ja«, erwiderte ich. »Wieso?«

»Guck doch mal hier!« Auf der Suche nach dem Ohrstecker hatte sie das Stroh unterhalb des Futtertroges zur Seite gekehrt und wies nun auf einige gelbe Körner. »Das ist Hafer!«

»Stimmt.« Ich pickte ein paar der Körner auf und schaute sie genauer an. »Gequetschter Hafer, kein Zweifel.«

»Wie kommt der hierher?«, fragte Katie.

»Keine Ahnung. Vielleicht mit dem Stroh?«, vermutete ich.

»Kann nicht sein. Das ist kein Haferstroh, sondern Weizenstroh«, wusste Katie.

»Er kriegt keinen Hafer«, beteuerte ich. »Ich habe mit wirklich jedem, der hier füttert, gesprochen: Herrn Pfeffer, Wojtek, Vivien und Herrn Weyer, und sie haben es mir bestätigt.«

Katie sah mich an. »Dann«, sagte sie leise, »kriegt er von jemand anderem Hafer gefüttert. Heimlich.«

»Wer würde denn so etwas tun?«, flüsterte ich beklommen. »Und warum?«

»Keine Ahnung!« Katie machte ein grimmiges Gesicht. »Aber das werden wir schon herausfinden. Wir müssen überlegen, wie wir denjenigen auf frischer Tat ertappen können.«

Ich bekam eine Gänsehaut, meine Kopfhaut prickelte

richtig, als mir die Tragweite dieser Vermutung bewusst wurde. Es gab Leute, die Katie und mich hassten, hatte Doro geschrieben. Stimmte das? Und wenn ja – wer konnte das sein?

Eine Falle für den Dieb

Der Futterwagen stand mit einem Zahlenschloss versehen in der Futterkammer, die mangels Tür noch nicht abschließbar war. Die beiden Silos waren vor vierzehn Tagen befüllt worden – eines mit Kraftfutter in Pelletform, das andere mit Hafer. Unterhalb des Hafersilos befand sich die Haferquetsche, ein Kasten aus Metall, in dem mehrere Walzen die ganzen Haferkörner zerdrückten, damit der Hafer für die Pferde besser verdaulich war und einen höheren Nährstoffgehalt bekam. Vor jeder Fütterung wurde der Futterwagen frisch gefüllt und die Haferquetsche machte ordentlichen Krach, wenn man sie einschaltete, es war deshalb nur schwer vorstellbar, dass jemand heimlich Hafer quetschte, um ihn meinem Pferd zu füttern.

Katie und ich blickten uns in der geräumigen Futterkammer um. An einer Wand hing eine große Tafel, auf der die Futterrationen für jedes Pferd vermerkt waren. In Regalen lagerten Säcke mit Müsli, Heucobs und anderem Spezialfutter, das neben Kraftfutter und Hafer die Speisepläne mancher Pferde ergänzte, daneben standen mehrere große Tonnen mit Deckel. Meine Freundin öffnete eine nach der anderen. Alle waren leer, bis auf die Letzte ganz hinten an der Wand.

»Schau mal!«, rief sie mit gesenkter Stimme. »Hier ist Quetschhafer drin!«

»Tatsächlich!« Ich griff in die Tonne und ließ die gelben Körner durch meine Hand rieseln. »Aber ich dachte, er wird immer frisch gequetscht vor jeder Fütterung? Wieso steht hier eine ganze Tonne voll von dem Zeug?«

Katie und ich guckten uns ratlos an.

»Ach, logo!«, rief Katie dann. »Ganz am Anfang haben wir doch ein paar Säcke Futter vom dicken Dittmann und dem Kranz aus Sulzbach bekommen. Vielleicht ist das der Rest davon.«

»Könnte sein.« Ich starrte noch immer auf die Haferkörner in meiner Handfläche. »Es merkt kein Schwein, wenn man einen Eimer Hafer rausfischt. Aber wieso sollte das jemand tun?«

»Um dir zu schaden!« Katie schraubte den Deckel wieder auf die Tonne und wir verließen die Futterkammer. »Vor ein paar Tagen hätte ich Doro im Verdacht gehabt, aber jetzt? Keine Ahnung.«

Katie kaute nachdenklich auf ihrer Unterlippe.

»Wir müssen auf jeden Fall mit dem Weyer reden«, sagte ich. »Die Futterkammer muss abgeschlossen werden, damit das nicht mehr passieren kann.« Ich griff nach dem Edding, der unter der Tafel hing, ging zu der Tonne mit dem Hafer und malte einen Strich vom Deckel bis auf die Tonne. »So, jetzt können wir überprüfen, ob jemand das Ding geöffnet hat.«

»Sehr clever«, lobte Katie mich.

In den nächsten zwei Stunden kamen wir nicht dazu,

dem Reitlehrer von unserer Entdeckung zu erzählen, denn wir mussten ins *Casino*, um uns mit der Bonkasse vertraut zu machen. Eilig banden wir uns die Schürzen um, die Frau von Richter extra hatte anfertigen lassen. Simon kam um kurz vor sechs angehetzt, er hatte im Obstladen gearbeitet. Oliver und er waren heute Abend hinter der Theke für die Getränke zuständig, Frau von Richter und Frau Köhler werkelten in der Küche, Katie und ich kellnerten. Es war brechend voll und alle staunten beim Anblick des Gastraumes genauso wie ich. Frau von Richter und Frau Köhler strahlten vor Freude über den großen Zuspruch und die Begeisterung der Vereinsmitglieder. Zwei Stunden lang rannten Katie und ich uns die Hacken ab, dann ließ der Ansturm nach und Katies Mutter übernahm selbst das Bedienen.

Die Sonne schickte sich an, hinter den Taunusbergen zu verschwinden und färbte den Himmel in ein dramatisches Rot. Schwalben schossen in Pärchen durch die laue Dämmerung. Es war ein milder, friedlicher Abend, aber der Frieden täuschte, denn irgendwo gab es jemanden, der darauf aus war, meinem Pferd oder mir zu schaden. Katie und ich gingen noch einmal in den Stall. Die Pferde hatten ihre Abendration Heu bekommen, das von den Pflegern immer unter die Selbsttränken geworfen wurde. Alle Pferde knabberten am Heu – nur Won Da Pie nicht! Er beachtete den Berg Heu nicht, sondern fraß etwas vom Boden unter der Futterkrippe. Geistesgegenwärtig riss ich die Boxentür auf und versuchte ihn zur Seite zu drängen, aber er legte verärgert die Ohren an und machte gierig den Hals lang. Nur mit vereinten Kräften gelang es Katie und mir, Wondy das Halfter anzulegen und ihn auf der anderen Seite der Box am Gitter anzubinden.

»Guck dir *das* an!«, rief Katie aufgeregt. Sie hatte mit beiden Händen das Stroh zur Seite gefegt und einen Haufen Hafer freigelegt. Es war noch jede Menge übrig!

»Das muss gerade eben erst hier reingeschüttet worden sein!« Ich war schockiert. »Es kann im Prinzip jeder gewesen sein, der heute Abend bei der Einweihungsfeier war.«

»Ich hol den Weyer«, sagte Katie. »Warte du hier!«

»Nicht den Weyer«, widersprach ich ihr. »Der wird einfach nur die Futterkammer abschließen und dann hört es auf. Aber ich will rausfinden, wer das tut!«

»Du hast recht!« Katies Augen funkelten. »Simon muss es wissen. Und Alex. Der ist zwar ein Spinner, aber er hat vielleicht eine Idee.«

Ich blieb bei Won Da Pie zurück, der mit den Hufen scharrte und am Strick zerrte, weil er natürlich unbedingt den Hafer weiterfressen wollte. Mein Kopf brummte, so intensiv dachte ich nach. Wem traute ich eine solche Hinterhältigkeit zu? Wer nahm das Risiko, dabei überrascht zu werden, auf sich und schlich jeden Tag in die Futterkammer, öffnete die Tonne, nahm Hafer heraus und kippte diesen bei meinem Pferd in die Box? Die drängendste Frage war allerdings die nach dem Warum. Ich hatte doch niemandem etwas getan, weshalb hatte jemand einen solchen Hass auf mich?

Keine fünf Minuten später kehrte Katie mit Simon und Alex zurück.

»Und was gibt es hier jetzt bitte schön derart Spannendes, dass ich dafür mein kühles Bier im Stich lassen musste?«, maulte Alex.

»Wir vermuten, dass jemand Won Da Pie heimlich Hafer in die Box kippt, um Lotte zu schaden«, sagte Katie und deutete auf den Haufen Getreidekörner unter Wondys Krippe. »Eine andere Erklärung haben wir dafür nicht.«

»Wer sollte denn wohl so etwas tun?« Alex schüttelte den Kopf und winkte ab. »Ihr seht Gespenster!«

»Gespenster, die wie Haferkörner aussehen, oder was?«, konterte Katie. »Du weißt doch selbst: Seit zehn Tagen spielt Wondy verrückt, obwohl er genug Bewegung bekommt. Er ist mit Lotte durchgegangen, hat sie ein paarmal abgeworfen und flippt beim geringsten Anlass aus.«

»Ich habe doch gesagt: Den sticht der Hafer!« Alex rieb sich nachdenklich den Nacken. »Der Futterwagen ist immer abgeschlossen und es wird nur so viel Hafer gequetscht, wie bei einer Fütterung gebraucht wird. Die Zahlenkombination kennen nur die Leute, die auch füttern, und von denen traue ich so etwas keinem zu.«

»Wir auch nicht«, pflichtete ich ihm bei. »Aber Katie und ich haben in der Futterkammer eine Tonne mit Quetschhafer entdeckt.«

»Das ist der Rest von dem Hafer, den Dittmann uns geschenkt hat«, bestätigte Alex Katies Vermutung.

»Wer könnte so etwas tun?«, fragte Simon. »Das wäre ja schon fast kriminell!«

»Vergiss mal ganz fix den Konjunktiv. Das *ist* kriminell!«, rief Alex pathetisch. »Ich habe schließlich mit eigenen Augen gesehen, wie sich dieses Pferd dort in eine außer Kontrolle geratene Cruise Missile verwandelt hat! Das Kind kann von Glück sagen, dass es sich bei diesem Parforceritt durch die Liederbacher Gemarkung nicht das Genick gebrochen hat!«

»Das *Kind* ist fünfzehn«, murmelte ich.

»Das war ein Anschlag! Ein Attentat! Sabotage!« Alex lief zu Höchstform auf. Er breitete die Arme aus und riss die Augen auf. »Derjenige, der das tut, handelt mit billigender Inkaufnahme einer schweren Verletzung, wenn nicht gar mit bedingtem Tötungsvorsatz!«

»Jetzt mach mal halblang«, bremste Simon den angehenden Staatsanwalt.

»Kann es denn wirklich am Hafer liegen, dass ein Pferd so verrückt wird?«, erkundigte ich mich.

»Na ja, Hafer ist sehr eiweiß- und dadurch energiereich«, antwortete Alex stirnrunzelnd. »Pferde, die viel leisten müssen, brauchen Energie. Aber wenn ein Esel wie deiner, der maximal eine Stunde am Tag bewegt wird, drei Kilo Hafer bekommt, dann kann er durchaus knackig werden. Diese Tonne war fast ganz voll. Ich erinnere mich, dass der letzte Zentner-Sack hineingeleert, dann aber nicht mehr gebraucht wurde, weil die Silo-Lieferung kam.«

»Jetzt ist die Tonne halb leer«, sagte ich.

»Das heißt, es fehlen fünfundzwanzig Kilo«, ergänzte Simon. »Rein rechnerisch können also jeden Tag zweieinhalb Kilo verfüttert worden sein, wenn das seit zehn Tagen so geht.«

»Der Menge nach muss es vor höchstens einer Viertelstunde passiert sein«, sagte Katie. »Es war jemand, der bei der Einweihungsfeier war. Jemand, der nicht damit gerechnet hat, dass wir noch einmal in den Stall gehen und es bemerken.«

»Vielleicht jemand, der verhindern will, dass ich mit Wondy die Kreismeisterschaften nächste Woche reite?«, vermutete ich.

»So ein Unsinn!« Alex wandte sich zum Gehen. »Ich höre mein Bier nach mir rufen. Futterkammer abschließen – dann ist das Problem gelöst.«

»Möglicherweise«, pflichtete Simon ihm bei. »Aber mich würde schon interessieren, wer so etwas Hinterhältiges tut. Dich nicht?«

Alex blieb stehen.

»Doch, natürlich!«

»Warum stellen wir ihm nicht eine Falle?«, schlug Katie vor. »Wir könnten Mini-Kameras in der Stallgasse installieren, die aufs Handy senden.«

»Damit könnte man in der Tat den feigen Saboteur in flagranti erwischen.« Alex rieb sich die Hände. »Da hatte ich doch wieder mal eine blendende Idee.«

Wir widersprachen ihm nicht, obwohl es nicht seine Idee gewesen war.

»Genau da kommst du auch ins Spiel«, sagte Simon. »Du müsstest die Kameras besorgen und vorfinanzieren.«

»Aha!« Alex stemmte die Arme in die Seiten und sah uns aus schmalen Augen an. »War ja klar, dass es einen Haken bei der Sache gibt und ich unter perfider Vortäuschung falscher Tatsachen auf nahezu heimtückische Weise in ein Komplott involviert werden soll! Aber …«

»Besorgst du die Webcams oder nicht?«, unterbrach Katie ihn.

»Ich weiß was Besseres als schäbige Webcams, die nur verwackelte Einzelbilder produzieren, auf denen man sowieso niemanden erkennt.« Alex grinste. »Hab nämlich erst vor vierzehn Tagen so ein Ding bei meinen Alten im Haus installiert. Eine Überwachungskamera, die in Echtzeit Meldungen aufs Smartphone sendet.«

»Und wo kriegt man die her?«, erkundigte sich Simon.

»Ich bin mir sicher, meine Eltern können das Teil für ein, zwei Tage entbehren«, erwiderte Alex. »Ich kümmere mich gleich darum.« Und weg war er.

»Er kann ja echt ätzend sein«, sagte ich. »Aber manchmal ist er wirklich zu was zu gebrauchen.«

Wir schaufelten den Hafer aus Wondys Box. Herr Weyer war mit einem Pärchen vorbeigekommen, dem er die Ställe zeigte. Die Leute, die im *Casino* feierten, brachen allmählich auf.

Keine halbe Stunde später war Alex zurück und präsentierte uns ein etwa daumendickes, zylindrisches Objekt.

»Der Akku ist voll. Angeblich hält er 72 Stunden, damit wäre eine Überwachung bis Dienstagabend gewährleistet«, verkündete Alex. »Wir stellen das Ding auf den Tragbalken am Kopfende der Stallgasse. Es hat einen Kamerawinkel von 180 Grad, also wird auch die Tür der Futterkammer im Bild sein und sämtliche Boxen sowieso.«

Er selbst machte natürlich keinen Handgriff, sondern kommandierte uns hin und her, bis alles so war, wie er sich das vorstellte. Dann machte er einen Testlauf, sagte uns, welche App wir herunterladen sollten, und gab uns die Zugangsdaten, damit auch wir die Aufnahmen der Kamera empfangen konnten.

»Ich konstatiere: Um 20:56 Uhr ist die Falle gestellt«, sagte er schließlich zufrieden. »Jetzt müssen wir nur noch abwarten, bis der Saboteur wieder zuschlägt.«

Wir diskutierten noch kurz, ob wir jemanden einweihen sollten, aber Alex war dagegen. Aus juristischer Sicht sei das, was wir hier taten, im höchsten Maße illegal, und er wolle Herrn Weyer oder seinen Vater nicht in Gewissenskonflikte bringen.

Ich fragte mich allerdings, wie wir Wondy daran hindern sollten, den Hafer zu fressen, denn keiner von uns wohnte in der Nähe des Stalles, um sofort eingreifen zu können.

»Wenn einer von uns etwas sieht, ruft er Herrn Weyer an«, entschied Alex jedoch und wir waren einverstanden.

Der geheimnisvolle Haferfütterer

Am nächsten Tag war Sonntag. Simon und Alex hatten wie versprochen in der Nacht abwechselnd die Aufnahmen aus der Stallgasse überwacht, aber nichts war passiert. Keinem fiel die Kamera auf. Aber es hatte sich auch niemand Unbekanntes an der Futterkammer oder an der Box meines Pferdes zu schaffen gemacht, und so blieb es den ganzen Vormittag über. Ich schaute gefühlte fünfhundertmal auf mein Smartphone, aber alles, was ich sah, war der normale Ablauf im Stall. Die Pferde bekamen morgens um halb sieben ihr Heu von Wojtek, um sieben Uhr wurden sie gefüttert. Später wurde gemistet und gefegt, dann kamen Annika und Susanne und putzten Wamina. Ich musste um elf mit meiner Familie in die Kirche und daher für eine Stunde mit der Überwachung aussetzen, die stattdessen Katie übernahm. Katie, Simon und ich hatten uns für 14:00 Uhr im Stall verabredet. Mittlerweile hatte es das Mittagsfutter gegeben, Beate hatte Cornado geputzt und gesattelt, Frau von Richter hatte Cody aus der Box geholt und dann war Beate mit Nado zurückgekommen, zusammen mit Susanne und Wamina.

Won Da Pie wirkte viel ausgeglichener als in den letzten Tagen. Er begrüßte mich mit einem Wiehern, ließ sich problemlos das Halfter anlegen und aus der Box führen. Gestern hatten wir den Hafer gefunden, also hatte er seit vorgestern keine Zusatzration mehr erhalten. Unauffällig kontrollierte ich die Hafertonne in der Futterkammer, denn ich hatte mit Edding auch einen Strich im Innern der Tonne gemacht, bevor wir nach Hause gefahren waren. Es war seitdem nichts entnommen worden.

Weil mein Pferd so normal wirkte, traute ich mich, selbst zu reiten und zu meiner Erleichterung ging er wie immer und war kein bisschen verrückt oder schreckhaft. Seine Verwandlung schien also tatsächlich mit dem Hafer zusammenzuhängen! Was für eine Gemeinheit, ihm so etwas anzutun. Ganz abgesehen davon, dass ich dadurch in Gefahr gebracht wurde, war es in meinen Augen glatte Tierquälerei.

Zu unserer Enttäuschung passierte auch am Sonntagnachmittag nichts und ich begann zu zweifeln. Ich stahl Alex, Simon und Katie die Zeit – für gar nichts! Hatte derjenige vielleicht doch die Kamera bemerkt, oder den Strich in der Futtertonne und hatte aus Furcht vor einer Entdeckung aufgehört, Wondy heimlich zu füttern?

Meine Nervosität wuchs von Minute zu Minute.

In der Schule hatte ich größte Mühe, mich zu konzentrieren. In der dritten Stunde schrieben wir einen Bio-Test, für den ich eigentlich nur morgens im Bus gelernt hatte, und das war ziemlich wenig. Ich war überhaupt nicht bei der Sache und dachte nur daran, wann ich endlich wieder mein Handy einschalten durfte.

Mathe in der vierten rauschte an mir vorbei, in der Pause passierte auch nichts. Es war in der fünften Stunde, Geschichte, als ich unter dem Tisch verbotenerweise mein Smartphone einschaltete und auf die App tippte. Ich traute meinen Augen nicht und mir stockte der Atem. Eine Person in einer hellgrauen Kapuzenjacke mit einem Schriftzug auf dem linken Jackenärmel verschwand verstohlen in der Futterkammer und kehrte wenig später zurück, in den Händen eine prall gefüllte Plastiktüte. Er schaute vorsichtig nach links und nach rechts, dann huschte er zielstrebig zu Won Da Pies Box. Mein Pferd streckte schon den Kopf über die Halbtür und spitzte die Ohren. Die Person öffnete die Futterklappe und leerte die Tüte neben den Trog ins Stroh.

»Oh Gott!«, kreischte ich. Unsere Geschi-Lehrerin zuckte erschrocken zusammen und brach mitten im Satz ab, meine Klassenkameradinnen starrten mich verblüfft an.

»Wolltest du etwas sagen, Charlotte?«, fragte mich Frau Meyer-Gassner.

»Ich ... ja ... ich muss ganz, ganz dringend aufs ... äh ... zur Toilette«, stammelte ich. »Darf ich gehen?«

Unsere Lehrerin musterte mich skeptisch. »Ja, bitte«, sagte sie, und ich sprang auf und schoss wie ein Pfeil an ihr vorbei nach draußen in den Flur. Katie hatte mir geschrieben, sie hatte es auch gesehen. Mit zitternden Händen suchte ich im Telefonbuch meines Handys nach der Nummer von Herrn Weyer, während ich die Treppe hinunterrannte. Endlich hatte ich sie gefunden und rief an. Es dauerte eine halbe Ewigkeit, bis sich der Reitlehrer meldete.

»Herr Weyer, Sie müssen ganz schnell zu Wondys Box gehen«, rief ich aufgeregt. »Jemand hat ihm gerade Hafer gefüttert! Auf dem Boden, neben dem Trog!«

»Woher willst du das denn wissen?« Der Reitlehrer klang erstaunt, was man ihm nicht verdenken konnte.

»Ich ... das ... das erkläre ich Ihnen später! Aber bitte, bitte gucken Sie schnell nach!«

»Ja, okay, mache ich. Ich rufe dich zurück.«

Ich ging auf die Toilette, schloss mich in einer der Kabinen ein und rief die App auf. Herr Weyer hielt Wort. Ich beobachtete, wie er in den Stall kam und zur Box meines Pferdes ging. Er öffnete die Tür, scheuchte Wondy zur Seite und bückte sich. Dann holte er das Halfter und band Wondy auf der anderen Seite der Box fest. Ich sah, wie er sein Handy hervorzog und Sekunden später summte meines.

»Ich hab keine Ahnung, woher du das wusstest, Charlotte«, sagte der Reitlehrer, »aber auf dem Boden unter dem Trog liegt tatsächlich Hafer.«

»Wir hatten den Verdacht, dass ihm jemand heimlich Hafer gibt«, erwiderte ich. »Weil Wondy doch so wild war in letzter Zeit. Deshalb haben wir eine Kamera im Stall installiert.«

»Eine *Kamera?* Wo denn?«

»Auf dem Stützbalken am Ende der Stallgasse.«

Ich hörte seine Schritte.

»Dieses kleine Röhrchen?«, fragte er und ich bestätigte es.

»Also, so was! Wieso habt ihr mir nichts davon gesagt?« Das klang ein wenig verärgert.

»Weil Alex meinte, dass es verboten ist. Wir wollten Sie nicht mit reinziehen.«

Der Schulgong ertönte. Verflixt, ich hatte mindestens

zwanzig Minuten im Unterricht gefehlt. Das würde Ärger geben! Die letzten beiden Stunden zogen sich wie Kaugummi und sofort nach dem Gong, der das Ende der siebten Stunde signalisierte, stürzte ich aus dem Klassenzimmer und legte einen Spurt hin, der meine Sportlehrerin hätte strahlen lassen. Ich erwischte den Bus um fünf vor eins, schrieb Mama, dass ich direkt in den Stall fahren würde, und stieg nicht am Bahnhof aus wie sonst, sondern fuhr bis zur Wilhelmshöhe weiter. Simon traf gleichzeitig auf seinem Roller im Stall ein. Herr Weyer hatte uns schon kommen sehen.

»Jetzt hätte ich gerne eine Erklärung«, begrüßte er uns ziemlich kühl. Wir folgten ihm ins Stallbüro, Simon schloss die Tür. Dann tippte und wischte er eine Weile auf seinem Smartphone herum, bis er den richtigen Zeitpunkt gefunden hatte. Stumm guckte sich Herr Weyer den Film an.

»Das ist ja ein Ding«, murmelte er.

»Das geht seit mindestens zehn Tagen so«, sagte ich. »Er nimmt den Hafer aus der Tonne in der Futterkammer. Alex sagte, sie sei randvoll gewesen, jetzt fehlt über die Hälfte.«

Herr Weyer schaute sich den Film noch zweimal an, aber er erkannte den Übeltäter so wenig wie wir.

»Warum tut er das?«, fragte er, mehr sich selbst als uns. »Und wer zum Teufel ist das?«

Wenig später kamen Frau von Richter und Katie und es gelang uns, den Film auf den Fernseher im *Casino* zu übertragen. Herr Weyer holte Vivien, Herrn Pfeffer, Wojtek und Jens Wagner dazu. Der wiederum bat einige der Handwerker, sich den Film anzuschauen. Es war niederschmetternd:

Niemand von ihnen hatte den Mann mit der hellgrauen Kapuzenjacke gesehen, weder heute noch in den Tagen zuvor. Dem Täter musste das, was er tat, sehr wichtig sein, denn er ging jedes Mal aufs Neue das Risiko ein, erwischt zu werden. Josies Brüdern und Mike stand momentan der Sinn ganz sicher nicht nach solchen Aktionen.

»Das hier ist etwas völlig anderes«, bestätigte Simon. »Es ist hinterhältig und gemein.«

»Und darüber hinaus lebensgefährlich«, sagte Herr Weyer grimmig. »Was alles passieren kann, wenn ein Pferd so außer Kontrolle gerät ...«

»Ihr solltet die Polizei einschalten«, riet Jens Wagner. »Das ist eine sehr ernste Angelegenheit.«

Davon war ich nicht besonders begeistert, denn ich hatte meinen Eltern gegenüber verschwiegen, dass Wondy mit mir durchgegangen war. Außerdem hatten wir in letzter Zeit mehr als genug mit der Polizei zu tun gehabt. Herr Weyer entschied, noch heute ein Schloss in die Tür der Futterkammer einbauen zu lassen, außerdem ließ er den restlichen Hafer aus der Tonne auf dem Misthaufen entsorgen. Einigermaßen deprimiert zogen Katie und ich uns um und putzten danach unsere Pferde, um zu reiten.

Herr Weyer hatte Mama angerufen und meine Eltern informierten natürlich sofort die Polizei. Es dauerte ein paar Stunden, bis jemand auftauchte. Einer der beiden Beamten war ein alter Bekannter. Polizeioberkommissar Brenner war dabei gewesen, als Dr. Bergner mich angezeigt hatte, weil ich ihn angeblich grundlos im Wald mit dem Pferd verfolgt hatte. Und er war auch neulich nachts bei Frieses vor dem Haus Zeuge von meinem Streit mit Doro gewesen. Er musterte mich mit deutlicher Abneigung, dann schauten er und sein Kollege sich lustlos den Film aus der Überwachungskamera an und Brenner meinte, dass so etwas vor Gericht nicht als Beweis gelten würde. Dann ließen sie sich von mir schildern, was passiert war, und kamen mit in den Stall. Herr Weyer schloss aus, dass der Täter wahllos Hafer an die Pferde verteilt hatte. Er hatte zielstrebig gehandelt und wohl nur mein Pferd gefüttert. Das überzeugte die Polizisten wenig.

»Mir scheint, du bist ziemlich unbeliebt«, sagte Polizeioberkommissar Brenner herablassend zu mir. »An deiner Stelle würde ich mir mal überlegen, warum das so ist, bevor deine Eltern eine Anzeige nach der anderen erstatten.«

Ich schnappte empört nach Luft. »Ich bin überhaupt nicht unbeliebt!«, widersprach ich verärgert, aber daraufhin zog er nur spöttisch die Augenbrauen hoch. Ihm war deutlich anzusehen, dass er Pferde für überflüssigen Luxus, mich für eine verwöhnte Göre und das alles hier für reine Zeitverschwendung hielt.

Kommissar Zufall

»Die Polizei, dein Freund und Helfer, das kannst du gerade mal vergessen«, schimpfte ich, als Katie und ich am nächsten Tag mit unseren Pferden nach dem Springtraining eine Runde ins Gelände ritten. In den letzten zwei Tagen hatte es geregnet, aber heute war es trocken. Übermorgen begann die Kreismeisterschaft, unsere Pferde waren gut in Form und am Wochenende sollte das Wetter wieder besser werden.

»Reg dich nicht auf, Lotte, du bist nicht unbeliebt«, erwiderte Katie. »Der Typ hat doch keine Ahnung! Wahrscheinlich hatte er eine ätzende Kindheit, gleichgültige Eltern oder er wurde mal von einem Pferd getreten. Oder alles zusammen.«

Ich musste wider Willen grinsen.

»Trotzdem!«, beharrte ich. »Sie haben die ganze Sache überhaupt nicht ernst genommen!«

Wir ritten den betonierten Feldweg zwischen den Koppeln entlang, nahmen den Weg, der unter der B8 hindurchführte, und wandten uns dann links, wie neulich bei dem schrecklichen Ausritt, als Wondy mit mir durchgegangen war. Heute war er völlig entspannt, trottete am langen Zügel neben Asset her und störte sich auch nicht an Radlern, Joggern und Inlineskatern, die an uns vorbeischossen.

Nur dreihundert Meter entfernt von dem Weg, der am Bach entlangführte, begannen die Koppeln, die zum Lindenhof gehörten. Wir bogen vorher nach rechts ab und kamen am Rande eines Gewerbegebiets vorbei. Die Hufe unserer Pferde klapperten auf dem Beton und ich freute mich auf das letzte Freilandturnier dieses Jahres am Wochenende und darüber, dass Wondy endlich wieder normal war. Ich verspürte kein bisschen Angst mehr. Seitdem ich wusste, warum sich Wondy so komisch verhalten hatte, vertraute ich ihm jetzt wieder vollkommen.

»Guck mal, da drüben«, sagte Katie plötzlich. »Der Typ da! Das kann ja wohl kein Zufall sein!«

Auf dem Firmengelände eines Getränkehandels fuhr ein junger blonder Mann mit einem Gabelstapler über den Hof und ich begriff sofort, was Katie meinte: Er trug eine hellgraue Kapuzenjacke mit einer auffälligen Schrift auf dem linken Ärmel. Wir hielten unsere Pferde hinter der hohen Brombeerhecke, die am Zaun des Getränkehandels emporwucherte, an, und mein Herz begann zu klopfen.

»Von diesen Jacken gibt es wahrscheinlich Tausende«, gab ich zu bedenken.

»Hm«, machte Katie.

Wir beobachteten den Kapuzenmann eine Weile. Er hatte Kopfhörer in den Ohren und bemerkte uns nicht.

»Irgendwie kommt er mir bekannt vor«, sagte Katie. »Ich weiß nur nicht, wo ich ihn hinstecken soll.«

Der Kapuzentyp fuhr im Hof hin und her, dann stellte

er den Gabelstapler ab, schlenderte davon und verschwand hinter hohen Stapeln leerer Getränkekisten. Wir warteten darauf, dass er wieder auftauchte, und sahen zu, wie Kunden auf den Parkplatz fuhren, ihre Getränke holten und einluden. Wondy und Asset begannen sich zu langweilen und zupften die Grashalme am Wegesrand ab.

»Komm, lass uns heimreiten«, sagte ich nach fünfzehn Minuten.

Just in der Sekunde, als wir weiterreiten wollten, knatterte ein Geländemoped vom Hof des Getränkehandels. Ich erhaschte einen kurzen Blick auf den Fahrer: Das war er!

»Wir wissen ja jetzt, dass er hier arbeitet«, sagte Katie. »Deine Eltern müssen nur die Polizei anrufen und hinschicken.«

Insgeheim bezweifelte ich, dass die Polizei die Sache ernst genug nahm, um etwas zu unternehmen, andererseits war mein Vater als Landrat einflussreich genug, um dafür zu sorgen, dass etwas geschah. Wir ritten in einem weiten Bogen durch das Tal und waren gerade auf dem Weg Richtung Unterführung, als der Motorradfahrer aus der Wohnsiedlung geschossen kam und direkt zum Lindenhof brauste.

»Jetzt fällt es mir ein, woher ich ihn kenne!«, rief Katie aufgeregt. »Das ist Marco Burmeister. Seinen Eltern gehört der Lindenhof.«

Ich erinnerte mich dunkel an den blonden Jungen, den ich zuletzt auf dem Turnier im Schlosspark gesehen hatte. Er ritt wie ich L-Springen und war häufig auf denselben Turnieren wie Katie und ich gewesen.

»Wieso sollte er zu uns in den Stall kommen und Wondy heimlich Hafer füttern?«, fragte ich mich, aber im selben Moment fiel mir etwas ein. *Den Eltern von meinem Freund gehört der Lindenhof. Er ist auch eben das L geritten. Marco Burmeister, den kennst du doch sicher.* Das hatte Inga zu mir gesagt, als sie auf dem Abreiteplatz in Wiesbaden zu mir gekommen war. Sie hatte mit den Leuten vom Lindenhof herumgestanden, aber Marco hatte sich nicht um sie gekümmert, deshalb hatte ich ihr die Geschichte nicht geglaubt. Inga hatte schon immer Lügenmärchen erzählt. Aber was, wenn es doch stimmte? Steckte sie womöglich hinter der ganzen Sache? Ich erzählte Katie von meinem Verdacht.

»Kann ich mir nicht vorstellen.« Sie schüttelte den Kopf. »Weshalb sollte er über Tage hinweg solch ein Risiko eingehen? Etwa aus Liebe zu Inga? Niemals!« Sie lachte spöttisch und ich lachte auch, aber ein Rest Zweifel blieb.

»Weißt du was?«, sagte Katie. »Lass uns hinreiten und ihn fragen.«

Wir wendeten die Pferde und ritten zur Wohnsiedlung, dort bogen wir auf den betonierten Feldweg ein, der an der Reithalle und dem kleinen Reitplatz des Lindenhofs, auf dem ein paar vergammelte Hindernisse in großen Pfützen standen, vorbeiführte. Rechts befand sich eine große Koppel, die sich bis zur B8 erstreckte. Der Koppelzaun bestand aus morschen Holzlatten, Elektrobändern und Stacheldraht und sah nicht wirklich sicher aus. Auf der anderen Seite der Bundesstraße konnte ich die Dächer unserer neuen Reitanlage sehen. Hinter der Reithalle lagerten rostige Eggen und Heuwender neben Stapeln alter Autoreifen, Metallschrott und sonstigem Unrat, überwuchert von Brennnesseln und Gestrüpp. Der Hof wirkte ungepflegt und heruntergekommen. Auf einer Art Paddock standen trübsinnig und reglos zwei alte Pferde in Bergen von Pferdeäpfeln und Unkraut. Überall war im Laufe der Jahre etwas angebaut worden, sodass ein Sammelsurium aus Gebäuden entstanden war. Nichts regte sich, als wir durch das schief in den Angeln hängende Tor ritten.

Ein paar Autos standen im Hof, eine Frau holte gerade zwei Pferde von der Koppel. Vor dem Wohnhaus, einem Bungalow, bei dem der Putz abblätterte, stand zwischen ein paar Mülltonnen das Geländemoped. Zwei Border Collies kamen auf uns zugeschossen und bellten uns an. Ein Fenster des Wohnhauses wurde aufgerissen, eine dicke Frau beugte sich heraus und schrie mit grimmiger Miene die Hunde an, die daraufhin tatsächlich verstummten und sich verzogen.

»Die nette Dame ist Marcos Mutter«, sagte Katie leise. »Ich kenne sie von den Turnieren.«

»Was wollt ihr hier?«, schnauzte Frau Burmeister uns an. »Wer seid ihr?«

»Wir wollten zu Marco«, erwiderte Katie.

»Weiß nich' wo der is'«, brummte die Frau, wandte sich um und wir hörten sie nach Marco brüllen.

»Das ist ja echt ätzend hier«, flüsterte ich und blickte mich schaudernd um. Ich verstand voll und ganz, weshalb Rina sich darauf freute, mit ihrem Pferd auf unsere Reitanlage ziehen zu können. Der Lindenhof war schon jetzt, im Spätsommer, ein Albtraum! Wie musste es hier erst im Winter sein?

Ein paar Minuten später ging die Haustür auf und Marco kam heraus. Er trug noch immer die Kapuzenjacke, hatte allerdings die Jeans mit einer Reithose getauscht. Seine mürrische Miene hellte sich auf, als er uns sah.

»Hey, Katie!« Er lächelte überrascht. »Hallo, Charlotte! Was macht ihr denn hier?«

Konnte seine Arglosigkeit gespielt sein? Wäre er der Haferfütterer, so hätte er sicherlich beim Anblick von Won Da Pie anders reagiert. Mir kamen Zweifel.

»Wir sind hier zufällig vorbeigeritten und wollten dich mal besuchen«, log Katie und saß von Asset ab. Ich ließ mich auch aus dem Sattel gleiten. »Unsere Pferde stehen doch jetzt da drüben.« Sie wies in Richtung B8.

»Weiß ich.« Marco nickte. »Muss ziemlich cool sein, oder?«

»Momentan ist es noch eine Baustelle, aber es wird allmählich«, erwiderte Katie.

Marco warf einen kurzen Blick über die Schulter. »Ich wünschte, ich könnte auch dort reiten«, sagte er mit gesenkter Stimme. »Hier kann man kaum richtig trainieren.«

Darauf wussten wir beide nichts zu erwidern.

»Ähm, hör mal, Marco, wir sind nicht so ganz zufällig hier«, rückte Katie schließlich heraus, bevor das Schweigen peinlich werden konnte, und zückte ihr Handy. »Wir dachten, du kannst uns vielleicht helfen.«

Wir erklärten ihm, was mit Wondy geschehen war, und zeigten ihm das Video der Überwachungskamera.

»Der hat eine von unseren Vereins-Jacken an«, stellte Marco erstaunt fest. »Das ist ja ein Ding!«

»Hast du eine Ahnung, wer das sein könnte?«, fragte ich.

Marco schaute sich den Film noch einmal an. In dem Augenblick kam eine Kopie von Marco eine Treppe zwischen Wohnhaus und Stall hoch, gefolgt von einem dunkelhaarigen Mädchen, das Katie und ich nur allzu gut kannten. Dörte hatte sich lächelnd bei dem blonden Jungen untergehakt. Katie und ich starrten den Jungen an. Bei unserem Anblick verschwand Dörtes Lächeln und sie ließ den Arm des Jungen los.

»Das ist mein Bruder Sandro«, erklärte Marco, Katies Smartphone in der Hand. »Und das ist ... äh ... weiß den Namen nicht mehr.«

»Dörte!«, riefen Katie und ich wie aus einem Mund. Ich hatte völlig vergessen, dass sie mit ihrem Pferd nach der Brandnacht auf den Lindenhof gezogen war, irgendwie hatte ich sie auf dem Reiterhof St. Georg in Sulzbach abgespeichert.

»Sandro, guck dir das hier mal an«, sagte Marco zu seinem Bruder und hielt ihm das Handy hin. »Da hat jemand Charlottes Pferd heimlich Hafer gefüttert und die haben das gefilmt. Wer kann denn das sein, mit unserer Vereins-Jacke?«

Dörtes Gesichtsausdruck verwandelte sich in Bestürzung. Und Sandro lief knallrot an.

»Da... das bin ich«, sagte er und ich traute meinen Ohren nicht. »A... aber ich ha... hab nicht gewusst, dass das gefilmt wird. Da... davon ha... hast du mir gar nichts gesagt, Dörte.«

»Idiot!«, zischte sie wütend.

»Aber wieso hast du das gemacht?«, fragte Marco seinen Bruder fassungslos.

»Ja, warum?«, fragte ich Sandro und Dörte, bekam aber keine Antwort. Stattdessen drängte Dörte sich an uns vorbei und lief über den Hof zu einem schwarzen Roller. Sie ließ den Motor an.

»Dörte!« Sandro stürzte hinter ihr her. »Warte doch! Es tut mir leid!«

»Verpiss dich, du Dorftrottel! Geh mir aus dem Weg!«, schrie sie zornig. Aber Sandro wich nicht von der Stelle. Er packte den Lenker, um sie aufzuhalten, Dörte gab jedoch wutentbrannt Gas. Der Motorroller schoss nach vorne und riss Sandro von den Füßen. Auf dem vom Regen aufgeweichten Boden schlingerte der Roller und kam ins Rutschen, Dörte verlor die Kontrolle und wurde von der Sitzbank geschleudert. Wie ein Geschoss flog das schwere Fahrzeug mit aufheulendem Motor auf uns zu.

»Achtung!«, schrie ich und zerrte an Won Da Pies Zügeln. Mein Pferd machte einen erschrockenen Satz zur Seite und der Roller krachte gegen Assets Beine. Der Fuchswallach stürzte und riss Katie die Zügel aus der Hand, beim Aufstehen traf er einen der Border Collies, der mit einem Jaulen durch die Luft flog wie ein Fußball. Zu allem Unglück bog in diesem Moment auch noch ein großer Traktor in den Hof ein.

Ich hörte Katie schreien, dann kreischte Marcos Mutter, der andere Hund kläffte wie rasend. Asset kam auf die Beine und stürmte in kopfloser Panik im gestreckten Galopp in Richtung Stallungen. Der Traktorfahrer guckte entgeistert auf das ganze Chaos, hielt an und stieg aus.

Dörte lag schluchzend auf dem Rücken im Dreck, Blut

lief über ihr Gesicht. Sandro kauerte benommen daneben und hielt sich seinen Arm. Marco und Katie rannten hinter Asset her und ich versuchte, mein Pferd zu beruhigen, das wieherte und herumtänzelte. Frau Burmeister war zu ihrem Sohn gelaufen und hatte ihn in die Arme genommen.

»Du blöde Kuh!«, schrie sie Dörte an. »Nichts als Ärger machst du hier. Steh auf und verschwinde mit deinem Gaul, heute noch!«

Der Traktorfahrer, offenbar der Vater von Sandro und Marco, behielt als Einziger die Nerven. Er hob Dörtes Roller auf und stellte den Motor aus. Marco und Katie kehrten mit Asset zurück, der glücklicherweise unverletzt zu sein schien.

»Das hat ein Nachspiel!«, schrie Frau Burmeister jetzt auch noch Katie an.

»Das hat es allerdings. Für Ihren Sohn Sandro und diese Person da«, entgegnete meine Freundin kühl. »Komm, Lotte, wir reiten nach Hause und rufen die Polizei an.«

»Wieso Polizei? Jetzt beruhigt euch doch alle erst mal«, sagte Herr Burmeister. »Und erklärt mir, was hier überhaupt los ist.«

Ich erzählte rasch, was es mit unserem Besuch auf sich hatte, und zeigte ihm das Video.

»Ist das wahr? Hast du das Pferd mit Hafer gefüttert?«, wandte Herr Burmeister sich an Sandro.

»Ja, das hab ich gemacht«, gab der kleinlaut zu und ließ den Kopf hängen.

»Georg, du weißt doch, dass er …«, begann seine Mutter, aber Herr Burmeister schnitt seiner Frau mit einer Handbewegung das Wort ab.

»Erzähl uns, was los war, Sandro«, forderte er seinen Sohn freundlich auf.

»Komme ich jetzt ins Gefängnis, Papa?«, fragte Sandro seinen Vater mit zitternder Stimme, und erst da merkte ich, dass mit Marcos Bruder irgendetwas nicht stimmte.

»Nein, mein Junge, du kommst nicht ins Gefängnis, keine Angst«, beruhigte Herr Burmeister seinen Sohn und legte einen Arm um dessen Schulter. Betroffen sah ich, dass dem Mann die Tränen in den Augen standen.

»Ich … ich soll immer eine Plastiktüte voll aus der blauen Tonne in der Futterkammer holen und neben dem Trog ins Stroh schütten«, berichtete er dann. »Ich bin jeden Tag rübergefahren, wenn sie es mir gesagt hat. Aber ich hab nicht gewusst, dass es schlimm ist. Dörte hat mir erzählt, sie hätte ihrer Freundin versprochen, sich um ihr Pferd zu kümmern, weil die in Amerika ist. Die würden so schlecht füttern im Reitverein, und ihre Freundin hätte Angst, ihr Pferd würde verhungern, deshalb sollte ich das heimlich machen. Morgens wollte sie sich selbst drum kümmern.«

Ich schüttelte fassungslos den Kopf.

»Hat das gar nicht gestimmt?«, fragte Sandro verwirrt.

»Nein«, erwiderte ich. »Dörte hat dich angelogen.«

»Danke, Sandro.« Sein Vater klopfte ihm sanft auf den Rücken. »Geh doch schon mal auf dein Zimmer. Die Mama geht mit. Ich komme gleich zu dir, okay?«

»Okay, Papa.« Er nickte. Dann guckte er Dörte an, die noch immer im Matsch kauerte. »Das war ganz schön gemein von dir, mich anzulügen, Dörte. Ich hab dir das alles geglaubt und wollte dir nur helfen.«

Dörte hielt den Kopf gesenkt und schaute ihn nicht an.

Herr Burmeister hatte gewartet, bis sich die Haustür hinter seinem Sohn und seiner Frau geschlossen hatte.

»Steh auf!«, befahl er Dörte mit eisiger Stimme. »Was bist du für ein Mensch? So etwas zu tun ist hinterhältig und böse, aber einen behinderten Jungen wie Sandro, der die Tragweite seines Tuns gar nicht verstehen kann, zu einer solchen Tat anzustiften, ist der Gipfel an Niedertracht! Ich will dich nicht mehr auf dem Hof sehen! Bis heute Abend ist dein Pferd hier verschwunden.«

Er zitterte vor Zorn und ich konnte ihn verstehen. Beschämt stand Dörte auf und humpelte schluchzend zu ihrem Motorroller. Niemand half ihr, als sie vergeblich versuchte, den verbogenen Lenker zu richten. Schließlich schob sie den Roller am Traktor vorbei vom Hof.

»Es tut mir wirklich leid, was Sandro getan hat«, sagte Herr Burmeister zu mir. »Das musst du mir glauben.«

»Das tue ich«, versicherte ich ihm. »Mir tut es auch leid. Ich wusste ja nicht, dass Sandro ... äh ... anders ist.«

»Sandro ist seit einem Unfall vor zehn Jahren behindert«, sprach Herr Burmeister aus, was ich nicht über die Lippen brachte. »Er kommt ganz gut klar, aber er ist sehr vertrauensselig und lässt sich leicht ausnützen. Wir versuchen ihn zu beschützen, so gut es eben geht, doch manchmal funktioniert es leider nicht.«

Durch dick und dünn

Leider hatte sich Asset beim Zusammenprall mit Dörtes Motorroller doch verletzt, und bis wir im Stall waren, war sein rechtes Hinterbein dick geschwollen und er lahmte stark. Katie war am Boden zerstört, als der Tierarzt feststellte, dass Asset eine Prellung davongetragen hatte.

»Nichts Schlimmes, nur ein heftiger Bluterguss«, sagte er, nachdem er einen Verband angelegt hatte. »Ein paar Tage Ruhe und leichte Bewegung im Schritt, dann kannst du ihn wieder reiten.«

Später saßen wir im *Casino* an einem der Tische und berichteten Frau von Richter, Herrn Weyer, Vivien, Alex und Simon, was sich am Nachmittag auf dem Lindenhof abgespielt hatte. Alle waren genauso fassungslos, wie wir es gewesen waren.

»Wir haben uns gewundert, warum der Hof so heruntergekommen ist, aber Marco hat uns erzählt, dass seine Eltern viel Geld für Sandros Behandlung und seine Schule brauchen«, sagte ich. »Sie machen sich große Sorgen, weil viele ihrer Einsteller zu uns kommen wollen. Wahrscheinlich müssen sie den Lindenhof aufgeben.«

»Sandro war ein ganz normaler Junge«, fuhr Katie fort. »Als er sieben Jahre alt war, fiel er in einen Teich und ist fast ertrunken. Durch den Sauerstoffmangel hat er Gehirnschädigungen davongetragen. Er wird wohl niemals selbstständig sein.«

»Ach, das ist ja schrecklich!«, rief Vivien betroffen. »Was für eine Tragödie.«

»Wie absolut schäbig von Dörte, das auszunutzen.« Simon war angewidert. »Hat sie gesagt, warum sie das getan hat?«

»Nein.« Ich schüttelte den Kopf. »Das kann sie dann der Polizei erzählen. Meine Eltern werden die Anzeige gegen sie aufrechterhalten.«

»Der Junge ist sowieso strafunfähig«, sagte Alex.

»Wir werden prüfen, inwieweit wir Dörte für die Tierarztkosten haftbar machen können, die jetzt entstehen«, ergänzte Frau von Richter. Sie streichelte Katie tröstend, aber für meine Freundin gab es keinen Trost. Der Reitlehrer und Vivien mussten Unterricht geben, Frau von Richter zurück hinter den Tresen, um für die Mütter von Reitschülern Kaffee zu kochen, und Alex und Simon wollten reiten. Katie und ich blieben alleine zurück.

»Die Kreismeisterschaft kann ich abhaken«, sagte Katie so deprimiert, wie ich sie selten erlebt hatte. »Und damit auch die Qualifikation für das Salut-Festival in Aachen und die Startgenehmigung für das Juniorenspringen in der Festhalle. Dabei hatte ich echt eine Chance! Alles wegen dieser blöden, neidischen Dörte! Ich könnte ihr den Hals rumdrehen!« Sie stemmte die Ellbogen auf die Tischplatte und legte ihr Kinn auf die Hände.

Eigentlich, dachte ich bei mir, war das alles wegen mir

passiert. Nicht weil ich etwas falsch gemacht hätte, sondern weil Won Da Pie so gut sprang und ich deshalb Erfolg hatte. Trotzdem fühlte ich mich irgendwie schuldig. Außerdem lag mir nicht so viel an der Turnierreiterei wie Katie. Ich hatte längst nicht den gleichen Ehrgeiz wie sie.

»Katie.« Ich legte meine Hand auf die meiner Freundin. »Warum reitest du am Wochenende nicht Won Da Pie?«

»Oh nein, nein, Lotte! Das ist lieb von dir, aber das geht nicht!«, antwortete Katie.

»Doch, klar geht das! Du hast Startplätze und Wondy ist auch auf dem Turnier gemeldet.«

»So meine ich das nicht.« Katie blickte mich an. »Ihr seid so gut drauf – du kannst locker Kreismeisterin in der Leistungsklasse 4 werden!«

»Und wenn schon!« Ich zuckte die Schultern. »Ich reite zwar ganz gerne Turniere, aber es bedeutet mir nichts, ob ich Kreismeisterin werde oder im Kader bin. Ich freue mich drauf, dass ich bald Cody reiten kann, und dann kommt ja auch Gento im Herbst hierher. Außerdem will ich nächstes Jahr, wenn ich sechzehn werde, den Trainerassistentenschein machen.«

»Ach ja, richtig. Du unterrichtest ja gerne talentfreie Kinder.« Ein Lächeln stahl sich in Katies Mundwinkel.

»Genau.« Ich grinste, wurde aber sofort wieder ernst. »Won Da Pie kann das! Ob L oder M, das spielt für ihn keine Rolle. Du hast ihn ja schon mehrmals geritten und wenn du morgen noch ein paar Sprünge mit ihm machst, dann kriegst du das am Wochenende locker gebacken.«

»Das ist wirklich dein Ernst, oder?«, fragte Katie ungläubig.

»Ja, natürlich.« Ich nickte. »Meinst du, ich sag das einfach so dahin? Meine einzige Bedingung ist, dass ich als dein TT mitkommen darf, wenn du in Aachen und in der Festhalle reitest.«

Da fiel Katie mir um den Hals und drückte mir fast die Luft ab vor lauter Freude. »Oh Lotte, ich weiß gar nicht, was ich sagen soll«, flüsterte sie gerührt. »Mir liegt so viel daran. Und mit Wondy hätte ich echt eine Chance!«

»He, ich krieg keine Luft mehr!«, lachte ich und sie ließ mich los, um mich gleich darauf wieder zu umarmen.

»Du bist echt die tollste, beste Freundin der Welt«, sagte sie.

»Nee, das bist ja schon du«, erwiderte ich. »Zusammen gehen wir durch dick und dünn!«

»Ja, das tun wir!« Katie strahlte mich an. »Ach, ich freu mich so auf alles. Irgendwann ist Asset wieder fit und dann fahren wir auf Turniere und Lehrgänge.«

»Und nach Noirmoutier, noch ein paar Pferde kaufen«, grinste ich.

»Genau!«

Katies Smartphone meldete sich mit einem Piepsen. Sie griff danach, las die Nachricht und bekam große Augen.

»Marco hat mir geschrieben«, verriet sie mir. »Er will wissen, ob er ... äh ... uns hier mal besuchen kommen darf.«

»*Uns?*«, vergewisserte ich mich.

Da geschah etwas, was ich noch nie gesehen hatte: Katie wurde rot!

»Äh ... na ja ... ob er *mich* besuchen kommen darf, hat er geschrieben.«

Ihr Handy piepste erneut. Sie las die Nachricht, lächelte und ihre Wangen röteten sich noch ein wenig mehr.

»Uiii«, machte sie. »*Auch, wenn die Umstände heute etwas blöd waren, hab mich voll gefreut, dich mal zu sehen. Bist du am WE auf der Kreismeisterschaft?*« Sie blickte zweifelnd auf. »Wie würdest du das interpretieren?«

»Hm.« Ich schürzte die Lippen und tat so, als ob ich nachdenken müsste. »Also, ich glaube, er findet dich total ätzend und hat null Bock, dir irgendwo über den Weg zu laufen.«

Katie entgleisten kurz die Gesichtszüge, dann begann sie zu grinsen und boxte mir gegen den Arm. »Charlotte Steinberg! Du bist echt so *blöd!*«

»Ich weiß«, grinste ich und wir lachten beide.

»Komm!« Katie ergriff meine Hand und zog mich vom Stuhl. »Wir müssen meiner Mom das mit Wondy erzählen! Und dann geh ich zu Herrn Weyer, eine Springstunde für morgen ausmachen. Ach, ich freu mich so!«

Ihr wollt wissen, wie es weitergeht? Was passiert mit Dörte? Kommt Doro zurück? Und wie lief es für Katie auf der Kreismeisterschaft? Dann freut euch auf den 7. Band von *Charlottes Traumpferd!*

Neuhaus, Nele
Charlottes Traumpferd – Durch dick und dünn
ISBN 978 3 522 50593 2

Einbandgestaltung: Maria Seidel
Innentypografie: Arnold & Domnick, Leipzig
Reproduktion: Medienfabrik GmbH, Stuttgart
Druck und Bindung: GGP Media GmbH, Pößneck

© 2018 Planet!
in der Thienemann-Esslinger Verlag GmbH, Stuttgart
Printed in Germany. Alle Rechte vorbehalten.